우리가 두고 온 100가지 유실물

패멀라 폴 지음
이다혜 옮김

아날로그 시대의 일상과 낭만
Downloading...[72%]
Cancel

손으로 쓴 편지

LP판

100 Things
We've Lost
to the Internet
OK

사진 앨범❤.png
우리가 두고 온 100가지 유실물.TXT
우리가 두고 온
100가지 유실물

패멀라 폴
OK
이다혜 옮김

생각의힘

M과 B와 Mr.T.와 T2+Z와 L 그리고 O/T에게

"아침에 침대에서 눈을 뜨면 어느새 다 끝나 있거든.
가만히 눈을 감고 귀 기울여 아침 공기의 흐름을 느껴보렴.
어딘가가 어제와 다를 거야. 그러면 자기가 뭘 잃었는지,
섬에서 뭐가 사라졌는지 알 수 있단다."

_오가와 요코, 《은밀한 결정》

김지효(《인생샷 뒤의 여자들》 저자)

세상은 빨라지고 수명은 길어졌다. 사람들은 새롭게 얻은 시간에 유튜버가 밥 먹는 모습을 지켜보거나, 내 SNS에 '좋아요'를 누른 사람의 목록을 살펴본다. 이것은 진보일까? 후퇴일까? 낙관과 비관이 팽팽하게 맞서고 있다.
거대한 단어들이 전쟁을 치르는 동안, 저자는 아주 사소하고 일상적인 장면을 떠올린다. 그리고 우리가 과거에 두고 온 것들을 헤아린다. 저자가 만든 목록에는 결코 아름답고 낭만적인 것만 있지 않다. 오히려 우리가 해결했다고 생각한 문제나 얻었다고 여긴 것들도 있다. 이 책은 그렇게 긍정과 부정의 기준을 뒤섞으며 둘의 경계를 흩트려 놓는다. 나는 이 책을 읽으며 새 시대에는 잃은 것과 얻은 것의 새로운 정의가 필요하다는 사실을 깨닫는다.
좋은 책은 답이 아닌 질문을 준다. 우리가 안다고 생각하는 것에 균열을 내고 헷갈리게 만든다. 이 책의 제목은 '우리가 두고 온 것들'이지만 이는 '우리가 얻은 것들'로도 다시 쓰일 수 있다. 나는 비로소 깨닫는다. 우리는 얻으며 잃고, 잃으며 얻었다는 걸. 성급한 낙관과 비관이 쏟아지는 시대, 변화를 정직하게 응시하는 사려 깊은 책이 도착했다. 어떤 날은 디지털 디톡스를 하고, 어떤 날은 SNS 스타를 부러워하는 동시대인들과 함께 읽고 싶다.

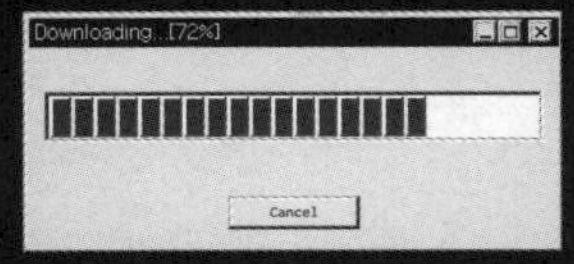

박참새(시인)

불가능해 보이지만 여전히, 인터넷 기반의 세상으로부터 (다소) 멀어질 수 있는 방법이 있다. 물리적으로 스스로를 차단하면 된다. 제한된 기능만을 제공하는 덤 폰dumb phone을 사용하고, 공공장소의 와이파이만 사용하겠다 다짐하고, 번호를 바꾸기까지 할 수도 있다. 우리의 이름에 배당된 8개의 숫자 중, 단 하나의 배열만 바뀌어도 완벽히 사라질 수 있다. 하지만 이 모든 같잖은 노력이 없어도 우리는 대부분의 순간에 거의 소멸한 상태나 마찬가지다. 여기서는 모두가 주인공이기 때문이다.
잃어버린 것과 잊어버린 것. 그 사이. 우리 자신은 어디에 자리 잡고 있는가? 안에서만 존재하는 소실과 소멸을 기억하고 있는가? 그리움에 맞장구치면서도 이 책의 한 구절을 찍어 소셜 미디어에 공유하고 싶어지는가?
목록은 중요하다. 번호를 매기고 이름을 부여할 때마다 조금씩 선명해지는 무언가가 있기 때문이다. 끝나는 지점에서 영원히 다시 시작할 수 있기 때문이다. 이 목록은 반드시 다시 쓰이게 된다. 우리가 멈추지 않으니까. 나는 이 사실이 아무렇지 않게 느껴진다고, 다만 믿고 싶다.

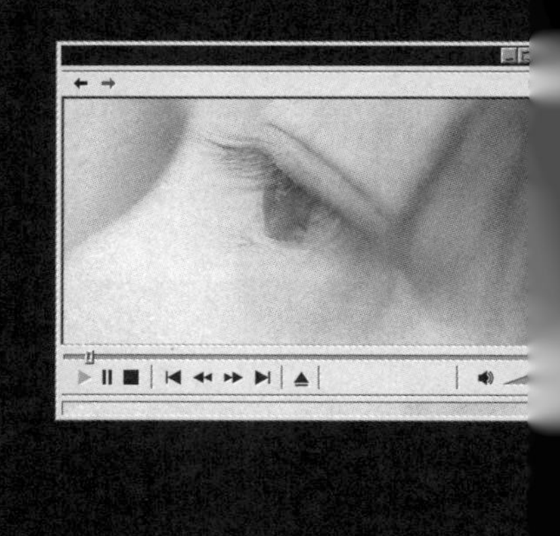

손보미(《사랑의 꿈》 저자)

어쩌면 이 책을, 우리가 살아가고 있는 세계에 관한 작지만 거대한 기록서라고 말해도 좋으리라. "길을 잃고 방황하는" 것을 더는 참지 못하고, 최대한 실수를 할 가능성은 차단해야 하며, 그 무엇도 낭비되어서는 안 되는 세계. 어느 때보다 정보에 쉽게 접근할 수 있지만, 정작 타인의 얼굴을 제대로 들여다볼 기회는 기꺼이 포기할 준비가 되어 있는 세계. 세상에, 누구라도 이 책을 읽고 난다면 깜짝 놀랄 것이다. 상실한 사실조차 알지 못한 채로 남겨두고 온 유실물들이 너무나 많다는 사실 때문에.

때때로, 잃어버린 것이 무엇인지를 상기하는 행위만으로도 도움을 받을 수 있다. 이 책의 정말로 놀라운 점은, 무턱대고 우리를 잃어버린 세계에 대한 상실감으로 밀어 넣지 않는다는 사실이다. 마지막 장을 덮었을 때, 오히려 나는 묘한 희망에 젖어 들었다. 여전히 우리 손에 남겨진 것이 있다는 것. 저자는 이렇게 말하는 것 같다. 이 책은 아직 다 그려지지 않은 지도 같은 거라고. 빈 부분은 우리가 채워 넣을 수 있다고. 어디로 갈지 스스로 결정할 기회가 남아 있다고. 그리고 그런 기회를 얻을 수 있는 건, 엄청난 행운이다.

임지은(《헤아림의 조각들》 저자)

좋은 건 같이 알았으면 하다가도, 내게 소중한 것들은 아무도 모르게 꼭꼭 숨기고 싶어진다. 문득 나는 그 마음이 너무 많은 공유가 만들어낸 무덤들에서 불쑥 자라난 것임을 눈치챈다. 요즘처럼 항시 연결되고 공유되는 상태란 한 개인이 고유한 의미를 갖도록 허락해 주지 않고 그런 게 나는 자주 숨 막히는 것이다. 어쩌면 나는 기술이 발달한 지금에 이르러서야 비로소 그 이전 번거롭고 성가셨던 시절을 그리워하게 되었는지 모른다.

이 책은 그 시절 우리에게 있었던 것, 이를테면 비밀과 인내, 예기치 못한 순간, 누구에게도 보이지 않는 시간 따위에 대한 상세한 기록이다. 점점 빨라지는 세상의 유속에 휘말려 그 디테일이 영영 스러지기 전 한 번 더 추억해 보려는 다정한 시도다. 말하자면, 이 책은 이제는 돌아갈 수 없는 한 시절에게 건네는 근사하고 뼈아픈 작별 인사다. 그리고 읽는 내내 나는 오늘날 사라진 불편들이 내 삶의 의미를 만들어주는 데 퍽 유용했음을 깨닫는다. 지금의 내가 줄곧 무언가를 잃어버렸다고 느껴왔다는 것과, 좋은 작별 인사란 그 상실감을 보듬어준다는 것도.

차례

우리가 두고 온 100가지 유실물_차례_1

우리가_두고_온_100가지_유실물

검색

우리가 두고 온 100가지 유실물_차례_2

우리가_두고_온_100가지_유실물

검색

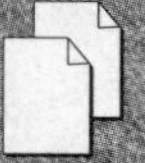

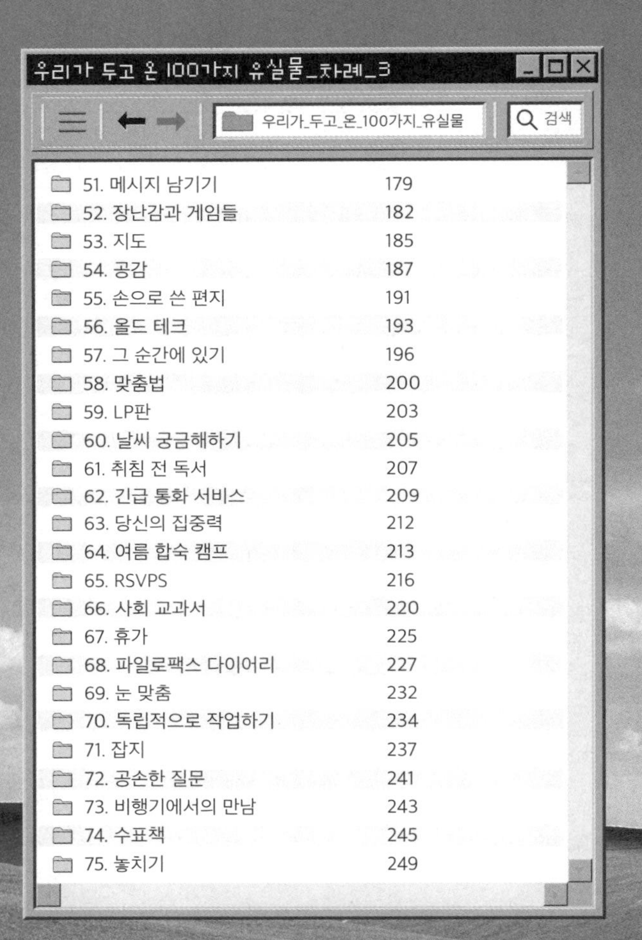
우리가 두고 온 100가지 유실물_차례_3

우리가_두고_온_100가지_유실물

검색

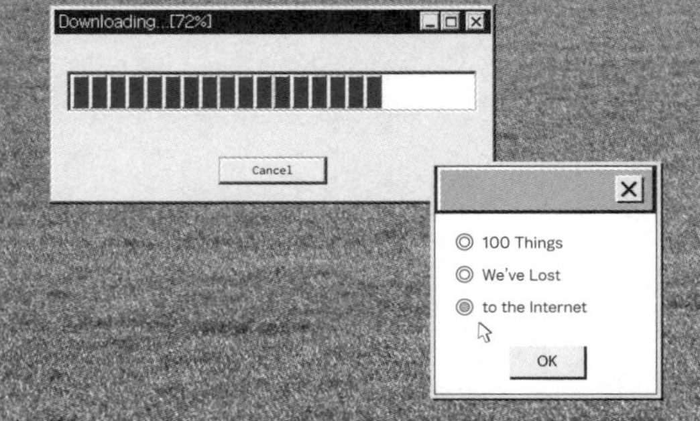

우리가 두고 온 100가지 유실물_차례_4

우리가_두고_온_100가지_유실물

검색

[서문]

인터넷은 우리에게 많은 것을 가져다주었다—정보, 접근성, 연결, 오락, 발견, 기쁨, 참여, 풍요로움 그리고 소수의 선택받은 이들에게는 실질적인 부까지. 하지만 진보에 관한 어떤 것도 결코 그리 단순하지 않다. 인터넷은 이런 것들을 우리에게 주었듯 많은 것을 우리에게서 앗아갔다. 잃어버린 것 중 일부는 즉시 선명해졌다. 붙이다 보면 꼭 비뚤어지는 모서리 꾸미기 스티커를 사용해 공들여 조합한 사진 앨범. 우리의 내면세계가 어떠한지, 다른 사람들에게 어떤 인상을 주고 싶은지 반영해 장르별로 알파벳 순서로 정리한 CD 컬렉션. 외국에 있는 친구가 보낸 엽서를 기대하며 우편함으로 달려가던 방식.

다른 것들은 사라짐의 여파 속에 더 천천히 감지되었다. 인터넷 도래 이전의 고유함으로부터 멀리 떠내려간 바람에 사라졌거나 사라진 것이나 다름없게 되었다. 누가 베이비시터와 함께 도망쳤는지, 누가 잘 늙었는지, 누가 그 모든 것을 놓아버렸는지에 대한 놀라운 폭로가 더는 넘쳐날 일 없는 대학 동창회처럼 말이다. 아니면 토요일 밤에 어울리는 하이

힐을 찾기 위해 판매원과 공동의 과제로 뭉친 것처럼 샅샅이 뒤지던, 블루밍데일스 백화점의 신발 부서에서만 받을 수 있었던 고객 서비스 같은 것도 있다. 오랫동안 만족스럽게 경험했던 제품과 서비스와 관행들이 우리가 그 의미를 충분히 이해할 틈도 없이 불과 10년도 되지 않는 짧은 시간 동안에 완전히 사라졌다. 무슨 일이 일어났지? 그건 어디로 간 거야? 잠깐, 언제부터?

우리 모두는 민주주의, 시민의 참여, 공정한 선거, 정부의 책임, 중소기업의 운명과 노동자의 삶에 인터넷이 미치는 중대한 영향을 잘 알고 있으며 인터넷이 문을 활짝 열 때마다 자유와 위기가 동시에 온다는 사실을 반복해서 깨달았다. 우리는 우리의 일상에 미치는 인터넷의 낙수효과를 너무나 잘 알고 있다. 아침에 일어날 때 자명종 버튼을 누르는 대신 휴대폰 화면을 터치하는 것부터 잠자리에서 일어나자마자 하는 일과 밤에 잠들기 전 걱정하는 일, 출퇴근에 관한 세부사항과 출근 후 일어나는 일, 집에 돌아온 가족이 함께 모이는 방식까지. 학사일정과 여름방학에 대해 협상하는 방식도 마찬가지다. 우리가 자신을 바라보고 타인을 대하는 법, 우리가 어떻게 성장하고 어떻게 늙어가는지까지 모두.

우리는 이 모든 것을 알고 있다. 그러나 우리가 예전에 어떤 일을 했는지는 잘 알려지지 않았다.

나는 코로나19 팬데믹이 닥치기 훨씬 전부터 이

책을 쓰기 시작했는데, 내 두뇌가 떠돌 곳을 이미 인터넷이 탐색하고 있음을 알 수 있었다. 때로는 깜짝 놀랐고 때로는 선택의 여지가 없음에 안도하기도 했지만, 격리 조치가 나를 '온라인 전용'의 세계로 얼마나 깊이 빠뜨릴지는 알지 못했다. 다행히 인터넷이 있었다! 인터넷은 생명줄과도 같았다. 중요한 건강 및 안전 정보를 제공하고, 원격으로 일할 수 있게 해주었으며, 우리 모두가 떨어져 지내야 하는 상황에 서로 연결될 수 있게 해주었다. 인터넷이 없었다면 팬데믹이 과연 어땠을지 상상해 보라. 하지만 인터넷은 우리가 물리적 '외부'에 남겨둔 것들에 대한 상실감 또한 더욱 절실하게 느끼게 했다.

바이러스성 개입이 아니더라도 우리에게 중요했던 사물과 개념과 습관과 이상은 하나둘씩, 때로는 속삭임에 불과한 소리가 되어 인터넷 속으로 사라지고 있다. 예전의 삶이 어땠는지 기억하기 어려울 수 있다. 별다른 일 없이 침대에 누워 이불을 뒤집어쓰고 15분 더 잠을 청하던 토요일 아침처럼 소소한 일상을 잠시 떠올려 보자. 자리에서 일어나 스트레칭을 하며 타인의 머릿속에서 일어나는 일에 방해받지 않고 고요함을 즐기곤 했다. 외부 세계는 라디오를 켜거나 현관문을 나서야만 접할 수 있는 먼 곳의 관심사였다. 요즘에는 아무 관계가 없는 1,500명의 생각을 화장실에 앉아서 스크롤 할 수 있는 동시에 한 집에 사는 누군가 깨어 똑같은 일을 하고 있음은 전혀 알지 못할 수도 있다.

우리 삶의 많은 부분이 픽셀화된 렌즈를 통해 걸러진다는 사실은 무엇을 의미할까? 그리고 예전의 직접적인 방식으로 세상이 어떻게 보이는지 포착하는 일은 여전히 가능할까? 인터넷의 역설 중 하나는 우리에게 세상을 열어주었지만, 동시에 그 세상을 작아지게 만들었다는 데 있다. 특별활동 시간을 위해 치자꽃 향기나 초콜릿 칩 쿠키 냄새를 풍기며 활기찬 교실로 들어오던 선생님은 더는 볼 수 없고, 대신 생기 없는 눈망울의 6살짜리 학생들이 지치고 격리된 선생님이 있는 직사각형 스크린에 모여 격자를 절반 정도 채운 모습을 보게 되었다. 바위로 뒤덮인 뉴질랜드 해안의 웅장한 광경이 컴퓨터 배경화면으로 축소되는 것을 보았다. 몇 시간 동안 인터넷 서핑을 하다 보면 세상이 사소하고 반복적이며 밋밋하게 보일 수 있다.

온라인에서(달리 어디겠는가?) 사람들은 인터넷 이전 시대의 특정한 열정이 사라지고 있음을 한탄하기도 한다. 최근의 밈 중 하나는 더는 세상에 존재하지 않는, 요즈음의 20살을 당황시킬 만한 것들을 인용하는 것이다. 이러한 목록은 그 자체로 향수를 불러일으키며 거의 황홀할 만큼 반복적으로 '좋아요'를 받고 눈길을 끈다. 다이얼을 돌리는 전화기! DVD 드라이브. CD롬. 2019년 봄, 온라인 커뮤니티 레딧Reddit 인기 토론에 "인터넷 때문에 없어진 것 중에 그리운 것들을 말해 보자"라는 질문이 등장했다. 응답에는 가까운 과거의 작지만 중요한 유물에 대한 감동적인 사례가 다수 있었다. 최고 순위는 '아직 아무도 모르는 멋진 농담의 마음속 카탈로그'였다. 어떤 이는 전문 지식의 우위가 무너졌음을 애도했다. "우리 아버지는 친구들과 다툴 때 그 주제를 가장 잘 아는 사람에게 전화를 걸어 해결할 수 있었던 시절이 그립다고 하셔. 예를 들면 이런 거지. 번개는 위로 올라간다는 걸 알아? 아니, 아래로 내려가는데! 기상학자인 네 아버지께 전화 드려 봐." 단파 라디오의 죽음을 언급한 사람도 있었다. "전 세계의 방송국에 주파수를 맞추고 그 모든 방송국을 나만의 세계 지도에 핀으로 표시하는 것이 너무 재미있었어…. 방송국에 사연을 써서 보내면 엽서나 장식용 삼각 깃발 같은 기념품도 받을 수 있었고. 1~2년 전에 오래된 단파 라디오를 찾았는데(내 또 다른 그리움의 대상인 라디오 섁✦에서 말이지), 연결되는 곳도 있기는 했는데 대부분의 채널은 죽었더라고. 마법이 사라진 것 같아 슬퍼."

마법은 사라졌나? 아니면 일부가 사라졌되 다른 형태의 마법—즉 인터넷 전체라 할 수 있는 마법을 얻은 것일까? 결국, 전능한 인터넷이 아니었다면 이 레딧 이용자들은 단파 라디오에 대한 아쉬움을

✦ 전자기기와 부품을 주로 판매하던 미국 회사.

토로하는 장을 열지 못했을 것이다. 온라인 공간에 접속할 수 없었다면 전 세계의 단파 라디오 애호가들이 위로를 나눌 동료를 찾지 못했을 수도 있다. 많은 사람들이 한 번쯤은 느꼈을 혼자라는 기분은 적절한 게시판을 찾아 헤매거나, 질문의 도입부만 구글에 입력하면 초능력자가 생각을 읽듯 기이할 정도로 정확하게 뒷부분이 자동완성되는 모습을 보면서 순식간에 사라질 수 있다. 다른 사람들도 여러분과 마찬가지로 당황스러운 질문과 어두운 두려움을 그곳에 털어놓고 있다.

인터넷이 없던 시절의 많은 방식에 작별을 고하고 잘 가라고 인사하자! 손전등에 맞는 배터리를 찾기 위해 철물점을 몇 군데나 방문해야 했던 기억이 그리운 사람이 있을까? 아니면 조 판톨리아노가 지난 여름 출연했던 영화 제목을 두고 배우자와 다투었던 기억은? 전화번호부를 뒤져 간신히 찾은 GE 가전제품의 고객센터 번호가 이미 변경된 번호라면? 어린 시절의 누군가와 다시 연락하고 싶은데 어디서 어떻게 시작해야 할지 막막하다면? 냉장고의 시들시들한 시금치와 치즈 조각으로 그럴듯한 요리를 만들고 싶지만 책장에 꽂혀 있는 끈적한 요리책 3권에서 마땅한 레시피를 찾지 못했다면? 인터넷이 생기기 전의 온갖 번거로움은 이제 그만 잊자.

하지만 어떤 상실들은 뼈아프다.

기술에 관한 대화를 나누는 사람이라면 누구나

그러하듯 나 역시 "나는 러다이트가 아니다"라고 밝혀야 할 시점이다. 인터넷은 인터넷에 대해 시비를 거는 사람들을 좋아하지 않으며, 어떤 형태의 비판도 발을 질질 끄는 부정이나 순진한 낭만주의, 한심한 향수 또는 낡은 꼰대의 그것으로 받아들여질 수 있다. 잠시라도 망설이는 것은 앞으로 나아가는 위대한 행진의 필연성을 모래 속에 머리를 묻고 외면하는 것이다. 나는 프라이버시나 개인 데이터를 수집하는 민간 기업의 동기에 대해 비합리적으로 편집증이나 히스테리를 부리는 것이 아니다. 시골의 19세기 별장에서 이웃의 이름을 부르며 인사하고, 정원에서 토마토를 덩굴 째로 수확하고 매일 저녁 촛불을 켜고 가죽으로 제본한 일기장에 일주일 동안 지붕을 다시 칠할 계획을 자세히 기록하려는 것은 내 마음의 일부일 뿐이라고 꼭 말하고 싶다.

우리 모두에게는 자기만의 소중한 것이 있다. 내가 온라인에서 크게 고마워하는 것(대부분 무료 반품과 기본적인 질문에 대한 쉬운 답변이다)은 다른 사람들이 가장 중요하게 여기는 것과 같지 않을 수 있으며, 내가 예민하게 감각하는 손실도 다른 사람들의 손실과 같지 않을 수 있다. 우리에게는 각자 그리워하는 것이 있다. 아무도 몰랐던 낚시터, 문 앞에 놓인 〈보그〉 9월호, 온라인 도박에 빠져버린 오랜 포커 친구, 레스토랑에 함께 앉은 이와 무엇을 찾을지 모르는 채 메뉴를 열어보는 즐거움. 내 불만에는 X세대✦로서의 경험, 격리된 현장에서 일하는 기자의 고민, 페이지 사이사이에 책갈피를 끼우는 것이 소중한 의식인 독자의 우선순위, 뉴욕에서 세 아이를 키우는 엄마의 희망과 불안이 반영되어 있다. 한때 브루클린 거리에서 스틱볼을 즐기던 시절을 그리던 아버지의 애도가 내게는 그저 빛바랜 의식처럼 느껴졌던 것처럼, 나는 '내 경험' 또한 뒤에 남겨진 채 젊은 이들이 결코 알지 못할 것이라는 사실이 놀랍다.

이 책은 우리가 애타게 그리워하는 것들, 존재조차 몰랐던 것들, 작별 인사를 할 수 있는 것들, 그리고 그 부재가 무엇을 의미하는지에 대한 책이다. 가까운 과거가 점점 더 빠른 속도로 먼지가 되어 뭉쳐지는 동안 우리는 이미 상실감을 느끼기 시작했다. 여기서 잠시 멈춰서 기억을 기록하고 기뻐하며, 감탄하거나 애도하거나 축하하자. 우리의 집단적 추억을 떠올리자. 그 기억 역시 곧 사라질 수 있다는 가능성에 맞서기 위해서.

✦ 미국 기준 1965년생부터 1979년생을 포함.

[1]

지루함

지루함을 기억하는가? 교통체증에 묶여 있는데 라디오에는 들을 만한 것이 하나도 없고 시간이 째깍째깍 흘러가는 동안 온몸이 잠식되는 기분 말이다. 슈퍼마켓 계산대 줄에 갇혀서 더블민트 껌 옆에 놓인 모든 주간지의 헤드라인을 두 번씩 훑어본 뒤 멍한 눈을 하고 있기도 했다. 20분 전 이미 전채 요리부터 디저트까지 저녁 식사 준비를 끝내고 룸메이트가 나타나기만을 기다리거나, 오래되어 얼룩덜룩해진 〈리더스 다이제스트〉 과월호뿐인 병원 대기실에서 시간을 때우는 중일 수도 있었다. 지루함은 그야말로 어디에나 있었다. 처리할 일이 너무나 많은 미친 일과 중에 생긴 귀한 자유 시간인데 할 일도, 다른 일로 전환하거나 신경을 분산할 수 있는 것도 하나 없는 것이다. 그제야 깨닫는다. 책을 한 권 가져올 걸 대체 왜 안 가져왔지?

하지만 이 문제는 해결된 셈이다. 이제 지루함이 없으니까. 텅 빈 시간은 존재하지 않을뿐더러 그런 시간에 대해 생각하는 것만으로도—그런 생각할 시간 있는 사람이 어딨어?—황당하게 느껴진다. 짜증은 나지만 휴대폰으로 즉시 해결할 수 있는 분산된 짧은 순간들에 모토로라가 '사소한 지루함'이라는 이름을 붙인 게 오래 전도 아닌데, 그 표현이 만들어지기 무섭게 문제 자체가 사라졌다. 아주 가벼운 공허함조차 스크린에 엄지 하나만 올리면 가득 채워진다. 앱, 영상, 글, 링크 등 돌아가면서 제한 없이 볼 수 있다. 친구, 지인, 동료, 페이스북 '친구', 〈프렌즈〉 캐릭터들의 대사, 혹은 단체 채팅방의 수다가 손목 아래에서 주머니 속에서 당신의 관심을 기다리고 있다.

소설가인 지인이 내게 이런 이야기를 들려주었다. 차기작을 작업하는 대신 온라인에 머물며 일을 미루는 자신의 능력에 분통이 터지더라고 말이다. (정말이지, 우리만 그런 것은 아니었다.) 오후 내내 인스타그램에서 시간을 보내고 나서, 그녀는 타임라인의 최신 피드를 모두 봤을 뿐 아니라, 어느 날엔가는 더 새로고침 할 것도 없는 순간에 다다랐다는 두려움에 사로잡혔다. 그녀가 휴대폰에서 읽어낸 메시지는 대략 이런 뜻이었다. "그만 좀 해. 이제 없어. 넌 인터넷의 끝에 도달했어." 내가 이 이야기를 아들에게 들려주자 그 애는 이렇게 말했다. "그런 농담은 어디에나 있어요."

아이들은 원치 않는 상황에서 벗어날 수 있는

비상 탈출 좌석처럼 쓸 수 있는 탈출 밸브를 가지고 성장한다. 아이들은 원치 않는다면 거기 있을 필요가 없다. 어른도 마찬가지다. 사람들이 페이스북을 사용하는 두 번째 이유는 다들 인정하다시피 지루함을 달래기 위해서다. 특정 강연이나 쇼에 대해 어떻게 생각하느냐고 물었을 때 전혀 흥미가 없는 경우 남편의 단골 대사는 "난 씨월드에 다녀왔어"라고 조롱하듯 말하는 것이었지만, 이제는 남편이든 다른 누구든—은유적인 의미에서가 아니라—실제로 씨월드든 아니면 어떤 라이브 영상이든 언제든 어딘가에 접근할 수 있다. 딴짓이라는 말은 멍 때린다는 말이 아니라 다른 것에 집중한다는 뜻이 되었다.

예전 사람들은 삶의 대부분의 순간이 지루하다는 사실을 받아들였다. '지루함'이라는 단어는 19세기가 되기 전에는 주목받지도 못했는데, 굳이 언급할 거리가 아니었기 때문이다. 삶은 지루했고, 지루함이 삶이었으며, 지루함은 밀밭에도 물레방아에도 내려앉아 있었다. 21세기가 되기 전에 쓰인 회상록을 보면 아무리 많은 돈을 탕진했더라도 삶은 지루하기 짝이 없었다. 유한계급 사람들은 응접실에서 빈둥거리지 않을 때면 목적 없이 텅 빈 오솔길을 걸으며 나무를 바라보았다. 그들은 차를 몰고 가서 더 많은 나무를 바라보았다. 생계를 위해 일해야 하는 사람들은 더했다. 농업, 산업, 사무직 종사자들의 일은 너무나 지루해서, 유급 노동에서 충족감을 느끼거나 소속감을 느끼려는 사람은 거의 없었다. 아이들은 어린 나이부터 이런 삶의 방식에 익숙해져서 책장이나 나뭇가지 말고 그들의 정신을 산만하게 할 것이라고는 아무것도 없이 방치되곤 했다.

불과 몇십 년 전만 해도, 과소양육이라 부를 수 있던 잃어버린 시대 동안에, 어느 정도의 지루함은 아이들에게 적절하다고 생각한 정도를 넘어서 권장되기도 했다. 왜냐하면 지루함이 아이들의 상상력과 창의력을 발휘하게 했으니까. 약간의 지루함은 결국 사람을 덜 지루하게 만들게 되어 있다.

현대 사회는 아이를 충분히 활동하게 하지 않으면 부모의 의무를 심각하게 유기했다고 간주한다. 따라서 과외 활동이나 방과 후 활동 등 다양한 활동에 참여하려는 기회와 노력이 확산되고 있다. 그러나 양육자에게 세세한 부분까지 관리를 받지 못하는 아이들은 자신의 기기, 즉 자신의 디지털 기기에 맡겨진다. 자동차나 비행기로 장거리 여행을 준비하는 부모들은 복잡한 상륙 작전을 계획하는 장교들과 같다. 아이패드에 저장해둘 영화는 무엇인가? 가족 친화적인 신규 팟캐스트를 재생해야 할까? 아이들의 머리가 뒷좌석에 녹아내릴 때까지 포트나이트 게임을 하게 놔둬도 괜찮을까?

70년대의 부모들은 아이들이 뒷좌석에서 지루해할 때 무엇을 했을까? 아무것도 안 했다! 그저 아이들이 매연을 마시게 놔뒀다. 아이들은 서로를 괴롭혔다. 안전벨트를 착용하는 법이 없었기 때문에 안전벨트를 가지고 놀았다. 만약 어느 시점에서든 집에서 지루하다고 불평한다면, 더한 지루함을 달라고 사정하는 거나 마찬가지였다. 어른들은 "밖으로 나가"라고 호통을 치거나, 더 나쁘게는 "방이나 치워"라고 외쳤다.

그러나 지하실이나 뒷마당을 뒹굴거리며 지루함의 마취 효과에 안주하는 순간에야, 그 단조로움과 더불어 두뇌는 보상을 시도하고 행동을 시작한다. 당신은 주변의 크고 작은 세계가 자연스러운 속도로 새로운 것을 향해 끊임없이 변화하고 있음을 알아차리기 시작한다. 작은 관찰이 솟아올라 아이디어로 합쳐진다. 사람들이 샤워 중에 가장 흥미롭고 독창적인 발상을 하는 데는 이유가 있다. 우리의 마음이 방황하기 시작하면 우리는 따라간다. 출력을 생성하려면 입력을 꺼야 한다. 그러나 입력은 멈추지 않는다.

[2]

마침표

마침표보다 덜 언급되는 문장부호가 또 있을까? 문장을 완전히 끝내는 역할이 전부인, 하찮고 따분한 작은 점 말이다. 마침표는 이야깃거리가 되지 않는다. 마침표의 사용을 두고 격렬한 찬반을 논하는 문학 전통은 없다. 세미콜론, 옥스퍼드 콤마✦ 또는 과도하게 사용된 긴 줄표를 둘러싼 활기찬 문법적 내분에 비하면, 마침표와 그 불가피한 진부함은 하품이나 끌어낼 뿐이다.

하지만 심심한 옛 마침표의 세계에 대해서는 언급할 것이 많다. 마침표는 직설적이고 결정적이지만 (괄호 같은 소심한 부연설명 없이) 겸손하기도 하다. 마침표는 자기 일을 하고 다음 문장으로 넘어간다. 자, 이제 문장이 끝났습니다. 또는 요즘 식으로 말하자

✦ 한 문장에서 3개 이상의 항목을 열거할 때 마지막 항목의 and나 or 앞에 반드시 쉼표를 사용하는 옥스퍼드대학 출판부의 표기 규칙.

면, '끝period.'✦

온라인의 마침표는 기껏해야 선택 사항이다. 트위터에서는 아무 생각 없는 사람처럼 보일 작정이 아니라면 마침표로 문장을 끝내지 않는다. 문자 메시지 속 마침표는 답답해 보이거나 최악의 경우 터무니없어 보일 수 있고, 의도하지 않은 압박감을 줄 수도 있다. 마침표는 무언가 어려운 것, 나쁜 것을 의미하게 되었다. 최근의 한 언어학 연구에 따르면 짧은 비격식 문자 메시지에서는 마침표가 거의 사용되지 않으며 일반적으로 무거운 사안을 이야기할 때 주로 사용된다고 한다. 마침표는 말을 신중하게 고르고 있음을 의미한다. 마침표는 상사의 회의 요청에 불려 들어갈 때 쓰는 것이다. 마침표는 화면 반대편의 누군가가 매우 불행하다는 뜻이다. 마침표는 당신의 연배를 드러내고, 모두의 힘을 빼놓는다. 현대 에티켓 가이드 《킬 리플라이 올Kill Reply All》의 저자 빅토리아 터크는 "노인이나 문제 있는 사람만이 모든 메시지의 끝에 마침표를 찍는다"고 적었다.

마침표는 강조하다 못해 비꼬는 것처럼 느껴질 수도 있다. 인터넷 버전의 "제에발" "아니, 됐어" "진지하게 말하면"은 하나의 작은 점으로 합쳐졌는데, 디지털 시대 초기에 나타나 시간이 갈수록 강화

✦ 문장을 마치며 "period."를 덧붙이는 것은 할 말을 다 했다는 뜻으로도 쓰인다.

되는 경향이다. 2009년, 인터넷 언어 연구자 그레천 매컬러는 "(대개 기분 나쁜) 비아냥거림을 강조하는 새로운 멋진 방법"이라는 한 인터넷 사용자의 마침표 정의를 인용했다. 이 현상은 수동공격성 경향과도 맞닿아 있다고 2013년 매컬러는 지적했다.

마침표와 관련한 문제에는 마침표의 역할이 무엇이냐가 아니라 어떤 역할을 할 수 없는지도 있다. 느낌표 역할 말이다. 그 쓰임새가 어린이 같은 열정의 폭발이나 특별한 강조 용법에 더는 국한되지 않는 느낌표는 이제 온기와 진심도 전달한다. 느낌표가 없으면 절로 실망하게 된다. 이메일에 "감사합니다" 또는 "멋지네요"라고만 적혀 있으면, '내 아이디어가 별로인 게 틀림없어'라고 생각하게 되는 식이다.

어디에나 느낌표가 있는 이유가 바로 이것이다. 어디든! 지메일Gmail의 자동 응답은 당신에게 느낌표 없는 깔끔한 "감사합니다."를 결코 제공하지 않는다. AI의 도움을 받지 않아도 직접 느낌표 없이 이메일을 써보면 한때 마침표만으로 충분했던 자리가 의심스러워진다. 당신의 글은 멍청해 보일 것이다. 받는 사람은 메일을 읽으면서 '내가 뭘 잘못했나' 생각하게 된다. 당신의 더 나은 본능과 대학에서 배운 모든 것과 전문가의 의사소통 자세 그 모든 것에 반대됨에도 불구하고, 특히 당신이 여성이라면, 당신은 "감사합니다!"라고 쓰게 된다. 심지어 "감사합니다!!"라고도 쓴다. 이제 그렇게 하지 않았다가는 선의가 현저히 부족하다고 받아들여질 수 있다. 만일 당신이 이런 표현에 애를 먹고 있다면 지메일 확장 프로그램 중 '감정노동'을 사용해볼 수 있다. '감정노동'은 마침표에 집착하는 사람들의 이메일 어조를 '밝혀주는' 일을 돕는데, 주로 느낌표를 추가하는 방식으로 이루어진다.

흠, 하지만 실수하기 아주 쉽다. 당신은 마침표가 나올 때마다 의문을 품게 된다. 주어진 답변에 느낌표 2개를 쓸지 3개를 쓸지 고심하게 된다. 어느 날 정신을 차린 당신은 아무렇지 않게 이모지를 쓰고 있음을 깨닫는다. 당신은 아이들에게 키스를 보내고, 어떤 색 하트가 사무실 업무에서 어울리는지, 상사에게 윙크를 쓰는 것이 이상한지 궁리하기 시작한다. 모든 문장의 끝에 말줄임표를 사용하지 않도록 배운 당신은 중년의 나이에도 눈알을 굴리는 이모지로 이메일을 끝낸다. 자의식이 올라오면 서둘러 후속 조치를 덧붙인다.😂

[3]

척척박사

우리가 주머니에 인터넷 세상을 넣고 다니기 전에는, 어떤 것의 답을 모른다는 사실이—심지어 중요하지 않은 것에 대해서라도—사람을 미치게 할 수 있었다. 언제나 사소한 것들 때문에 그랬다. 처음 북극을 걸어서 횡단한 사람의 이름, 앤드루 존슨이 탄핵되었을 때 실제로 일어난 일, 우리 주州의 상징 꽃이 무엇인지 등을 떠올리려고 노력하다 보면 몇 시간이고 훌쩍 흐르곤 했다. 답을 알고 있다는 확신이 들면 더했다. 모든 종류의 정보와 기억과 아이디어와 줄거리와 사실관계는 확인하기 어려웠고, 특히 곤란한 질문을 받은 때일수록 생각나지 않기 마련이었다. 만약 지금 떠오르지 않지만 알아야 하는 것이 있다면, 마주치는 모든 이에게 "먼저 뭐 좀 물어봐도 될까요?"라고 청해야 했다. 문어에 대한 내용이 나오는 그 책 제목이 대체 뭐였지? 제목에 '미드나잇'이 들어가는 영화의 중요한 사건에 등장하는, 맛이 없고(無味) 추적할 수 없는 독의 이름은 뭐더라? 연극이었던 것 같기도 하고. 당신이 한때 알았으나 이제는 기억나지 않는, 혹은 아예 알았던 적도 없던 것들의 끝없고 짜증 나고 기운 빠지는 퍼레이드.

가까운 과거의 모호함과 무지의 안개 속에 정보를 얻고 유지하기란 꽤 공이 드는 일이었다. 어떤 사람들은 교육을 통해 그것을 얻었고, 어떤 사람들은 강한 기억력을 가지고 태어났고, 어떤 사람들은 남들이 관심 가지지 않은 정보 조각을 모으는 재주를 가지고 있었다. 10년간 지속된 트리비얼 퍼슈트✦ 열풍은 무수하게 많은 지식 조각을 유지하기가 불가능하다는 사실에 기반하고 있었다. 누가 그 모든 답을 맞출 수 있었을까?

우리 대부분이 모든 것에 대한 답을 알지는 못했던 시절, 답을 아는 소수의 사람들은 피뢰침과 같았다. 졸업 발표회에는 항상 끼어드는 짜증 나는 사람이 있기 마련이었다. 준비되었다는 듯이 언제나 강의를 늘어놓던 남자 친구. 자신의 통찰이 저장된 보물창고에서 약간의 지식을 골라내 사실관계나 놀라운 뒷이야기를 어김없이 지적하고야 마는, 오만가지를 아는 동료도 있었다. 항상 더 잘 아는 사람 말이다. 그 사람.

그는 더는 당신을 괴롭히지 못한다. 오늘날에는

✦ 1981년 출시된 보드게임. 대중문화, 스포츠, 예술 등 6개 분야의 퀴즈로 구성되었으며 잡학적 지식을 통해 승부를 가린다.

모든 사람이 그의 '특별한' 정보에 끊임없이 접근할 수 있다. 내부자들의 이야기가 밝혀지고, 놀라운 데이터가 퍼져 나간다. 매혹적인 도시 전설들은 사실관계가 확인되면서 사라지곤 한다. 이제 우리 모두 '팩트체크'를 할 수 있다. (물론, 그렇다고 해서 잘 알지도 못하면서 무언가를 안다고 생각하거나, 평행우주라고 통칭하는 현상에서 벌어지는 일을 "안다"고 주장하는 사람들을 단념시키는 데 아무런 도움이 되지 않는다.) 매일 매순간, 사람들은 답을 구하고 답을 찾는다. 구글은 전 세계적으로 초당 4만 건 이상의 검색 질의를 처리하며, 연간 1조 2천억 건의 검색에 답을 내놓는다.

이러한 상황이다 보니 지식은 특별함을 잃는다. 누군가 "나 그거 **알고** 있었어!"라고 기뻐하는 말이 "검색할 필요가 없었어"라는 뜻이라 한들 무슨 의미가 있을까? 영화 〈플래시댄스〉의 주제가를 누가 불렀는지 검색하지 않고 기억해내느라 고단한 정신적 노동을 거쳤을 때 스스로에게 보너스 점수를 줄 수 있는 건 나 자신뿐이다. ("그 가수, 카라. 카라 뭐더라… 카라 델러빈. 아니지, 으으, 내가 왜 이러지? 카라 아일랜드?" 그러다 최후의 외침이 나온다. "아이린 카라! 맞지!") 하지만 어찌나 이례적인 일인지 힘들고 무의미한 승리를 다른 사람에게 전달해 칭찬을 받고 싶은 유혹을 느낄 정도다.

아이들은 부모가 모든 질문의 답을 알고 있다고 생각했다. 부모들이 답을 몰라도 그 자리에서 그럴

듯한 대답을 지어내거나 그날 밤늦게 책을 살펴보고는 다음 날 아침 보편적인 지식을 가장했기 때문이다. 이제 아이들은 그들의 부모가 목성의 위성 이름이나 기름이 물에 뜨는 정확한 과학적 이유를 찾기 위해 검색창부터 여는 것을 목격한다. 아이들은 부모님이 모든 것을 알지는 못하지만 인터넷, 아, 인터넷은 모든 것을 알고 있다는 것을 일찍부터 배운다.

[4]

길 잃기

길 잃기, 정말 절망적으로 길 잃기. 항상 늦은 밤이나 매우 배가 고플 때 일어나던 그 사건은 이제 과거의 일이다. 하지만 만약 당신이 어느 정도 나이를 먹은 사람이라면, 문득 정신을 차리고 보니 전혀 알 수 없는 곳에 있다는 것을 깨달았을 때 목구멍 깊숙한 곳에서 밀려오던 공포를 기억할 것이다. 특히 혼자라면 거의 끔찍했으리라. 부모님과 함께 있을 때라고 다르지는 않았다. 부모님이 누구의 잘못인지 소리 지르며 싸우는 와중에 눈에 띄는 건물도 없이 똑같아 보이는 시골길을 따라 30분 전에는 도착했어야 할 식당을 향해 영원 같은 시간 운전을 하다 반대 방향이라는 사실을 알게 된 것으로 모자라 소변이 급해져 어디든, 제발 길에서는 안 된다고, 고속도로를 빠져나왔다가 그만 되돌아가는 길을 찾을 수 없게 되어버리는 상황이 생기니까.

길 잃을 길을 잃었다고 슬퍼해야 할까?

결론부터 말하면 올바른 방향으로 가는 것은 좋

다. GPS와 구글 지도가 우리의 정확한 목적지를 알고 있을 뿐 아니라 우리의 위치를 사랑하는 사람들과도 공유하기 때문에 우리는 가고자 하는 곳으로 가게 된다. 자신이 어디에 있는지 안다는 사실과 언제든 목적지에 도달할 수 있는 수단을 가지고 있다는 사실은 의심할 여지 없이 삶을 더 효율적이고 덜 피로하게 만들었다. 방향을 표시한 종이를 조수석에서 받치고 있거나, 지도나 트립틱✦을 얻기 위해 지역 AAA 사무실에 들를 필요가 없으며, 구조 요청을 하려고 공중전화를 찾을 필요도 없다. 가장 덜 구겨진 서부 매사추세츠 지도를 찾으려고 서점 지도 섹션의 무질서 속을 샅샅이 뒤지지 않아도 된다.

이 새롭게 발견된 세계에서는 장소에 대한 지식이나 방향 감각을 갈고닦을 필요가 없다. 가장 효율적인 지하철 노선을 안다거나 고향 기차의 주말 공사 일정을 잘 알고 있다고 해서 흔치 않은 일처럼 자랑할 수도 없다. 지도 없이 웨스트빌리지 주변을 돌아다닐 수 있는지, 아니면 운전자 교육에서 《토머스 가이드Thomas Guide》✦✦를 마스터했는지 누가 신경이나 쓸까?

✦ 미국 자동차 협회(AAA)에서 제공하는 여행 보조 서비스로, 맞춤형 여행 경로 책자를 제공한다.

✦✦ 미국의 주요 대도시와 주변 지역에 대한 상세 지도책.

물론, 가끔 문제가 생기긴 한다. 우버 택시는 종종 엉뚱한 곳에서 당신을 태우려고 한다. 구글 지도라고 무적이 아니다. 우리는 여전히 길을 잃을 수 있고, 아이들은 엄마와 아빠와 시리 사이에 벌어지는 치열한 삼파전을 보게 된다. 지도 앱은 A에서 B로 가는 새로운 경로 안내에 최적화되어 있지만, 주요 경로와 도로를 무시하고 안내하는 길이라 휴게소나 도로 표지판이 표시되지 않는 경우가 많다. 지도 앱의 지시를 따르다가 구불구불한 비포장도로를 만나게 될 수도 있다. 예전에는 조용했던 주택가가 심야에 술에 취한 청소년을 태운 리프트✦ 차량으로 가득 차기도 한다.

가끔은 길을 잃어버렸을 때 누군가의 탓으로 돌리던 일이 조금 그리울 수도 있다. 이제 당신은 지시사항을 잘못 보았다고 말할 수도, 다른 사람이 잘못 적어주었다고도 말할 수 없다. 당신 잘못이다. 주유소에 있는 어떤 인간도 좌회전을 하라고 일러주지 않는데, 남몰래 약에 취했거나 그냥 당신이 마음에 들지 않아서 일부러 그랬다면 또 모르겠다. 이제는 지도를 잘못 읽거나 실수로 '고속도로 제외'를 클릭한 경우 기계 음성의 아이폰 말고는 탓할 대상이 없다. 시리에게 실컷 욕해봐라. 시리는 신경 쓰지 않는다.

✦ 미국의 승차 공유 서비스.

항상 최적화된 경로만을 따라가다 보면 대안 경로와 예상치 못한 우회로를 잃는 일은 불가피하다. 무엇보다 훨씬 더 무형의 것이고 가장 되찾기 어렵다는 '나 자신을 잃어버리는 능력'도 잃게 된다. 여행 중 길을 잃는 것은 최악의 순간이 될 수도 있지만, 최고의 순간이 될 수도 있다. 우리는 길을 잃고 방황하는 가운데 우연에 굴복하고 우리 자신을 발견하게 된다. 이 거대하고 외로운 행성에서 우리가 정확히 어디에 있는지, 어떻게 존재하고 있는지 좌표나 실마리를 찾지 못했을 때의 그 무섭고도 짜릿한 해방감을 경험하지 못한다. 때때로 우리는 연결 신호를 잠시 잃었다가 다시 찾기도 하는데, 이럴 때면 마침내 발견되었다는 쾌감을 다시 느끼기도 한다.

[5]

티켓 분실하기

모두에게 적어도 한 번씩은 그런 일이 일어나는 것 같았다. 처음 그 일을 저지른 뒤 다시는 같은 일이 없으리라 맹세하겠지만 말이다. 공항을 향해 달리는 당신은 머릿속으로 목록을 점검한다. 가방, 쌌음. 수트케이스, 이름 써서 붙였음. 여행자 수표, 손에 쥐고 있음. 다음은, 그렇지, 여권도 잘 챙겼음. 다만, 택시가 공항 터미널에 막 도착한 바로 그때가 되어서야 비행기 표를 집에 두고 왔다는 사실을 깨닫고 공포에 질린다. 티켓. 티켓은 깜빡했고, 분실했고, 집에 두고 왔고, 지갑에서 빠져나와 다른 어딘가에 달라 붙어서 결코 되찾을 수 없는 무엇이 되곤 했다. 오늘 밤의 공연 티켓을 사무실에 두고 왔는데 서류함 첫 번째 칸에 넣어둔 봉투의 이미지가 불현듯 눈앞에 얄밉게 떠오른다. 버스 월간 승차권이나 다음 주 경기 티켓은 도대체 어디에 뒀는지 짐작도 못하겠다. 분실 관련 양식을 작성하거나 고객센터와 몇 시간을 통화하며 나는 티켓을 샀고 티켓을 산 그 사람이 내가 맞다고 상담원을 설득하기 위해 미친 듯이 노력해야 할지도 모른다. 어떤 때는 계획했던 것이 무엇이든 전부 놓치는 결말로 끝나기도 한다.

그런 일은 다시는 일어나지 않는다. 비행기나 기차표, 공연 티켓, 통근 승차권 또는 월드 시리즈 티켓은 온라인에 존재하고 휴대폰 속에 있다. 잃어버리려야 잃어버릴 수 없다. 말문이 막혔을 때 사람들 앞에서 극적으로 찢어 버릴 수도 없다. 모바일 티켓이니까. 애초에 절대 동의하지 않았어야 했다는 생각이 드는 '동의' 체크를 없던 일로 하고 쓰레기통에 버릴 수도 없다. 링크와 첨부 파일 속 이미지나 텍스트는 언제나 백업되므로 잃어버리기 어렵다. 자동 확인 기능이 있다. 스캔 가능한 QR 코드도 있다. 스마트폰으로 스마트하게 스크린샷도 찍었다. 인생에서 가장 큰 스트레스 요인 중 하나는 축복처럼 사라졌다. 물론, 당신이 휴대폰을 분실한다면 또 모르겠지만.

[6]

로맨틱한 첫 만남

당신이 아는 커플 중에서 실제로 엘리베이터에서 처음 만난 경우가 몇 쌍이나 되는가? 외로운 싱글이 다른 사람의 결혼식, 그것도 거의 참여하지 않을 뻔했던 결혼식, 반쯤은 원수나 다름없는 친구의 결혼식에서 운명적인 상대를 만난 경우는 얼마나 되는가? 여자가 (아마도 잘못된 사람을 만나러 가는) 약속 시간에 늦어 달리다가 (귀엽긴 해도) 걸려 넘어져 말 그대로 운명의 품에 은유적으로 안기는 일이 얼마나 자주 일어날까? 그런 로맨틱한 만남은 로맨틱 코미디에나 있을 법한 일이었고, 현실에서보다 영화에서 훨씬 더 자주 발생했다.

그러나 그런 일이 현실에서 벌어졌을 때 그 결과는 너무나 찬란하고 매혹적이어서, 음미할 만한 이야기가 되었고 결혼 발표 기사나 이젠 사라진 동문 잡지—명복을 빕니다—혹은 가족 식사 자리에서 영원토록 반복해 과시되곤 했다. 첫 만남이 특별히 귀엽지 않았더라도 "네 엄마를 어떻게 만났느냐면"

하는 이야기들은 누군가와 누군가가 어떻게 만나 사랑에 빠졌는지에 관련한 비밀의 단서였다. 특히 두 사람이 신기한 짝이거나 예상치 못한 짝이라면 더더욱. 그는 그날 밤 우연히 나타난 전 룸메이트의 전 남자 친구의 친구였다. 그들은 페어웨이 식료품점의 농산물 진열대에서 만났다. 또는 칸국제영화제에서 주목받은 영화를 상영하던 발보아 극장 앞의 긴 줄에서 만났는데, 영화가 끔찍하게 별로였던 터라 불만을 늘어놓다가 가까워졌다. 이런 우연한 만남에는 큰 잠재력이 있었다. 비록 결혼식 축사 중에나 들을 수 있었으나 한 남자가 한 여자를, 또는 한 남자를 이런 식으로 만났다면 당신에게도 그런 우연이 일어날 가능성이 열리는 셈이다.

그래서 통계적 희소성에도 불구하고 로맨틱한 첫 만남은 백일몽의 소재로 남아 있었고, 끝없는 싱글 생활에 지친 당신이 화장실 바닥에서 울부짖을 때 가장 친한 친구가 전하는 위로와 격려의 말이 되었다. 이런 일이 생길 수도 있어. 버스에 앉아 있는 네 옆자리에 낯선 사람이 앉더니, 배낭을 벗어서 무릎에 쓱 올려놓는 거야. 덕분에 그가 읽던 책의 제목이 보여. (꽤 괜찮은 책이야) 기차에서 만날 수도 있지. 빗속에서 만날 수도 있고. (어쩌면 둘 다 닥터 수스✦ 팬

✦ 미국의 동화책 작가이자 만화가.

일 수도 있어) 모든 사람이 자기 휴대폰이나 노트북과 마주 보고 커피를 마시기 전에는 카페에서 잡담을 하다가 누군가를 알게 되기도 했다. (80년대 동네 스타벅스에 타자기를 끌고 오는 괴짜를 생각해 보라) 지하철에서의 "근처에서 지켜봤는데요"는 연결될 가능성이 너무 높아서 지역 신문 광고란의 한 코너가 될 정도였다. 바로 '놓친 인연Missed connection'✦이다. 주간지—명복을 빕니다—독자들의 즐거움이었다네.

모든 것은 온라인으로 옮겨갔다. 첫 번째 선구자 크레이그리스트✦✦는 '놓친 인연'을 초기에 디지털화하여 인터넷 데이트 씬을 탄생시켰다. 그리고 개인 광고가 나왔고 또 다른 모든 광고가 이어졌다. 얼마 지나지 않아 인터넷은 엘리베이터, 영화관에 선 줄, 백화점 등 모든 곳이 되었다. 이전의 모든 연결이 그곳으로 옮겨갔다.

인터넷은 제 역할을 아주 아주 잘 해냈다. 인터넷은 수많은 얼리어답터들을 연결했고, 사람들을 더 잘 연결하는 새로운 프로그램과 결합했다. 그것은 '제이데이트', 'Ok큐피드', '매치', '범블' 그리고 무자비한 '틴더'를 낳았고, 어쩌고저쩌고 할 것 없이

✦ 한국으로 치면 '사람을 찾습니다'와 유사하다.

✦✦ 미국의 지역 생활정보 사이트에서 시작해 전 세계로 확산된 온라인 벼룩시장.

새로운 기회는 거의 사라지다시피 했다. 이제 우리는 종교적 신념이나 정원 가꾸기에 대한 열정은 공유하지 않아도 우리를 정신없이 행복하게 해줄 수 있는 사람을 찾고자 사전에 선택된 기준에 따라 '완벽한 파트너'를 까다롭게 골라낸다. 우리는 모두 실리콘밸리 깊은 곳에서 일하는 누구인지 모를 직원들이 설정한 공식과 알고리즘을 따른다. 2013년, 미국 이성애자들이 열애 상대를 찾는 방법으로 온라인 만남이 친구를 통한 만남을 제치고 가장 인기 있는 방법에 등극했으며, 그 우세는 계속되고 있다. 오늘날 동성 커플은 10쌍 중 7쌍이 이러한 방식으로 서로를 찾는다. 〈뉴욕타임스〉의 결혼 발표 커플 10쌍 중 9쌍은 온라인을 통해 만났으며, 이들의 첫 만남 이야기는 사실상 데이트 서비스 경쟁 업체들의 무료 광고나 다름 없다. 싱글들에게 남은 유일한 질문은 어떤 플랫폼을 선택할 것인가다.

[7]

실패한 사진

코닥 필름카메라 시절에는 대부분의 사진이 실물보다 못하거나 중심이 안 맞거나 잘못 찍히거나 과다 노출이거나 전원이 해충처럼 적목 현상으로 찍히곤 해 보관할 가치가 없었다. 포커스를 맞출 수 있는 사람도 없었다. 플래시를 언제 어떻게 꺼야 할지 아무도 몰랐다. 미적 감각을 가진 사람은 더더욱 없었다. 화학 약품 냄새가 감도는 새 인화물을 샅샅이 뒤져도 턱 바로 아래보다 덜 불길한 곳에 초점이 맞은 사진은 한 장도 건질 수 없었다.

작은 버튼을 누르면 어떤 결과가 나올지 전혀 알 수가 없었다. 싼 가격만큼이나 저렴한 품질을 자랑하던 24시간 사진관이 나오기 전까지는 일주일 또는 그 이상을 기다려야 결과물을 확인할 수 있었다. 필름은 소중했고, 더욱이나 24장이 아니라 36장들이라면 한 롤을 다 찍는 데 몇 달이 걸리기 때문에 뭐가 어떻게 찍혔는지 모르는 작고 검은 플라스틱 필름 롤을 희망찬 마음으로 현상소에 맡기고 나면, 사진이 든 봉투를 열어보고는, 꿍. 흐릿한 잔혹함이 차례로 펼쳐질 뿐이었다.

광란의 시대였던 90년대에 상황은 더 악화되었다. 케이터링 서비스를 부른 스위트 식스틴 파티✦나 결혼식에 수십 대의 후지 일회용카메라가 등장했는데, 어찌 된 노릇인지 그 카메라들은 제대로 된 사진을 한 장도 찍을 수 없는 하객들의 손에만 떨어졌다. 사진을 모조리 버리고 싶은 유혹을 느끼기 마련이었지만 그럴 수 없었다. 필름은 비쌌고 사진을 버리는 것은 헛되고 경솔한 일처럼 느껴졌기 때문이다. 친구의 폴라로이드 카메라가 사진을 뱉는 순간 우스꽝스럽게 찍혔다는 확신에 분노를 참을 수 없을 때도 있었다.

이 시기의 사진첩을 훑어보는 일은 파티에서 울고, 동창회에서 얼굴을 찌푸리며, 동생의 어린이 야구 경기에서 비참한 표정을 짓고 있는 말로 설명할 수 없고 때로는 미친 것처럼 보이는 과거의 암흑기를 마주하는 것과 같다. 당신이 아주 멋져 보이는 드문 순간에 카메라를 가지고 오는 사람은 없었다. 학교 사진은 일상적으로 공포스러운 순간들을 기록했다. 치아교정기. 울퉁불퉁한 청소년기 시절. 얼룩덜룩한 회색 배경. 진실을 말하는 8×10 사이즈의 사

✦ 북미 문화권에서 성년의 날 개념으로 16살 생일을 축하하는 파티.

진 봉투를 숨기려고 노력해봤자 부모님들은 너무 비싼 사진 세트를 주문한 뒤였고, 마치 앙심이라도 품은 사람들처럼 사진이 어떻게 나왔든 고이 보관할 터였다. 1년에 한 번 찍은 이 사진들은 어린 시절 역사의 일부였다! 당신은 사춘기 내내 카메라를 휘두르는 어른들로부터 도망쳤을 것이다.

이런 면에서 생각하면 2011년까지 미국에 존재하지도 않았던 단어인 '셀카'의 지배력을 예측하기란 불가능했을 것이다. 사람들이 자기 사진 찍기를 이렇게까지 좋아할지 어느 누가 알았을까? 어색해하는 동시에 자의식 과잉인 생명체인 10대들은 오후 내내 포즈를 취하고 사진에 완벽을 기하며 시간을 보낼 수 있다. 어르신들도 셀카를 얼마나 좋아하는지 관광버스는 예스러운 풍경 사진이나 랜드마크가 아니라 셀카를 찍기 위해 정차한다. 모두가 셀카를 너무나 사랑하기 때문에 '인스타그램 박물관'이 있다면 오로지 특이한 배경에서 셀카를 찍기 위한 목적으로 만들어질 것이다. 즉, 도슨트 대신 직원이 서서 인스타그램용 설치물 내부에서 포즈를 취하는 방문자의 사진 촬영을 도와주는 것이다. 호텔과 레스토랑은 셀카 잠재력을 높이기 위해 욕실 조명을 디자인할 것이다. 그렇다, **욕실** 조명 말이다. 하지만 셀카에서 배경은 부수적인 문제가 된다. 셀카 속 우리 모두는 최상의 모습이니까.

[8]

파일 정리

쇠로 된 잠금장치를 열어보려고 시도한 지도 벌써 몇 년, 쌓아둔 파일 박스 4개가 비난의 눈초리를 하고 차고에 서 있다. 그 안에 무엇이 있는지 이제는 감을 잡을 수 없지만, 그것들이 더는 필요하지 않다는 것도 받아들이지 못하고 있다. 전부 내 파일이니까! 누구나 과거의 역사를 알파벳순으로 보관할 장소가 필요하기 마련이었다. 학년별 미술 과제, 캠프에서 보낸 편지, 카드들—생일 카드, 발렌타인데이 카드, 기타 카드—, 보험 양식, 주택 증서, 의료 기록. 서류를 손에 쥔다는 것은 성인이 되는 과정의 일부였다. 출생증명서, 어린 시절 졸업증명서 등 공식적인 서류를 부모로부터 인계받는다는 의미였다. 그 서류들이 언제 필요해질지 누가 알겠는가?

또한 파일 캐비닛은 모든 작업 공간과 서재의 일부였다. 사무실의 서류 창고나 집 지하실에 파일로 된 미로가 있다 해도 놀랍지 않았다. 작가라면 스크랩이 필수였다. 당신의 작품이 인쇄 매체에 등장할 때마다, 당신은 신문 가판대에 가서 여러 권을 산 다음 필요하다면 면도칼을 사용해 기사를 열심히 찢어냈다. 새로운 편집자에게 컨택할 때, 이런 스크랩을 자기소개서와 함께 서류 봉투에 넣어 보낼 수 있도록 날짜와 출판물별로 철해 두었다. 큰 프로젝트에 대한 원고 작성 과정을 문서화한 서류도 있었다. 인쇄된 자기 이름을 아끼는 작가라면 누구나 다양한 서류들을 가지고 있었다. 일차 연구, 초안, 편집 노트들. 언젠가 도서관이나 대학으로부터 돈을 받고 넘겨야 할지도 모르고… 운이 좋으면 '당신의 자료들'에 대한 기부 요청을 받을 수도 있으니까.

하지만 이 모든 것을 정리하는 행위, 즉 무시무시한 파일 정리에는 즐거운 대목이 없었다. 당신의 직업이 무엇이든 간에, 당신이 인턴이나 사무보조나 사무관리자 혹은 사무원 또는 카탈로그 관리자라면, 파일 정리를 맡는 수밖에 없었다. 당신은 엄지손가락이 닳을 때까지 서류를 철하고 또 했고, 직급 사다리를 몇 칸 올라간 후에야 파일 정리 업무를 내려놓을 수 있었다. 물론 그때가 되어서도 종종 서류로 꽉 찬 서랍을 여느라 끙끙대곤 했겠지만.

나는 여름이면 새어머니가 하던 판촉용품 대리점에서 노란 봉투에 담겨 매일 배송되던 카탈로그를 정리하는 일을 내내 맡곤 했다. 해당하는 캐비닛을 찾고 적절한 펜다플렉스 서류 폴더를 찾아 그 안에서 내용물을 꺼내고 '1989년 봄' 항목에 있던 내용물을 가을의 내용물로 바꾸는데, 모든 내용물은 제목의 세 번째 글자까지 알파벳 순서에 맞게 정렬해야 했다. 그런 다음 금속 분류판을 다시 가운데에 넣은 다음 작고 구멍이 난 종이에 라벨을 손으로 쓰고, 잘 접은 후 플라스틱 탭에 삽입하면 한쪽 끝이 파일함 내부에서 위로 튀어나와 보였다. 마지막으로는 끙끙대며 서랍을 닫았는데 종종 서류함이 딱 닫히는 부분까지 발로 힘껏 걷어차야 할 때도 있었다.

가끔, 추억이 고파질 때면 나는 차고 안의 파일박스 중 하나를 열어서 내 과거를 들여다보는 시간을 갖곤 한다. 잊고 있던 인류학 수업의 학기말 보고서, 우리 집 앞 나무를 쓰러뜨린 허리케인에 대한 고향 일간지 기사 스크랩 등 기록보관소에 남아 있는 시각적 잔해는 내 눈길을 사로잡고 나를 추억여행으로 이끈다. 종이의 냄새와 무게, 손글씨의 예스러움, 도트 프린터 인쇄물의 서체 등은 모두 나를 과거로 돌아가게 한다.

이제 누가 이런 것들을 인쇄할까? 클라우드의 똑같은 폴더 아이콘에서는 내용물을 조심스럽게 열고 펼치거나 뒷면에서 예상치 못한 내용을 발견하는 식의 일은 생기지 않는다. 우리는 그 모든 것으로 향하는 문을 영원히 닫아버릴 수 있다.

[9]

구남친

아무리 짧거나 불행한 관계였더라도, 몇 달 혹은 몇 년이 지난 후에 전 남자 친구에게 무슨 일이 일어났는지 궁금해하지 않을 수는 없었다. 의대 입학을 위해 당신이 뒷바라지했던 사람, 항상 자기 말이 옳아야 했던 사람, 누구와도 다른 자기만의 스타일로 춤출 줄 알던 그 사람. 당신이 그와 헤어졌을 때 그는 몇 달이고 속 쓰린 나날을 보냈을까, 아니면 그날 밤 곧장 외출해서는 술에 취해 다른 사람과 잠자리에 들었을까? 그가 예전부터 좋아했다고 당신이 의심했던 직장 동료와 사귀기 시작했다면? 알고 보니 게이였나? 그의 친구들과 계속 연락하고 지내지 않는 한 아무 것도 알 수 없었다. 만약 그가 앞으로 헌신할 대상에 대해 알게 된다면 대개 결혼 발표를 통해서였다. 기껏해야 그 정도였다. 당신과 그는 끝났고, 관계가 끝났을 때 마음이 아파도 화가 나도 그 마음에 빠져 있지 않는 게 최선이었다.

구남친이든 구여친이든 이제 더는 잊을 수 없

다. 그들을 여전히 그리워하든 아니든, 페이스북 친구거나 친구의 친구거나 같은 업종인 탓에 링크드인✦에서 엮여 있으니 도대체 잊을 수 없다. 검색 중에 구남친이 나타나거나 금요일 밤에 그와 관련된 게시물을 스크롤하는 자신을 발견했을 때 '내가 지금 도대체 뭐하는 거람?' 싶으면서도 도무지 로그아웃할 수가 없다. 인스타그램에서는 팔로우를 끊어버리면 너무 오버하는 것처럼 보일 수 있으니 계속 서로를 따라다니는 식이 된다. 어쨌거나 두 사람은 도합 1,874명의 공통 지인을 가지고 있으니까.

그는 당신의 가시 영역인 온라인에 있을 것이고, 어쩌면 그도 당신을 관찰 중일 수 있는데, 더 나쁜 상황은 그는 당신을 전혀 보고 있지 않을 경우다. 그는 당신이 가장 기대하지 않았을 때 멋진 새 직장과 상냥해 보이는 여자 친구로 무장한 잘난 모습으로 나타나기 마련이며, 당신은 뽀샤시한 사진으로 그것을 보게 되어 있다. 당신은 냅킨 패턴에 이르기까지 그의 다가오는 결혼식에 대한 모든 것을 알게 될 것이고, 그의 완벽한 딸아이가 가정 분만 풀에서 대자연 분위기의 음악과 영적인 산파에 둘러싸여 세상의 품에 즐겁게 도착해 환영 받는 모습을 보게 될 것이다. 아이는 잘 어울리게 배합된 사진 속 풍경만

✦ 비즈니스 전문 소셜 네트워크 서비스.

큼이나 풍요롭고 사랑스럽게 자라날 것이다. 인터넷은 서로의 행복을 만끽하기에 딱 좋다.

그것을 저급한 스토킹, 사이버 스토킹 또는 "소름 끼친다"고 뭐라고 부르든 간에, 요즘 사람들은 불가피하게 옛 연인들의 삶의 가장자리를 너무 많이 훑어본다. 우리의 옛 친구나 옛 연인은 요가의 물구나무 서기 동작을 할 줄 알게 되었다. 현대 예술을 감상하기 시작했다. 그들의 멋진 집을 보라. 엄지손가락을 그 게시물 위에서 너무 오래 방황하게 두지 말자. 그렇지 않으면 우연히, 소름 끼치게도, 좋아요를 눌러 전 애인에게 당신이 그의 토끼굴에 얼마나 깊숙이 기어들어갔는지 알릴 수도 있다. 아니면 작정하고 그렇게 해버려라. 만약 사악한 전 애인이 되고 싶다면, 당신은 '좋아요 공격'이라고 불리는 음흉한 형태의 스토킹에 참여할 수 있다. 상대가 올리는 모든 게시물에 좋아요를 누르고 당신이 여전히 신경 쓰고 있다는 사실을 그에게 알리는 것으로 충분하다. 소오름.

사람들은 작별 인사 없이 연결을 끊는 잠수 타기Ghosting를 선보이거나 아예 무응답Cloaking으로 대응하기도 한다. 응답하지 않을 뿐만 아니라 모든 앱에서 상대를 차단해 관련 정보를 보지 않을 수 있고 완전히 사라져버리는 것이다. 왓츠앱✦에 뜬 체크 표시

✦ 모바일 메신저 앱.

한 번으로 당신이 차단당했다는 걸 알 수 있다. 아니면 당신의 전 애인이 시한부 잠수Submarining를 시도할 수도 있다. 몇 달 또는 심지어 몇 년 동안 연락을 끊었다가 다시 나타나 아무 일도 없었던 것처럼 행동하는 것이다. "엇, 안녕!" 하지만 여전히 당신을 마주보기는 **피할** 것이다. 이런 행동은 삶을 이어가는 것도 이별을 극복하는 것도 아니다.

특히 10대들은 행복을 부엌칼처럼 마구 던지는 데 재능이 있다. 이들은 새로운 연인과 찍은 사진에 전 애인을 태그하여 나쁜 이별이 되도록 조장한다. 인스타그램은 이런 형태의 온라인 괴롭힘을 '배신'이라고 부른다. 10대들은 그것을 정상이라고 부른다.

최근 혼자가 되었거나 영원히 싱글인 사람들에게 온라인은 고통스러운 정보로 가득 차 있다. 어느 30대 여성이 그 잘생긴 이혼남이 첫 번째 술 약속을 잡은 후 답장을 보내지 않는 이유를 궁금해하는 것은 안타까운 일이었지만 이제 그녀는 그 이유를 정확히 안다. 그 남자, 새로운 사람을 맞이할 준비가 안 됐다고 하던가? 온라인 매칭 사이트에서 그의 프로필이 활성화되어 있는 모습을 한 번 보면 거짓은 날아간다. 그는 단지 그녀를 좋아하지 않았다.

[10]

지각

잠깐만, 너 20분 늦었어? 전혀 몰랐네. 내 말은, 오히려 고마운걸. 덕분에 오늘 아침인가 어제 아침에 인터넷에서 난리였던 니콜라스 케이지의 미친 인터뷰를 드디어 읽었거든. 고양이 기사도 봤고. 내가 좀 뒤처지긴 했지? 그래도 너 기다리는 동안 이메일도 확인하고 그동안 못 본 것들 따라잡았어. 잠깐만 기다려봐. 이거 하나만 마저 써도 될까? 고마워. 늦게 와준 것도 고마워! 너도 먼저 가서 다른 볼일 보고 있을래?

기다림은 '공짜' 시간이자 거저 얻은 시간이자 마법의 인터넷 시간이라서 우리 모두가 활용할 수 있으니 지각에 대해 더는 죄책감 가질 필요가 없다. 지각은 잘 발생하지도 않게 되었는데, 왜냐하면 지하철이 지연되면 바로 문자를 보내고, 2분 뒤에 도착하면 또 연락하고, 회의가 2분 늦게 시작했다고 다음 회의 참가자들에게도 알리기 때문이다. "넵!" 상대는 대답할 것이다. "저도 늦었어요!" 만약 비대면 회의라면, 우리는 회의까지의 모든 과정을 온라인에서 해결할 수 있다.

우리는 그 어느 때보다 시간을 잘 알면서도 항상 지각한다. 우리의 알람 시계는 결코 배터리가 소진되지 않으며, 사람들은 스마트워치가 아니면 시계를 차지도 않는다. 시간은 미래까지도 클라우드 서버에 동기화된다. 끊임없이 시간을 인식하는 이 이상한 세상에서 다른 사람들의 끈질긴 지각은 우리 자신의 지각에 대한 변명이 될 뿐 아니라 항상 두 발짝 앞서 있는 시계와 보폭을 맞추는 데 도움이 된다. 다음번에는 조금 더 늦게 와주세요.

[11]

긍정적인 무관심

막대사탕과 롤러스케이트가 유행하던 시절의 어른들은 아이들이 어디에 있는지, 누구와 함께 있는지, 도대체 무엇을 하고 있는지 전혀 몰랐고 그것은 아이들에게 아주 잘 맞았다. 학교에 갈 때는 혼자서 또는 엄마가 못마땅해하는 아이와 함께 나란히 걸어갔다. 각자 자전거를 타고 교통체증에 맞서 함께 달렸을 수도 있다. 엄마는 알 필요가 없었다. 낮에 집이 비어 열쇠를 가지고 다니는 아이들은 마음대로 오후 시간을 보냈다. 낮에 부모님이 집에 있는 아이들도 보통 저녁 식사 전까지는 집에 행방을 알리지 않았다. 숙제를 끝내지 않고 달콤한 간식을 먹을 수 있었다. 어떤 아이들은 시내에서 물건을 훔쳤고 학교 주차장에서 스케이트보드를 탔다. 나이를 먹은 아이들은 나이를 약간 더 먹은 아이들이 부주의하게 운전하는 차에 치이기도 했다. 그날 밤 해변에서는 제대로 손질되지 않은 모닥불과 3개의 맥주통이 있는 파티가 열렸지만, 부모님은 당신이 "외출

했다"는 사실 외에는 알지 못했다. 당신이 집에 도착했을 즈음이면 부모님은 주무시고 있었다.

그러거나 말거나 어쨌든 아이들은 자랐다. 하지만 그 시대의 이러한 일상적인 육아 관행은 이제 심각한 태만 행위처럼 느껴진다. 지금의 부모들은 9개월 된 아이가 일과 중에 무엇을 먹고 있는지 궁금해할 필요가 없다. 그들은 언제든지 홈카메라를 볼 수 있어서 아이가 어디에 있는지 정확히 알뿐더러 아이가 까르륵 웃는지 엉엉 우는지 치명적인 위험에 처해 있는지 알고 있다. 베이비시터에게 문자를 보낼 수 있다. 어린이집의 웹사이트를 둘러 보고 '놀이방'을 클릭할 수 있고 점심에 무엇이 제공되었는지에 대한 블로그 일일 게시물을 읽을 수 있다. 귀염둥이가 뒤집기를 충분히 했는지 식사 시간에 배를 다 먹었는지 한번 볼까.

아이가 5살이 되면, 아이의 소형 기기를 추적할 수 있다. 다음에는 아이의 스마트워치가 그 역할을 하고, 장비에서 장비로 이동하며 휴대폰에 이른다. 이렇게 인터넷은 아이의 이정표를 만든다. 부모들은 각각의 기기를 통해 그들의 11살짜리 아이가 어디에 있는지, 아이의 친구들이 누구이고 어떤 멍청한 혹은 어떤 놀라운 것들을 함께 즐기는지 확인할 수 있다. 아이가 무슨 일을 꾸미고 있는지 궁금해하지 않아도 된다.

13살짜리 아이가 대수학I 과목에서 낙제할지 궁

금해하지 않아도 된다. 부모들은 클래스도조✦와 학부모 포털, 온라인 성적표와 각 선생님으로부터 받은 주간 보고 이메일을 통해 아이가 음악 이론 퀴즈에서 어떤 점수를 받았을 때부터 걱정해야 하는지 이미 알고 있다. 성적표가 부모와 자녀의 메일함에 동시에 발송되기 때문에, 귀가 후 놀라 화가 날 일은 없을 것이다. 15살 아이는 불운하게도 성적표를 가져오는 것을 '잊어버릴' 기회가 없다. (사람이 수기로 평가를 남기고 서명한 두꺼운 직사각형 종이를 기억하는가?) 수정액을 이용해 성적을 바꾸거나 성적표를 받지 못한 척할 수도 없다.

부모는 이미 잘 알고 있다. 아이가 할당된 45분보다 더 오래 포트나이트 게임을 했는지(했다), 온라인 포르노를 본 적이 있는지(죄송합니다), 학교에 친구가 있는지(104명, 어제 기준), 그가 누군가를 좋아하는지 혹은 **좋아요**를 누르는지 알고 있다(그 문자 메시지들!).

만약 6학년 아이가 처음으로 학교에서 집으로 걸어갈 때 무슨 일이 일어나게 된다면, 무슨 일이 일어나든 아이가 어디에 있는지 정확히 알게 되리라는 사실만큼은 안심할 수 있다. 그런 최악의 시나리오에서는 적어도 알 수 있다는 사실이 안심이 된다. 하

✦ 아이들의 공부 진도를 확인하고 칭찬할 수 있는 앱.

지만 요즘 아이들은 부모의 주의 깊은 시선을 떨쳐버리고 싶을 때 정확히 어디로 도망쳐야 하는지 매우 잘 알고 있다. 바로, 인터넷 더 깊은 곳이다. 그들은 암호화된 방에 숨고, 익명 계정을 설정하고, 부모들이 판단하는 눈으로 들여다보고 모르는 척 질문을 하기 전에 이미지가 사라지는 플랫폼에 특정 사람들만 볼 수 있게 사진과 글을 게시하는 방법을 알고 있다. 아이들은 자랄수록 감시 도구를 부모를 향해 돌릴 것이고, 부모들은 원하는 만큼 볼 수 있지만 아무것도 볼 수 없을 것이다.

[12]

운전 담당✦

만약 술을 끊겠다고 맹세라도 하지 않았다면 운전 담당이 된다는 것은 저녁 흥을 깨는 일이었다. 연례 술 파티가 벌어지는 앨리스와 조의 생일 밤이나 새해 전야에 누군들 맨정신으로 있고 싶겠는가? 격렬한 논쟁이 오간 끝에 마지못해 돌아가면서 맡는 일이었고, 누군가는 항상 파티를 즐기지 못하는 사람으로 소외되었다. 그럼에도 불구하고 누군가, 단 한 사람이라도 모두를 안전하게 집으로 데려다 주어야 한다는 사실을 인지하고 있는 한, 어떤 신나는 밤이라도 그는 어느 정도 자제력을 가질 수 있었다.

이제 누구나 끝까지 달릴 수 있다. 우버와 리프트 서비스가 있으니 누가 운전 담당이 될지 논쟁할 필요가 없다. 10대들은 가짜 맨정신 목소리를 짜내 다들 자기를 두고 가버렸다고, 데리러 와달라고 부

✦ 파티나 바 등에 가면서 대표로 운전을 맡기 위해 술을 마시지 않기로 한 사람.

모에게 애원하는 굴욕적인 전화를 집에 걸 필요가 없다. 대신에 그들은 필름이 끊길 때까지 술을 마시고 뭔지도 모를 유해한 것들을 몸에 집어넣는다. 비틀거리는 모습을 부모님이 보기 전에 몰래 집에 들어갈 수 있을 것이다. 벤모✦의 설정을 손보면 그날 저녁에 든 비용을 숨길 수도 있다.

16살 청소년이 금요일 밤에 만취하는 것을 축하할 사람은 없지만, 갓 발생한 10대 음주운전 사고에 대해 경찰로부터 무서운 전화를 받는 것보다는 새벽 4시에 귀가한 딸이 변기를 붙잡고 토하는 동안 땀에 젖은 머리를 잡아주는 쪽이 훨씬 더 바람직하다. 요즘 아이들은 음주운전이 미친 짓이라고 생각한다. 그냥 운전 자체가 미친 짓이라고 생각한다.

✦ 미국의 간편 송금 앱.

[13]

전화

사람들은 항상 전화에 많은 시간을 썼다. 달라진 점은 이전에는 실제 통화에 시간을 썼다는 것이다.

주머니에 넣거나 손에 쥔 작은 기기를 '전화기'라고 부른다는 사실은 그 물건이 실제로 무엇인지를 생각해 보면 정말 이상하다. 그건, 컴퓨터다. 어떤 사람이 최신형 아이폰 프로 맥스 기종을 전화를 거는 용도로만 쓸까? 사람들은 피자집 전화번호를 누르기보다 배달 앱에서 피자를 주문하기 위해 전화기를 더 자주 사용할 것이다. 전화가 오면 우연이 아니고는 잘 받지도 않는다. 윽! 빨간색을 누르려고 했는데.

팬데믹 이후, 사람들은 문자 메시지와 페이스타임 사이의 이상한 기회인 '음성 통화'를 마치 이전엔 의도적으로도 재미로도 한 번도 해본 적이 없다는 듯 다시 발견했다. 지금의 "얘기 좀 하자"는 말은 텍스트 기반이기 때문이다. 누군가와 전화로 대화하는 것은 '연락하기' 또는 '안부 확인'의 형태로 발전했는데, 이러한 변화는 장갑을 끼고 있거나 달리기를 하는 동안 문자를 입력할 양이 너무 많을 때 한정으로, 의식적으로 짧게 통화하는 것을 뜻한다. MIT의 인터넷 사회학자 셰리 터클은 이러한 일반적인 경향을 '대화로부터의 도피'라고 부른다.

하지만 과거에 우리는 통화를 많이 했고, 좋아했다. 아이들은 전화벨이 울릴 때 자기에게 온 전화는 아닌지 궁금해했다. 10대들은 오후 내내 그리고 밤까지 통화하기를 매우 좋아했고 공주 전화기Princess telephone✦나 자기 전용 전화선을 애타게 갖고 싶어 했다. 어른들에게 전화 통화는 집안일과 부모 역할의 지루함을 완화하고 아무 일도 안 하는 것 자체를 의미했다. "전화 좀 끊어!" 가족들은 서로에게 소리를 지르곤 했다. "엄마, 재가 한 시간 넘게 전화하고 있어!" "너 아직도 통화 중이야?" 사람들은 아무 이유 없이 서로에게 전화를 걸었다!

또한 합당한 이유로도 서로에게 전화를 걸었다. 일을 전화상으로 처리했으니까. '전화를 잘 하는 것'은 면접에서 자랑할 만한 가치가 있는 기술이었다. 직장에서는 전화벨이 끊임없이 울렸다. 비서, 고객센터 담당자, 전화 판매원, 전화 연결원 등 모든 직

✦ 야간 조명이 포함된 침실용 전화기.

업이 전화를 중심으로 구축되었다. 이제 이 영역의 대부분은 로봇과 챗봇이 처리한다. 게으른 직원들은 바쁘게 보이는 가장 효율적인 방법 중 하나가 일정한 간격을 두고 헤드셋에 대고 말하는 것임을 알고 있었다. 권력이란 둘 이상의 전용 전화선을 갖는 것이었다. 비록 직업이 전기통신과 관련이 없다고 해도, 당신은 전화를 하거나 전화 통화를 피하려고 노력하며 하루를 보내게 되어 있었다.

다행히도 그런 시대는 갔다. 포스트 전화 세대들은 왜일지 궁금할까? 음, 우선, 전화벨은 항상 잘못된 시간에 울렸다. 전화는 준비가 되지 않았을 때 응답하게 만드는, 주제넘고 거슬리는 것이곤 했다. 전화는 무례했다. "무슨 근거로 내가 지금 모든 걸 포기하고 당신과 얘기할 수 있다고 생각하지?" 위층에서 전화벨이 호전적으로 울리는 동안 당신은 지하실에서 걸레통을 비우며 외치고 싶었을 것이다.

요즘 사람들은 당신이 전화를 받기에는 다른 일들 때문에 너무 바쁘다는 것을 알고 있다. 당신이 처음으로 레벨 7에 진입한 순간에 계획되지 않은 전화로 게임을 방해할 사람은 아무도 없다. 당신이 중요한 글을 어렵사리 쓰고 있거나 시리에게 명령을 내리는 동안 전화는 걸려오지 않는다. 전화가 온다 해도 안드로이드 음성이 건 전화거나 비상 상황일 때뿐이다. 누구나 훨씬 덜 거슬리는 방식으로 먼저 신호를 보내야 한다. "한 가지는 분명히 하자. 누군가가 죽지 않는 한 예고 없이 전화하지 말 것." 현대 에티켓 가이드 빅토리아 터크의 말이다. 적절한 처신은 전화를 걸기 전에 우선 문자를 보내 전화해도 될지 묻거나 예의 바른 이메일을 미리 보내는 것이다. 비록 그 전화가 최근 그룹 채팅에서 오간 이해하기 어려운 대목을 명확히 하기 위해서라고 해도 말이다.

솔직히, 문자가 대체로 더 낫다. 원할 때 읽고 원할 때 답할 수 있다. 영어가 모국어가 아닌 사람은 자신의 속도로 대응할 수 있고 단어를 검색할 수도 있다. 문자 메시지는 모든 것을 글로 해결하니까.

드물게 들려오는 심각한 내용의 통화는 밀폐된 장소의 뒷자리 사람에게서 종종 발생한다. 그는 당신이 잠깐 눈을 붙이려고 할 때 "나 기차 안인데 말이야"라고 입을 연 다음, 계약 상대가 아침에 나타나지 않은 것에 대해 열띤 독백을 시작한다. 아니면 탁 트인 사무실에서 큰 소리로 전화를 받고 치과 보험에 대한 세부 사항을 모두 함께 듣도록 떠드는 누군가도 있다. 어쩌면 사람들은 전화 통화에 익숙하지 않거나 헤드셋 착용에 너무 익숙해져서 볼륨 조절 감각을 잃은 것은 아닐까? 우리는 전화하는 방법도 모르는 사람처럼 통화한다. 이제는 정말 알지 못할지도 모르겠다.

[14]

의료 양식

병원 대기실에 클립보드를 들고 앉아 5쪽의 양식을 채우는 것보다 더 별로인 일이 있다면, 평생 겪은 질병과 시술의 역사를 포함한 개인 정보를 모두 제공하겠다는 HIPAA✦ 승인에 이르기까지, 케이스를 씌운 태블릿(사람들이 태블릿을 대기실 벽에 던지기라도 할까 봐 걱정스러운 걸까?)으로 18개 페이지를 탭하고, 그 뒤에는 이용 경험을 별 1개에서 5개까지로 평가하도록 요청받는 것이다. 또는 의사와 예약을 하기 전에 로딩이 느린 웹페이지에 PDF를 하나씩 제출하는 것이다. 그냥 의사에게 전화를 걸어서 빈 시간을 골라 예약하던 때가 기억나는가?

종이가 적을수록 더 많은 질문을 받게 되며, 질문의 절반은 개인의 건강 관리보다는 병원의 마케팅 및 데이터 수집 노력에 맞춰진 듯하다. 이 모든 전자

✦ 미국 건강 보험 양도 및 책임에 관한 법.

데이터가 의사들 간에 잘 공유되어 새로운 전문의를 만날 때마다 고생을 반복할 필요가 없으리라 기대할 수 있지만, 안타깝게도 그렇지 않다. 시스템은 여전히 충돌하고 보험 정보는 유실되며 검사 결과는 데이터베이스에 저장되지 않는다. 기록을 업로드할 수 있는 사람은 아무도 없는 것 같다. 요청하신 내용을 다른 의사에게 이메일로 보내주시겠어요?

언젠가 대기실을 나와 진료실에서 옷을 벗기 시작한 후에도 여전히 이어진 의료용 프로그램에서 서른 번째쯤으로 느껴지는 화면에 문진 내용을 기입하며 간호사의 질문에 답하던 나는 "이거 정말 싫어요!"라고 불쑥 말했다.

"저희도 다 마찬가지예요." 간호사는 내 손에서 불쾌한 태블릿을 빼앗아 의자에 던지며 대답했다. "신경 쓰지 마세요." 하지만 슬프게도, 대부분의 진료소에서, 우리는 의료 양식을 채워야만 한다.

[15]

무방비 상태

당신이 학교 연극에서 얼마나 끔찍했는지, 직장에서 얼마나 대단하게 PT에 실패했는지, 아무리 엉망이었대도 그 사실을 알 필요가 없다면 얼마나 안심이 되겠는가. 아무튼 당신은 직접 보지 못했고, 아무리 간청해도 사람들은 대개 진실을 꺼내지 않는다. 시간이 지나면 처음의 끔찍한 상상만큼 나쁘지는 않았으리라고 스스로를 설득할 수도 있었다. 어쨌든 남들 앞에 서야 하는 그런 순간들은 종종 있다 해도 지나고 나면 영원히 사라지는 성질이라 오랫동안 되새김하지 않을 수 있었다. 4학년 때, 친구의 록스타 삼촌이 조카의 〈애니〉 공연을 찍기 위해 촬영팀을 대동하고 나타난 적이 있다. 대부분의 사람들이 비디오카메라를 본 적이 없었고, 메인 스트리트 초등학교를 방문한 나머지 손님들의 눈에 그런 일은 록 스타나 되어야 할 수 있는 일종의 사치로 여겨졌다. 누가 굳이 초등학교 4학년짜리의 공연을 촬영하겠는가? 오늘 답하자면, 우리 모두다.

삶의 모든 것이 공연이 되고 그 모든 공연이 공유되어 후대에 해부되기 이전에는 위험부담이 더 적었다. 이제 당신은 상태가 어떤지 모르는 채로는 집 밖으로 달려나가지 않는다. 머리가 어떤 지경인지 휴대폰으로 확인할 수 있을뿐더러(손거울이라는 물건을 기억하는지?), 더 큰 문제는 다른 누군가가 그 모습을 볼 수도 있다는 데 있다. 그러고 나가도 걱정이 없다는 확신이 있지 않고서야 그렇게 외출하지 않을 것이다. 매일 밤 타임스퀘어를 거쳐 집으로 걸어가면서, 나는 수백 대의 고정 카메라가 모든 순간을 기록하고 있다는 사실을, 다른 사람의 순간을 포착하는 동안 나의 순간 역시 녹화하고 있다는 사실을 무시하기가 어렵다. 이 자발적이고 규제되지 않은 감시 시스템을 생각하면 카메라의 시야를 번갈아 피해가며 걸음을 재촉하게 된다. 함께 통근하는 동료와 대화하는 순간에도 누군가—어쩌면 내 휴대폰이—나를 녹음하고 있을지도 모른다는 생각에 말을 조심하는 스스로를 인지하게 된다. 나는 다른 사람의 라이브 스트리밍에 원치 않게 참여하고 싶지 않다. 당신은 언제나 깜짝 카메라Candid Camera✦에 포착될 수 있다.

우리 모두가 어느 정도는 자의식 과잉이었다. 나 역시 자라면서 거의 모든 10대들과 마찬가지로

✦ 1948년부터 2014년까지 방영한 미국의 리얼리티 시리즈. 당사자 몰래 짓궂은 상황을 연출하고 촬영한다.

스스로 주목받고 싶었던 드문 순간을 제외하고는 다른 사람들이 항상 나를 쳐다보고 있다는 생각에 두려웠다. 원하든 원치 않든 그 어떤 순간에도 아무도 나를 쳐다보지 않는다는 현실은 어른이 되어서 받아들이기 가장 힘든 교훈 중 하나였다. 어쩌면 우리 중 누구도 완전히 설득되지는 않았겠지만 말이다.

그런 경향은 다른 사람이 보고 있지 않다고 확신할 수 없는 시대에 어느 정도 대비한 셈이 되었다. 지금은 항상 조심하는 것이 최선이다. 타인의 카메라에 쉽게 녹화되고 자신의 말과 이미지가 온라인에 올라가 누구나 볼 수 있게 되는 시대에 보이지 않기란 불가능하다. 1967년의 14살은 체육관에 있는 모든 사람이 무언의 판단을 하며 자신의 허벅지 둘레를 재보고 있다고 상상하는 데 그쳤다면, 2020년의 14살은 남들이 그렇게 보고 있다는 것을 잘 알고 있으며 스냅챗✦을 캡처한 스크린샷에는 시간 스탬프가 찍혀 있다. 한 사람의 자기 인식이 같은 공간에 있는 이들로부터 오는 피드백뿐 아니라 심지어 그곳에 있지 않았던 사람들이 남긴 좋아요와 댓글과도 불가분의 관계가 된다.

그러한 주의 깊은 청중들과 마주하면서, 아이들은 일찍부터 자신의 이미지를 완성하는 법을 배운

✦ 미국의 메신저 서비스. 수신 확인 후 24시간 안에 메시지가 사라진다.

다. 중학교 때부터 자신의 개인 브랜드를 생각하고, '선택한 플랫폼에 참여'하기 시작하고, 그들의 '핵심 콘텐츠 영역'을 결정하도록 격려받으며, 궁극적으로, 구글의 '디지털 시민권'에 대한 커리큘럼이 말하는 것처럼, '멋진 인터넷'✦이 될 것이다. 청소년들은 자신이 누구인지 알아가는 중요한 시기에 이 모든 것을 흡수한다. 사회성 발달이 소셜 미디어에서만 일어난다는 뜻이 아니다. 소셜 미디어가 청소년들의 사회성 발달 그 자체다. 소셜 미디어는 아이들이 세상에 존재하는 방법을 배우는 곳인데, 엄밀히 말하면 현실은 아닌 공간이다. 삶을 살아가는 동시에 삶을 연기하는 일이 대부분의 아이들에게는 완벽히 정상적인 것처럼 보인다.

물론 우리 모두 주어진 상황이 요구하는 대로 삶을 수행하고 연기하지만, 현실 세계에서는 각각의 순서가 특정한 청중과 특정한 순간을 위한 것임을 알고 상황에 맞게 조정할 수 있다. 오프라인 세계에서, 직장 상사에게 집에서 갓난아기를 대할 때처럼 말을 거는 사람은 없다. 초기 인터넷에서도 자기 표현 방식을 바꿀 수 있었는데, 문자 전용 채팅에서 닉네임을 바꾸거나 하며 다양한 위장을 해볼 수 있었다.

초기에는 그랬다는 얘기다. 오늘날에는 인터넷

✦ 2017년 6월 구글은 '비 인터넷 어썸(Be internet awesome)'이라는 어린이용 디지털 문해력 교육 프로그램을 공개했다.

의 모든 부분이 개방되어 있고 또 캡쳐될 수 있기 때문에, 사람들은 잘못된 순간에 잘못된 사람에게 잘못된 방식으로 잘못 눈에 띄지 않도록 단일하고 동질화된 자신을 노출하는 법을 배운다. 모든 사람이 항상 온라인으로 출석해야 했던 팬데믹 시대의 격리는 이 과정을 악화시켰다. 우리의 집에서의 자아는 일터에서의 자아 및 사회적 자아와 융화되었으며, 우리 모두가 BBC 아빠✦와 마찬가지로 어색한 입장에 놓이게 되었다. 페이스북에서 당신은 친구와 동료와 부모님과 미래의 아이들에게 똑같은 '당신'으로 노출된다. 마크 저커버그는 이렇게 말한다. "회사 친구나 동료, 당신이 알고 있는 다른 사람들에게 각기 다른 이미지로 받아들여지는 시대는 아마도 꽤 빨리 끝날 것입니다…. 자기에 대해 2개의 정체성을 갖는 것은 진실성 결핍의 한 예로 볼 수 있습니다."

그것이 정말 진실성의 결핍인가? 아니면 유연함, 즉 무언가를 버리고 배우고 변화하며 인간 특유의 불안정한 상황 속에서 편안함을 얻는 능력, 즉 우리가 스스로 확장하고 성장하기 위해 의지하는 능력인가? 우리가 어떻게 변할지에 대해서는 걱정하지

✦ 2017년, 로버트 켈리 부산대 교수는 박근혜 전 대통령의 탄핵 소식을 전하는 BBC 생방송 인터뷰 도중에 서재에 들어온 딸 때문에 방송사고를 냈다. 이 사건은 세계적으로 공유되며 재택근무의 어려움을 유머러스하게 다루는 밈이 되었다.

않아도 괜찮지 않을까? 사람들은 장기적으로는 극적인 변화를 겪지 않을 수도 있지만, 정상적인 삶의 과정에서는 항상 조금씩 변화한다. 우리가 '개인 브랜드'를 영원히 바꾸지 않고 고수한다면 오히려 망칠 수 있다.

이제 누가 녹음할 가능성이 있는 상황에서는 저속한 건배사는 하지 않고, 술을 너무 많이 마셨다 싶을 땐 댄스 플로어에 나오지 않는다. 누군지 모르는 사람에게는 접근하지 않는다. 이야기를 들은 모든 사람이 철저하게 비밀을 엄수하리라는 확신 없이는 파티 자리에서 눈물 나는 이야기는 하지 않는다. 문맥에서 벗어난 의미로 받아들여질 수 있거나, 당신을 모르는 사람이 보면 진짜로 알아들을 가능성이 있는 반어적인 말을 하지도 않는다. 아무리 조심해도 지나치지 않다. 당신이 온라인에 게시하지 않아도, 듣거나 본 다른 사람이 올릴 수도 있다. 기쁨과 공포와 고통과 친밀감 그리고 해방감을 느끼는 순간에 무방비 상태가 된다면, 개인 브랜드보다 훨씬 더 큰 무언가를 잃게 된다.

[16]

학교 도서관

딱딱한 책상이 아니라 카펫이 깔린 바닥에 앉아, 선생님의 수학 설명이 아니라 사서 선생님이 소리 내어 읽어주는 이야기를 들을 수 있는 학교 도서관으로 일주일에 한 번 탈출하는 시간을 누구인들 좋아하지 않았을까. 그곳에서 우리는 자의로는 선택하지 않았을 법한 책에 매혹되곤 했다. 그건 그 책의 표지가 너무 낡아 보여서였을까 혹은 표지에 다람쥐가 있어서였을까. 학교 사서는 무엇이 학생들을 매혹할지 정확히 아는 듯했다. 책을 읽지 않는 아이들도 칼데콧상✦ 수상작들의 퀴퀴한 종이풀 냄새와 시끄러운 아이들이 사서의 강력한 쉿 소리 덕에 잠깐이나마 조용해지는 순간을 반가워했다.

✦ 근대 그림책의 아버지라 불리는 영국의 예술가이자 삽화가 랜돌프 칼데콧을 기리기 위해 미국 어린이도서관협회(ALSC)에서 주관하는 그림책상으로, 1938년 처음 제정되어 이듬해부터 시상한 어린이 문학상.

줄줄이 늘어선 그림책장들 사이를 거닐 수 있었고, 잠시 책의 마법에 걸리고 난 후에 어질러진 책들은 다른 누군가가 치워주었다. 집에 책이 많지 않은 아이들도 학교 도서관에서는 원하는 책을 자유롭게 고를 수 있었다. 스스로의 힘으로 무언가를 발견할 때도 있었다. 물론 사서에게 문의할 때도 있었는데, 사서는 언제나 답을 알고 있었다. 우리 같은 책벌레에게는 그것이 학교에서 가장 좋은 부분이었다.

하지만 그 지저분하고 세월이 쌓인 학교 도서관은 21세기에 맞게 업데이트되고 활성화되고 재설계되었다. 이제 도서관이라고 불리지도 않는다. 대신 미디어센터, 창작 스테이션 또는 새로운 다목적실(즉, 더 많은 공간이 필요하다)로 불린다. 이 새로운 공간에서는 이전에 열린 커뮤니케이션(컴퓨터)의 길을 막았던 골치 아픈 책장(벽이자 장벽)이 치워졌고, 남은 서가에는 오래된 아이디어와 책이라는 성가신 장애물이 대부분 비워졌다. 학교는 그 책들이 구식이고, 예산이 허락한다면 앞으로 대체할 책들이 도착하리라고 장담하지만 몇 년을 기다려야 할 수도 있다. 한편, 미디어센터는 개방적이고 협업적이며 자유로운 아이디어 교환이 가능할 정도로 열려 있다. 닫힌 책들이 제공하지 못하는 모든 것을 갖춘 셈이다. 학생들은 쉽게 입장하고 로그인할 수 있다.

이 모든 이야기는 학교 도서관이 완전히 없어지지 않았다는 가정 아래 성립된다. 뉴욕시에서는 도서관이 있는 학교의 수가 2005년 1,500개에서 2014년 700개로 감소했다. 최근 영국에서 진행된 설문 조사에서는 22%의 교사들이 2010년 이후 도서관 예산이 최소 40% 삭감되었다고 보고했으며, 21%의 교사들은 학생들에게 즐거움을 위해 책을 읽도록 권장하기에는 예산이 부족하다고 말했다.

명심할 것이 있다. 학교 도서관을 버리자고 아우성치는 사람들은 아이들이 아니다. 학생들은 이미 정보기술 수업을 듣고 있고, 학교에서 발급한 노트북이나 태블릿을 가지고 있고, 손에 휴대폰이 있고 집에 컴퓨터가 있어 미디어센터의 필요성이 희박하다. 설문 조사와 판매 조사에 따르면 어린이들, 심지어 스크린에 만족하는 10대들조차 전자책보다는 인쇄된 책을 훨씬 더 선호한다. 아이들은 무료로 책을 접하는 것도 좋아한다. 아이들뿐만이 아니다. 2016년 퓨리서치의 조사에 따르면, 18세에서 35세 사이 밀레니얼 세대의 53%가 이전 한 해 동안 도서관이나 이동도서관을 방문한 적이 있다고 말했다. 2019년 갤럽 여론조사에 따르면 미국인들은 영화관보다 도서관을 더 많이 찾는 것으로 나타났으며, 젊은 성인과 여성과 저소득층이 도서관을 가장 많이 찾은 이들이다. 이들은 독서를 원하고 좋아하지만 책을 살 여유가 없는 사람일 수도 있다.

"X를 좋아했다면 Y도 좋아할 거야"라는 식의 조언을 구하며 이번에는 무엇을 읽을지 고민하는 어린이가 있다면 행운을 빈다. 뉴저지 몽클레어와 같은 상류층의 진보적인 학군에도 더는 사서가 배치되어 있지 않은 학교가 많다. 필라델피아의 218개 공립학교 중 206개 학교에는 사서가 없고, 200개 학교에는 장서가 전혀 없다. 캘리포니아는 학생 대 학교 사서 비율이 7,000:1로 전국에서 가장 낮다.

컴퓨터에 많은 투자를 한 학교 행정 관리자 측의 논리는 아이들이 스스로 길을 찾을 수 있다는 식이다. 아이들이 조사를 한다면 구글 검색을 하고 정말로 필요하다면 나머지는 여분의 선반에서 책을 (거기 있다는 가정하에) 찾을 수 있단다. 이제 거의 모든 참고 서적이 없어졌다. 하지만 소설가 닐 게이먼이 말했듯이, "구글은 당신에게 10만 개의 답을 가져다줄 수 있다. 사서는 올바른 하나의 답을 가져다준다."

[17]

벼룩시장 발굴

어릴 적 가지고 있던 피셔프라이스 농장 인형집에는 문이 열릴 때마다 음매 소리가 나는 놀라운 문이 달려 있었다. 어떻게 그랬지?! 어린 아이로서는 이해할 수 없었다. 소를 몰래 속여보려고 조심스럽게 문을 열었지만 낮은 음매 소리는 끈질기게 울렸다. 그 문에 대한 수수께끼는 장난감이 사라지고 오랜 시간이 흐른 후에도 내 마음속에 남아 있었다.

첫 아이를 낳았을 때, 오빠에게 이 피셔프라이스 농장 인형집을 선물 받았다. 세상의 불가사의한 것들에 대한 어린 시절의 경외심으로 돌아가는 급행 셔틀을 탄 것 같았다. 오빠가 나에게 준 농가는 똑같았다. 우리가 스프링힐 로드 12번지에 살 때 가지고 놀던 집보다 조금 더 지저분했을지는 모르지만, 더 정교한 음향 효과를 자랑하는 괜한 현대식 리뉴얼로 덕지덕지한 물건이 아니었다. 그 집은 그 시대의 독창적인 산물이었다. 오빠는 이 집을 몇 달 동안 찾다가, 마침내 샌프란시스코의 어느 벼룩시장에서 안에

소 인형이 없는 낡은 집을 발견했다. 문에서는 여전히 음매 소리가 났다.

오빠의 선물은 벼룩시장이 중고거래 시장의 지배력을 잃어가던 2005년 우편으로 도착했다. 그 후 이베이와 아마존 마켓플레이스가 시장을 완전히 정복했고 특별한 물건을 찾는 일이 더는 특별하지 않게 되었다. 이 새로운 전 세계적 시장에서 인스타그램과 구글은 동일한 가격으로 동일한 상품을 판매하는 여러 판매자를 발견해, 당신이 소유한 멋진 물건이 가진 독점성과 희소성의 흔적을 없애버린다.

발굴의 감각은 사라졌다. 이동 중에 클릭 한 번이면 구입이 가능해졌으니 몇 년 동안 찾던 음반을 우연히 발견하거나 절판된 책을 교외의 서점에서 발견하는 일이 더는 발견처럼 느껴지지 않는다. 베티의 유명한 파이를 맛보기 위해 미네소타 북부로 여행을 가거나 자바 베이글을 먹으러 뉴욕까지 가거나 심지어 이번 주 식료품을 사러 길모퉁이 슈퍼마켓까지 갈 필요도 없다. 우편함에는 독특한 선물이 될만한 상품들이 가득한 멋진 카탈로그가 없다. 그 시절에는 카탈로그에 동봉된 주문서에 품목 번호를 손으로 쓴 다음, 고객센터 담당자에게 전화해 그 번호를 반복해 불러줘야 물건을 살 수 있었다. 맞는 물건을 찾는 데는 노력이 필요했다. "요즘 쇼핑에는 어딘가 피폐한 데가 있어." 친구 하나가 말했다. "얼마나 노력을 들이는지가 얻는 물건과 비례하지 않아."

우리는 더는 딱 맞는 빈티지 드레스를 찾기 위해 중고 의류 위탁 상점의 진열대를 샅샅이 뒤질 필요가 없다. 사랑스러운 찻주전자 하나를 찾기 위해 리빙용품 코너의 잡동사니를 샅샅이 뒤질 필요도 없고, 가장 편안한 플란넬 잠옷 세트를 찾기 위해 카탈로그(시어스여 안녕, 로벅이여 안녕)✦를 구석구석 훑어볼 필요도 없게 되었다. 이 모든 것은 온라인에서—한도 끝도 없이—이용 가능하다. 그 어느 때보다 저렴한 가격에 모든 물건을 더 쉽게 구할 수 있고 가격은 더욱 내려간다. 매달 8,000만 개의 새로운 아이템을 나열하는 크레이그리스트✦✦가 1995년에 설립된 이후, 모든 것을 손에 넣을 수 있게 되었다. 물건 사냥은 쉽다. 추적은 더 빨라졌고 사냥감은 보통 몇 분 안에 잡힌다. 코커스패니엘과 미니어처 푸들을 교배한 강아지를 갖고 싶은가? 여기 반경 60마일 내에 새로 구할 수 있는 46마리의 강아지들이 있다. 색깔, 성별, 번식자, 생년월만 고르면 된다. 또한 당신만의 빈티지 피셔프라이스 농장 인형집을 제작 연도와 수리 상태별로 2개, 3개도 주문할 수 있다. 그 농장 집의 문들도 여전히 음메하고 울 것이다.

✦ 시어스와 로벅은 미국의 통신판매업체.

✦✦ 45쪽 각주 참고.

[18]

고등학교 동창회

인터넷에서는 누구든 찾을 수 있다. 실제로 모든 사람이 현재 주소, 이전 주소, 전화번호, 투표 기록, 집 사진, 가족사진, 이력서, 경력서, 결혼식, 자녀의 과외 활동을 올컬러로 볼 수 있게 해 두었다. 우리는 어렴풋하게 기억나는 지인이 언제 연인과 헤어졌는지, 초등학교 동창이 언제 직업에 불만을 가지게 되었는지 알고 있다. 이사하신 것 같은데, 지금 네 번째던가요? 그리고, 오, 어머나, 그동안 모든 게시물에 남편의 사진이 있었는데 이제는 당신과 아이들의 사진이 중심이더라고요. 이혼하셨다고요? 어린 이선과 릴리는 어떻게 받아들이고 있나요?

친한 친구의 일기장을 펼쳐본다는 생각만으로도 몸서리를 칠 사람들이 소셜 미디어로 간접적으로 연결된 누군가의 타임라인을 훑어보는 데는 아무런 양심의 가책을 느끼지 않는다. 우리의 관심을 끌기 위해 그 내용이 반드시 흥미로울 필요는 없다. 페이스북에서 피아노와 바이올린을 연주하는 아이(내 아이 말고), 아주 먼 지인의 아이의 영상을 한두 번이 아니라 **여러 번** 기꺼이 시청했다. 만약 이 부모 중 누군가가 나를 자기 아이들의 초등학교 발표회에 초대했다면 나는 믿을 수 없다는 듯 쳐다봤으리라. 우리 아이들의 연주를 보러 갈 시간도 없는데 다른 집 아이들 연주를 보려고 가뜩이나 부족한 자유 시간을 쓴다는 것은 전혀 말이 되지 않으니까. 하지만 이렇게 보고 있다.

훨씬 더 미친 짓도 있다. 나는 클래식 음악을 별로 좋아하지 않는다. 악기도 연주하지 않는다. 악기 연주하는 것을 본 적이 있는 아이들이라고 해서 그 아이들의 부모와 각별한 사이인 것도 아니다. 이상한 온라인 습관을 가지고 있다고 다른 사람을 놀리고 싶을 때마다(신이 아시는 바대로 우리 모두 그러한데) 나 자신이 지닌 비참한 광기를 인정하게 된다. 수십억 년 동안 우리가 실생활에서 하지 않았을 활동이, 옛 지인의 아기 사진첩을 계속 넘겨보거나 고모의 터키 여행 슬라이드쇼를 꾹 참고 보는 일이 온라인에서 이상하게 흥미로운 이유는 무엇일까?

모든 사진과 비디오를 봤기 때문에, 젠이나 데이브가 지난 몇 년 도대체 어떻게 지냈는지 알아보러 다음 동창회에 가고 싶은 충동이 더는 절박하게 다가오지 않는다. 25년간 대화하지 않은 상대에게 어색하게 근황을 물으며 재주껏 대단한 발견을 하기란, 혹은 발견한 척하기란 어려운 일이다. 당신은 이미 그들에게 10대 자녀 둘과 래브라도-푸들 강아지, 그리고 론콘코마에 우아한 스플릿 레벨 주택✦이 있다는 것을 잘 알고 있다.

내가 마지막으로 간 고등학교 동창회는 2019년 여름, 서른 번째였다. 나는 최근 몇 년 연락하고 지낸 2명의 친구와 함께 술집에 들어갔다. 우리는 흩어져서 장내를 돌았다. 나는 내 직장과 사생활을 이미 알고 있는 사람들(나 역시 그들에 대해 그 정도는 알고 있었다)과 5년 전에 나눈 것과 같은 초현실적이고 불필요한 잡담에 빠져들었다. 모두가 서로 알고 있는 것을 알고 있었지만, 어쨌든 우리는 피곤한 80년대 로맨틱 코미디에 함께 갇힌 것처럼 시간을 보냈다. 같은 행동을 서너 번 반복한 뒤, 나는 20분 전에 들어온 문으로 나가기로 했다. 다시 뒤돌아 들어갈 수도 있었지만, 그길로 빠져나와 집으로 향했고, 그것도 괜찮았다. 나는 이미 모든 근황을 알고 있었다.

미래 세대는 5년마다 오프라인 동창회라는 것을 굳이 하려고 들까? 아이들은 원하든 원치 않든 초등학교와 고등학교 친구들을 모두 대학까지 끌고 간다. 예전처럼 졸업앨범과 옛 고등학교 지인들을 엄마 집 지하실에 방치할 수는 없다. 당신의 졸업앨범은 어디에나 있다.

✦ 바닥 높이가 엇갈리게 배치된 주택.

[19]

"다들 내 생일을 잊어버렸어."

오늘날의 사만다 베이커스는 존 휴즈 감독의 1984년 영화 〈아직은 사랑을 몰라요〉에서 몰리 링월드의 캐릭터가 겪는 비극을 견뎌낼 필요가 없을 것이다.✦ 누군가의 생일을 모르는 일이 이제는 거의 불가능하다. 놓칠 수가 없다.

생일은 구글 달력에 있다. 페이스북은 전날 알림을 보내고 다음 날 '늦은 생일 축하' 알림창 서비스를 제공한다. 사무실 인트라넷에는 모든 직원의 생일이 매일 업데이트 된다. 당신은 친구들의 기념일도 알고 있다. 그리고 그들과의 우정 기념일도. 친구들의 근무 기념일도 알 수 있는데, 다음에 링크드인에 접속할 때 축하 인사를 보내라고 적힌 이메일을 받기 때문이다.

가장 최근 생일에는 남편이나 아이들이 한마디

✦ 주인공 사만다의 16살 생일을 가족들이 기억해주지 않는다.

하기도 전에 은행, 치과 의사, 일반의, 피부과 의사로부터 굉장한 축하 인사를 받았다. 아마도 살면서 언젠가 그놈의 커버 씌운 태블릿에 의료 양식을 작성하는 과정에서 생년월일을 입력했기 때문에, 요청도 하지 않았는데 문자나 이메일로 도착한 것들이었다. 언젠가 10살 난 아이를 위한 양말을 샀던 곳, 운동복 바지를 구경했던 곳 등 여러 다른 웹사이트도 생일 축하 인사를 전해왔다. 대부분 새벽 5시에, 페이스북에 축하 풍선이 띄워지기도 전에 자동 전송 기능으로 보내진 것들이었고, 실제로는 알지도 못하는 사람들에게 온 것들이었다.

다른 사람의 생일을 정말 **아는** 사람이 있을까? 만약 누군가가 즉석에서 매일 옆자리에 앉는 사람이나 조카의 생일을 써 달라고 한다면, 당신은 아마 빈칸을 제출할 수밖에 없으리라. 아무도 이 날짜들을 기억하려고 애쓰지 않는다. 아무도 생일을 적은 공책을 보관하거나 주소록의 각 항목 옆에 표시하지 않는다. 그리고 그 작은 주소록이 없으니 주기적으로 새 주소록으로 바꾸고 생일을 다시 베껴 적어 기억에 남길 필요가 없다. 걱정할 필요도 없다. 인터넷은 생일 기부와 그에 맞는 이모티콘으로 만반의 준비를 갖추고 있으니까. 이제 인터넷에 없는 소수의 사람들의 생일을 기억할 방법만 있으면 된다….

[20]

부엌전화

부엌에 있는 전화는 전능의 중심이었고, 가족들과 바깥세상 사이의 출입구였으며, 낯선 이가 현관문을 물리적으로 걸어 들어오지 않고 집 안으로 들어올 수 있는 유일한 길이었다. 전화벨이 울리면, 모든 가족 구성원은 먼저 전화를 받아서 누가 건 전화인지를 알아내고 싶어 했다. 심지어 자기에게 온 전화가 아닐 때도 그랬다. "전화 끊어!" 언니는 위층에서 소리를 지르곤 했다. "아빠 이제 끊어도 돼!" 당신은 아버지에게 외쳤다. "엄마, 아빠가 전화를 내려놓지 않아요!" "숨소리 다 들리거든!" 우리는 서로에게 소리를 질러댔다.

부엌에 있는 전화기에는 항상 본체와 수화기를 연결하는 길고 꼬불꼬불한 코드가 있었는데, 옆에서 요리를 하거나 사생활 보호를 위해 근처 구석으로 수화기를 끌어당기기에 용이했다. 중간에 짜증나게 잘못된 방향으로 꼬여버린 코드의 방향을 되감느라 몇 시간씩 쓰곤 했는데, 선으로 된 큐브라도 되듯 플라스틱으로 코팅된 코드를 감았다 풀었다 하는 식이었다. 어린 아이들은 감전사라는 경고에도 아랑곳하지 않고 쫄깃한 식감과 흥미진진한 신축성에 이끌려 코드를 입에 넣고 우물거렸다. 그 반쯤 딱딱한 플라스틱에서는 장난감 포장지 같은 맛이 났다. 그래, 전부 잘 기억난다.

직접 전화를 받을 수 있는 나이가 되면 전화 받기란 아주 중요한 일이었고, 명확한 응답을 하도록 교육받았다. 항상 밝은 "여보세요"로 전화를 받은 다음 "언니에게 누구라고 전해드릴까요?"라고 물어야 했다. 밤 10시 이후에 전화 금지. 일요일 정오 전에 전화 금지. 30분 이상 통화 금지. 허락 없이 장거리 전화 **절대** 금지! 나중에 통화 중 대기 및 발신자 번호 서비스가 도입되자, 어떤 부모들은 그 서비스가 너무 비싼 것은 말할 것도 없고 "무례하다"고 평했다. 그냥 전화를 받으면 알 수 있는데 누가 전화했는지 미리 알아야 한다니 얼마나 사치스러운 생각인가! 이런 생각을 하던 사람들은 불운한 타이밍에 울리는 전화벨 소리에 전화기를 노려보며 "대체 누가 **지금** 시간에 전화를 하는 거야?"라고 중얼거리던 바로 그 부모들이었다.

이제 거의 아무도 유선 전화를 가지고 있지 않으니 더는 집 전화가 집 안팎 사람들 사이의 왕래를 노출하지 않는다. 한때 투명했던 것은 이제 불투명하다. 부모들은 더는 자녀들에게 걸려온 전화를 대신 받지 않고, 매달 청구서에 적힌 수많은 통화기록을 보지 않는다. 아이들이 친구들과 소통하는 방법은 암호화되었거나 일시적이다. 부모들은 자녀들이 화면 잠금이 걸린 휴대폰으로 누구와 이야기하는지 알지 못하며, 사건의 단편이나 눈물 어린 대화 혹은 쾅 내려놓는 수신기 소리를 엿듣고 통찰을 얻을 수도 없다. 부모들은 딸이 누구의 소식을 죽도록 듣고 싶어 하는지, 아들이 누구 전화를 받을까 봐 두려워하는지 알지 못한다. 부모들은 단순한 "집에 없다고 전해줘"라는 말이 얼마나 많은 것을 알려줬는지 그 시절에는 고마운 줄 몰랐다.

[21]

가족 식사

가족이 함께하는 저녁 식사는 관계가 친밀하든 소원하든 신성불가침이었다. 모두가 퇴근하고 숙제를 끝냈으니, "오늘 하루 어땠어?"라고 물어볼 시간이었다. 주말 계획에 대한 가족 발표와 토론이 있는 시간이었다. 어떤 주제들은 최대의 효과를 얻기 위해 모든 가족 구성원 앞에서 전략적으로 제기되었는데, 식사 자리의 모두가 알았으면 하는 이야기를 꺼낼 최적의 타이밍이었다. 캐롤라인 이모의 암에 대해, 그리고 봄방학 동안 무엇을 해야 할지에 대해 대화를 나눌 시간이었다. 양념 없이 구운 감자와 시든 브로콜리 때문에 토라져서는 식탁에 있는 모든 사람들에게 여기 있기 싫다는 티를 내는 시간이기도 했다. 그리고 양해를 구하지 않고는 자리를 뜰 수 없었다. "먼저 일어나도 될까요?" 좋은 변명이 동반되어야 함은 물론이었다.

자연스럽게도, 전화는 항상 저녁 식사 중에 울렸다. "받지 말고 냅둬"가 지배적이었다. 저녁 시간에 전화를 받는 것도 무례했지만 할머니가 임종 중이시거나 기차역에 데리러 가야 할 사람이 있는 정도가 아니라면 애초에 전화를 건 것 자체가 무례했다. 홍보나 광고 전화인 편이 차라리 나을 정도였다.

이제 우리의 전화기는 식사 시간과 연결되어 온라인 세상을 식탁에 올려놓는다. 우리는 모두에게 "말"할 수 있지만, 아무와도 말하지 않을 수 있다. 식당에서 음식을 기다리는 동안 서로 대화하지 않는다. 한때 촛불이 밝혔던 연인들의 로맨틱한 얼굴은 이제 스크린 불빛으로 빛난다. 우리는 음식 사진을 찍은 다음에는 셀카를 찍고 웨이터에게도 사진을 찍어줄 수 있는지 부탁한다. 메뉴에 있는 그 재료가 무엇인지 웨이터에게 물어보느라 음식에 대한 무지를 드러낼 필요도 없다. 구글에 검색하면 된다. 우리는 음식을 입에 넣은 후에도, 화면을 아래로 향하게 둔 휴대폰을 뒤집거나 주머니에 넣어둔 휴대폰을 꺼낼 수 있는 편리한 핑계를 찾는다. 딱 하나만 확인하겠다든가, 그가 말한 것을 확인하겠다든가, 베이비시터가 문자를 보냈는지 보겠다든가, 엄마가 전에는 답을 알았지만 지금은 떠올리지 못하는 그 문제의 답을 같이 찾지 않으면 답답해 미칠 거라면서 정말 잠깐이면 된다고 둘러댄다.

동네 식당은 조용하고, 가족들은 각자의 기기를 앞에 두고 앉아 있다. 테이블 건너편보다는 아래쪽으로 시선을 던지고 마주 앉은 상대보다는 자기 자신이나 온라인 동료들에게 낄낄거린다. 아무도 점심으로 초콜릿 칩 팬케이크가 안 나왔다고 불평하거나 음식이 언제 도착하는지 묻지 않는다. 모두 부차적이다. 대신, 다들 픽사의 포스트 아포칼립스 애니메이션 〈월-E〉에 나오는 미래의 인류처럼 각자의 세계에 만족하고 있다. 근육과 인간성이 박탈된 채 휴대용 스크린이 부착된 자동 안락의자에 웅크리고 기대어 앉아 있는 그 사람들 말이다.

식사 때마다 아이에게서 휴대폰을 빼앗는 것은 정말 크나큰 다툼으로 번질 수 있다. 많은 부모들이 더는 그런 시도를 하지 않는 것도 놀랄 일이 아니다. 미국의 10대 3명 중 1명만이 친척 집에 방문할 때 휴대폰을 꾸준히 묵음으로 해놓거나 전원을 끄거나 치워둔다. 물론, 부모들은 요리 솜씨를 과시할 3가지 코스 요리를 촬영해 인스타그램에 올리느라 너무 바쁘기 때문에 아이들이 그러거나 말거나 더는 신경 쓰지 않는다. 심지어 알아차리지 못할 수도 있다. 저희 집은 케토 식단이에요! 저희는 채식주의자가 되었어요! 우리는 소중하니까 돼지 등심을 먹지만 친환경적으로 기른 농작물만 먹어요. 한 조사에 따르면, 미국인의 28퍼센트만이 저녁 식탁에서 전화를 금지하고 있다.

버지니아 대학에서 실시한 어느 실험에서, 300명의 카페 손님이 무작위로 선택되었다. 절반은 휴대폰을 테이블 위에 올려 놓고 나머지 절반은 치워달라는 요청을 받았다. 참가자들은 실험이 친구들과의 식사 경험에 관한 것이라고 들었다. (휴대폰은 언급조차 하지 않았다.) 식사 후에는 음식과 대화와 전반적인 즐거움에 더해서 그들의 경험을 평가하도록 요청했다. 휴대폰을 치워버린 사람들은 식사 중에 휴대폰을 꺼내둔 사람들보다 3개 지표 모두에서 통계적으로 유의미할 정도로 높은 점수를 주었다. 음식 자체가 중요한 것이 아니다. **본 아페티.**

[22]

개인적 모욕감

모두가 카메라를 들고 다니기 전에는 당신이 가로등으로 곧장 걸어가 부딪히는 장면을 본 사람은 3명 정도였다. 그중 2명은 당신이 비틀거리며 안경을 고쳐 쓴 뒤 어떻게든 일부러 그런 것처럼 보이려고 애쓰는 동안 지나치는 동시에 잊어버렸을 것이다. 수업 도중에 무지하고 모욕적으로 들릴 수 있는 질문을 불쑥 내뱉었다가 다시 앉으며 어두운 강당 속에 묻혀 있으려고 시도했을 수도 있다. 또는 왼쪽 신발 바닥에 화장지를 2장 붙인 채 사무실을 돌아다니다가 아무 말 없이 떼어냈을 수도 있다. 당신의 사소한 굴욕과 실수는 그 순간 근처에 있던 소수만이 목격했다. 나중에 그 이야기를 룸메이트와 공유했을 수도, 당황해서 움츠러들었을 수도, 웃었을 수도 있지만 후에는 그 일을 마음속 어두운 저장 창고에 고이 넣어두었으리라.

더는 그런 일은 없다. 누군가가 그 일을 온라인에 기록할 수 있음을 알기에, 웃긴 해프닝이 벌어져서 당황스러운 순간이 생기면 당신은 그것을 공개하고 싶은 충동 때문에 갈등을 겪을 것이다. "내가 셔츠에 쏟은 거 좀 봐!"라고 글을 올려서 불운을 자기 콘텐츠로 만들려고 노력하거나, 관심을 돌리거나, 어떤 식으로든 그것을 자기 것으로 만들고 나서 떨쳐버린다. 적어도 인스타그램에서는 셔츠가 멋져 보인다. 상황이 더 나빠 보일수록(안전 구역 내에서) 외부로 표출해야 한다는 강박을 느낀다. 이제 우리 모두가 무엇이든 공유할 수 있고 실제로 공유하기 때문에, 사소한 실수는 자연스러운 발생 비율을 상회해 과장되게 보여진다. 우리가 삶을 공유해야 한다는 부름에 얼마나 영향을 받는지 소름이 끼칠 지경이다. "우리는 모든 것을 공유할 것입니다. 우리의 최악마저도요!" 우리는 힘을 합쳐 마크 저커버그를 안도시키는 듯 보인다. 솔직히 인정하자면, 정말로 끔찍한 일이 일어났을 때 온라인에 원치 않게 노출될 가능성을 떨쳐버리기 위해 하는 행동이기도 하다. 이것은 우리가 기꺼이 치르는 작고 미신적인 희생이다.

우리는 또한 다른 사람들이 저지르는 사소한 범죄를 기꺼이 드러내고 "내가 봤어"라고 말하고 싶은 유혹을 느낀다. 나는 목격자였다. 그것에 대해 말하겠다. 스스로 고백하든, 누군가를 호명하든, 우리는 작은 어리석음과 부주의한 무례와 소속 집단에서 발생한 더 큰 위반 사례를 마치 약동하는 홍위병 국가에서처럼 전부 끌어낼 만반의 준비가 되어있다.

영화 〈타인의 삶〉✦의 온라인 버전 업데이트와 같은 나날 속에서 당신은 배신당하지 않도록 조심해야 한다. 인터넷에 등록된 사병들이 당신을 까 내릴 만반의 준비를 하고 있는 이상 어떤 행위든 적발당하기 쉽기 때문이다. 부정행위, 거짓말, 위선, 잘못된 신념에서 비롯된 정치적 행동 등 무엇이든. 어느 시점에선가 우리 자신도 이 열광적인 여단의 일원임을 알게 된다. 우리는 모두 도청 장치와 쉽게 숨겨지는 카메라를 가지고 다닌다. 많은 청중에 접근할 수도 있다. 누군가를 쓰러뜨리고 싶은 감정에 휩싸인다. 때때로, 우리가 인터넷 앞에서 보이는 분노는 정당화되지만, 그렇지 않을 수도 있다. 범죄자는 대중에게 책임이 있는 공인이지만, 어떤 때는 말을 잘못했거나 발을 잘못 디뎠을 뿐인 사적 개인이다. 군중의 분노에 익숙하지 않을뿐더러 그 잔인함을 견뎌낼 방법을 갖추지 못한 인물 말이다.

온라인에 중계되지 않는 세계에서의 실수는 정말 사소한 일, 어리석은 일, 5분 동안 얼굴을 붉히게 한 뒤 아무도 모르게 지나가는 일이었다. 이제 그것은 밈이 된다. 우리가 더는 할 수 없는 것, 우리가 할 수 있는 것처럼 보이지 않게 된 것이 있다면 '비밀로

✦ 2006년 개봉한 독일 영화. 비밀경찰이 국민들을 감시하던 동독의 인권탄압을 다루고 있다.

스스로에게만 남겨 두고 그 순간이 기록되지 않은 채 지나가도록 내버려 두기'이다. 당신이 하는 모든 일이 숲에 쓰러지는 나무✦가 될 위험이 있으니, 차라리 모든 사람을 들여보내는 편이 공평해 보인다. 모든 바보 같은 일도. 모든 부주의한 짓도. 많은 인터넷 거물이 우리에게 그렇게 하라고 권했듯이, 당신은 그것을 소유하고 공유해야 한다.

✦ "숲에 나무가 쓰러졌는데 주위에 아무도 없었다면 소리가 났다고 할 수 있을까?"라는 관찰과 지각에 관한 철학적 질문.

[23]

책벌레 소년

쉬는 시간에 콘크리트나 풀밭에는 한 번도 가본 적이 없고, 대신 문고판을 손에 들고 눈에 띄지 않게 기대어 앉을 수 있는 학교 건물 옆 벤치나 구석을 찾던 그 아이는 어떻게 되었을까? 다른 아이들의 눈에 잘 띄지 않던 그를 알아채고 비밀스러운 짝사랑을 키워간 소수의 소녀들도 있었다. 왜냐하면 그는 운동을 좋아하는 아이들, 약물을 하는 아이들, 연극부 아이들, 웃기는 아이들과는 달랐기 때문이다. 그는 책을 좋아하는 소년이었고, 아마도, 당신이 자란 학교 운동장에서, 그는 당신이었다.

그런 소년은 이제 특히 보기 어렵다. 최근 몇 년 동안 교육자, 독서 전문가, 학계, 출판업자들은 소년 독서의 감소에 대해 경종을 울렸고, 보편적으로 존재하는 용어 '읽기를 싫어하는 독자'는 본질적으로 '남학생'을 가리키는 표현이다. 그들이 걱정하는 통계는 놀랍다. 남학생들은 선호하는 여가 활동으로 독서를 꼽을 가능성이 여학생에 비해 훨씬 낮고 즐거움을 위해 책을 읽을 가능성 또한 훨씬 낮다. 6세에서 17세 사이의 미국 어린이들 2천명 이상을 대상으로 한 2019년 조사에 따르면, 독서를 좋아한다고 말한 여학생은 67%인 반면 남학생들은 오직 49%만이 독서를 좋아한다고 말했다. 일주일에 적어도 5일 즐겁게 책을 읽는다고 답한 여학생이 37%인 반면, 남학생은 오직 26%였다. 종합적으로는, 책이나 잡지를 매일 읽는 고등학교 3학년 학생의 비율은 70년대 후반 60%에서 2016년 16%까지 떨어졌다.

그 소년들이 대신 무엇을 할지 맞춰 보라.

누가 그들을 비난할 수 있을까? 거의 전적으로 남성들에 의해 설계된 인터넷은 사실관계, 통계, 스포츠 영상, 과학 및 기술, 성적 이미지, 농담, 취미, 만화가 끝없이 이어지는, 한때 책에서 찾았던 거의 모든 흥미와 아이디어와 충동을 충족시켜주는 사실상 남학생 맞춤형 공간이기도 하다. 심지어 가장 똑똑한 소년들도 영문학보다는 컴퓨터 언어를 익히는 데 더 흥미를 보인다. 소년들은 다른 동네 아이들, 여름 합숙 캠프의 아이들, 벨라루스의 아이들(어쩌면 어른들?)과 함께 정교한 온라인 멀티유저 게임을 하고 있다. 그들은 스타트업을 계획하고 있다. 작가 지망생들은 소설이 아닌 게임 회사를 위해 스토리라인을 짜는 꿈을 꾸는데, 언젠가 인공지능의 특이점을 막거나 암을 치료하는 코드를 쓸지도 모른다.

인터넷은 실질적으로 다른 모든 것보다 더 재미

있고, 더 쉽고, 훨씬 더 크다. 인터넷은 이미 부족한 자유 시간을 빨아들인다. 당신이 인터넷을 하며 바친 시간을 보면 대체 이 많은 시간이 어디서 났는지 신기할 것이다. 10대 소년들의 부모들은 아들이 일주일에 약 24시간 비디오게임을 하고 소셜 미디어에서 19시간 가량을 보낸다고 추정한다. 아마 그들이 아는 시간이 그 정도일 것이다. 전 세계 20억 명 이상이 게임을 하는데 미국 인구의 거의 절반이 이에 포함되며, 그들은 게임을 하지 않을 때는 사람들이 스포츠를 보는 것처럼 남의 게임 플레이를 본다(물론 e스포츠도 있다). 미국 게이머 10명 중 6명은 수면을 소홀히 했다고 시인하고, 10명 중 4명은 식사를 거른 적이 있으며, 5명 중 1명은 게임을 계속하기 위해 샤워를 거른 적이 있다.

책은 그 마법의 힘이 무엇이든 간에 특별히 중독성이 있는 것은 아니다. 게임을 하다가 이미 수면 부족을 느끼고 있을 때, 베개 위에서 휴대폰 진동이 느껴질 때, 다른 모든 일로 연결되는 작은 직사각형 포털에서 많은 일이 일어나는 이상 대다수의 아이들은 책을 읽지 않는다. 2018년 여름 내내, 어린이 5명 중 1명은 책을 읽지 않았다. 학교에서 책을 읽으라고 해도 아예 읽지 않았다. 이 수치는 불과 2년 전만 해도 15%였다. 남학생들의 상황은 훨씬 더 나쁜데, 여학생의 4분의 3이 여름 동안 책을 읽은 반면 남학생은 그 절반이었다. 이런 경향은 성인이 될 때까지 지속되어, 성인 남성 3명 중 1명은 지난 1년 동안 책을 전혀 읽지 않았다. 책을 좋아하는 소년들이 자라서 책을 좋아하는 남자로 성장하는 수가 점점 바닥나고 있다. (그리고 그들이 그립다.)

[24]

윈도우 쇼핑

안녕, 동네 문구점, 약국, 철물점, 드레스 부티크, 레코드점, 남성복 매장, 장난감 백화점이여. 먼지투성이에 관리 소홀이었던 때에도 여전히 매력적이었고 때로는 노골적으로 눈길을 사로잡았던 계절별 매장 진열대여 이제 안녕. 안녕, 손님을 이름으로 부르거나 개에게 눈살을 찌푸리고 10대들이 물건을 훔칠까 봐 항상 의심하던 이상한 가게 주인들이여. 안녕, 반품과 수리 코너, 전문가의 조언과 각종 제도 안내 서비스여. 안녕, 견습생과 가족 같던 직원들, 낯익은 얼굴들과 동네의 소문들이여. 어두컴컴한 창문으로 안에 무엇이 있는지 들여다보기, 들어갈 생각이 없던 가게의 밝게 장식된 창문을 보고 유혹당하기, 우리의 입장을 알리던 종소리에도 작별을 고한다. 필요한 것이 있을 때 지갑을 손에 쥐고 집에서 달려 나와 이런 가게 중 어느 곳으로 들어가는 일 역시 안녕이다. 왜냐하면 이제는 그런 때 클릭 한 번이 더 쉬우니까.

우리가 훨씬 더 자주 들여다보는 창문은 인스타그램의 사각 창이다. 섬뜩한 표적 광고들이 우리가 보송보송한 노르딕 양말, 세계에서 가장 편한 운동복 바지, 막 재고가 들어온 베스트셀러 또는 모두가 열광하는 애견용 침대를 사고 싶다는 것을 알고 있다. 표적 광고는 윈도우 쇼핑에서 예상치 못한 물건을 만났을 때의 놀라움과 갈망 그리고 매혹적인 흘끗거림 같은 산만한 요소를 제거한다.

[25]

고독

도시의 호텔 방에 숨어 있던 느낌을 기억하는가? 아는 사람도 없고, 당신이 어디 있는지 아무도 모르고, 연락도 하지 않는다. 자유였다! "나는 여기 있고, 그들은 저기 있다"는 해방감을 느끼기 위해 여행할 필요도 없었다. 종일 일을 보며 혼자 분주하게 하루를 보내거나, 평소보다 2시간 일찍 일어나 긴 산책을 할 수 있었다. 오직 당신만의 순간들이었다. 아주 오래전 일처럼 느껴지지 않는지?

고독은 오랫동안 귀중한 것으로 여겨졌다. 심리학자들이 설명하듯이 혼자 있는 법을 알고 혼자 있는 데 감사할 줄 알면 스스로의 존재가 편안해지고 다른 사람들과도 더 잘 지낼 수 있다. 인간은 가차 없이 사회적인 존재이기 때문에, 작은 고독은 우리를 외로움으로부터 보호해준다. 신체적 고립에 한정된 이야기가 아니다. 진정한 고독은 자신의 생각에 집중하고 타인의 감정과 생각, 필요와 반응을 차단하는 것인데, 이제는 매우 어려운 일이 되었다. 우리는 가상공간에서 다른 사람들과 함께 있거나, 긴 산책을 하는 동안 그들에게 연락하고, 또는 남들이 긴 산책을 한다는 알림이 오면 좋아요를 누르는 일에 익숙해졌다. 그 결과 우리는 혼자 있는 것에 덜 능숙해졌다. 우리는 더는《월든》속 삶 비슷한 무언가를 높게 평가하지 않는다. 어쩌면 잘된 일인지도 모른다.《월든》근처에라도 가는 삶은 더는 찾기 어려우니까.

새로운 기술의 등장은 항상 인간의 고독감과 이에 대처하는 능력에 대해 전문가들을 걱정하게 만들었다. 예를 들어, 기차가 사람들을 너무 쉽게 모이게 하니 사람들이 멀리 떨어져 사는 것을 견디기 어려워할까 전문가들은 우려했었다. 라디오는 사람들을 소외시킨다고 간주되었다. 1942년의 한 보고서는 미국인들이 라디오에 너무 의존하게 되어 고독이나 외로움을 더는 다룰 수 없게 되었다고 언급했다. 우리를 하나로 묶는 기기가 많아질수록 오히려 우리는 고립된다는 우려의 목소리도 커지고 있다.

언제든지 연결될 수 있다는 건 좋은 일이다. 인터넷이 없었다면 과연 어떻게 잘 지낼 수 있었을까 싶을 정도로 온라인에서의 상시적인 연결은 엄청난 위안을 준다. 하지만 공유하거나 참여하지 않는 쪽을 선택한다면, 과거에는 아무렇지 않았을 상황에서도 단절감을 느끼고 심지어 외로움을 느낄 수 있다. 아무도 당신에게 좋아요를 누르지 않으면 아무도 당신을 좋아하지 않는 듯 느낄 수 있다. 연결되지 않는다는 것은 달콤한 고독보다는 고립처럼 느껴질 수 있다.

[26]

생산성

우리 하루 종일 대체 뭐하는 거야? 난 대체 뭐야? 이 어려운 질문에 답하고자 숙고해보면, 내 바쁘고도 바쁜 하루의 전형적인 모습을, 많은 이메일을 무시하고 일부, 그것도 수신함에 표시한 68개 중 가능한 빨리 답해야 한다고 스스로에게 경고하는 별표까지 해놓은 것에만 간신히 답하는 나를 발견하게 된다. 나는 보통 2주쯤 늦는다. 지난달 '연락했다'고 생각한 사람과 '다시 논의'하려다가 아예 답장을 보낸 적이 없음을 깨닫는다. 급히 요청사항을 보내고 뒷수습을 한다. 다시 논의를 이어가고, 또 이어가고, 머리는 계속 어지럽게 돌아가다가 실수로 같은 문의에 답신을 반복하고, 그래서 두 번째는 "이런!" 죄송하다고 추가로 연락을 취한다. 나는 구글의 네모난 검색창에서 시간을 보내고, 일과가 끝날 때면 눈은 줌 회의로 인한 피로를 호소한다.

나는 대부분의 경우 21세기 전화교환수의 교환

대처럼 불 켜진 슬랙✦에 있다. 녹색 점 하나를 끄자마자 다른 점이 나타난다. 끝없는 두더지 잡기 게임이다. 슬랙에 쓰는 이 모든 시간은 나를 게으름뱅이처럼 느끼게 한다. 하지만 6개의 대화가 진행 중이고 다음 대화로 넘어가기 전에 이 글에 맞는 이모티콘을 찾고 있어서 멈출 수가 없다. 읽지 않은 글, 읽지 않은 글, 읽지 않은 글. 한 생산성 분석 회사에 따르면 이러한 사내 메신저를 사용하는 대기업의 직원들은 평균적으로 일주일에 200개 이상의 메시지를 보낸다고 한다.

이 모든 것이 후속 질문으로 이어진다. 우리는 무엇을 성취하고 있는가? 답변: 많지 않다. 부담스러운 이메일 누적을 대체하기 위한 슬랙과 다른 '팀 협업 애플리케이션'은 종종 문제를 악화시킬 뿐이다. 이제 여러 채널에 걸쳐 알림이 수신되고, 지금 들어가 있지는 않지만 아마도 곧 들어가 있어야 할 채널들에서 무슨 일이 일어나는지 궁금해 한다. (나중에 반드시 확인해야 한다.) 다양한 형식의 채팅은 한때 업무 중 아주 작은 부분에 불과했지만, 이제는 이메일 다음으로 가장 일반적인 컴퓨터 활동으로 자리 잡았다.

우리는 많은 점검을 한다. 중국어로 남겨진 암

✦ 기업용 업무 메신저.

호에 가까운 스팸 메시지를 삭제하기 위해서라도 노트북과 데스크톱과 때때로 깜빡하는 음성 메일함을 확인한다. 최근 한 조사에서, 고용주의 50%가 휴대폰이 직원들의 주의를 산만하게 한다고 말했다. 44%는 일반적으로 인터넷이 방해라고 말했다. 또 다른 예로, 73%의 사람들은 기술이 너무 산만해졌다고 말했다. 무엇이 우리를 산만하게 하는 것이겠는가?

[27]

독자 의견

독자가 편집자에게 보내는 편지는 권력이 없는 평범한 사람들이 권력을 가진 사람들에게 자신의 생각을 알릴 수 있는 통로였다. 그것은 일반 독자와 시민이 정치인, 재계 지도자, 그리고 자신들에 대해 쓴 언론인들에게 의견을 전달할 수 있는 몇 안 되는 통로였다. 당신의 이름을 인쇄물로 볼 수 있는 드문 방법이었고 대중 앞에서 자신의 관점을 표현할 수 있는 거의 유일한 방법이기도 했다. 예를 들어, 당신은 주요 교차로 건널목에 경비원이 없다거나 지난주에 게재된 기사가 지역 공공시설에 대한 잘못된 정보를 포함하고 있다고 불평할 수 있었다. 인식을 제고할 수 있었다.

대부분의 투고는 폭언이나 조롱, 비장함의 폭발물이 아니었다. 그런 편지들은 검토되었고 편집되었다. 헌신적인 담당 편집자들은 부정직하거나 혼란스럽거나 불건전해 보이는 편지를 걸러냈다. 결국 게재된 것은 비평과 제안, 그리고 아주 가끔씩 칭찬이었다. 여기에는 조직이나 임시 위원회 및 개인 독자들의 신중한 답변이 포함되어 있었고 서명과 날짜가 적혀 있어 의견을 보낸 이는 자신의 말에 책임을 져야 했다. 때로는 실제로 영향력을 발휘하기도 했다. 독자 의견 편지가 인쇄용으로 선택되는 일은 매우 큰 사건이었기 때문에, 사람들은 일반적으로 편지를 쓸 때 신중을 기했다. 타이핑하고, 봉투를 찾고, 우표가 어디에 있는지 찾아야 했다. 편지를 가장 가까운 우체통에 넣고 정성스럽게 쓴 편지가 언제 도착할지 며칠을 기다려야 했다. 이 모든 작업은 이 문제에 대해 귀찮을 정도로 강한 의지를 가져야 한다는 것을 의미했다.

놀랄 것도 없이, 대부분의 사람들은 결국 편지를 보내지 않았다. 순간의 열기에 몇 줄을 써내려가다가 몇 시간이 지나면 그 영화 평론가가 더는 성차별주의자로 보이지 않거나 기사가 그렇게 중요한 것처럼 보이지 않을 수도 있었다. 애초에 무엇이 당신을 흥분시켰든 간에 편지를 쓰느라 시간을 보내는 것 말고도 다른 할 일이 있었을 것이다.

물론 이제는, 불쾌함의 하얀 섬광이 비치는 순간 이메일을 보내기만 하면 된다. 가짜 또는 익명 계정을 사용할 수 있으니 분노의 대상은 당신이 누구인지 알 필요가 없다. 욕해도 된다. 작가가 못생겼고 멍청하고 무능하고 자격이 없으며 이기적으로 집착하고 있는 일을 젊은 사람이나 더 나은 사람에게 맡기라고 말하면 된다. 정치인, 배우, 감독, 지방 관료 등 분노의 진정한 발원지를 다양한 방법으로 찾아낼 수 있는데 굳이 독자 의견을 투고하는 수고를 감수할 이유가 있을까? 모든 직통 전화는 이메일보다 빠르고 쉬우며 즉시 보상을 받을 수 있다. 트위터에 멘션 4개를 연결한 스레드를 올리거나 넥스트도어✦와 지역 감사town controller 계정에 글을 게시하거나 관련 기사 또는 페이스북 게시물에 댓글을 달 수 있다. 어떤 문지기도 당신을 막을 수 없다. 이것은 확실히 더 민주적이다. 당신의 불평 대상이 당신이 말하는 것을 그대로 본다는 면에서 그렇다. 하지만 이제 누구나 공개적인 포럼에서 발언할 수 있게 되었기 때문에 공격이 쏟아지는 가운데 자신의 목소리를 내기가 오히려 그 어느 때보다 어려울 수 있다. 우리는 모두 한꺼번에 외치고 있다.

✦ 당근마켓과 비슷한 미국의 지역 중고거래 제공 서비스.

[28]

공연에 몰입하기

극장 조명이 어두워지면 바깥세상은 점점 희미해졌고, 모든 것은 2시간 동안 멀리 떨어져 있었다. 예를 들어 〈안나 크리스티〉나 〈헤드윅〉 같은 공연이라면 기쁨이었고, 〈스타라이트 익스프레스〉의 가운데 줄에 갇힌다면 고문에 가까웠겠지만, 공연의 즐거움은 당신이 그 작품을 좋아하든 싫어하든 간에 관객이 된다는 것을, 극장 밖에서 일어나는 일이 무엇이든 놓칠 수밖에 없음을, 지금 이 순간 무대에서 일어나는 일에 몰두하는 것 외에는 아무것도 할 수 없음을 의미했다. 선택의 여지가 없었던 건 아니다. 단순히 연락이 닿지 않았을 뿐이었다. 베이비시터가 내려놓기만 하면 아기가 운다거나, 구남친이 술에 취해 현관문을 두드린다거나, 우편함에 할머니가 보낸 편지가 기다리고 있다거나, 그 모든 일은 커튼이 내려오고 당신이 집에 도착하기를 일단 기다려야 했다. 당신은 **공연장에** 있었다.

최악의 방해꾼은 사워볼 사탕 포장지의 요란한

소리나 1막 도중에 소변이 마려운, 하필 통로에서 가장 먼 자리에 앉은 아이였을 것이다. 누가 시키지도 않았는데 노래를 따라 부르거나 옆자리 사람에게 큰 소리로 무슨 일이 일어났는지 물어보는 사람도 있었다. 학교 발표회에서는 상황이 좀 느슨했다. 지나치게 열성적인 부모 몇이 자기 아이를 더 잘 보기 위해서 당신의 시야를 가릴 가능성이 충분히 있었다. 경기장에서 열리는 콘서트에서는 옆에 있는 사람이 앙코르 발라드 때 고장 난 라이터를 딸깍거릴 수도 있었다.

이 중 어떤 것도 오늘날 가장 진지한 극장 관객들의 서커스 같은 분위기와 비교할 수 없다. 모든 쇼의 시작 전에 휴대폰을 무음으로 바꿔두고, 녹음하지 말고, 플래시를 터뜨리지 말고, 부디 공연자들을 존중해 달라는 안내방송이 나오지만 아무도 극장에서 휴대폰을 꺼놓지 않는 것 같다. 아, 물론 무음으로 바꿔도 전원을 완전히 끄지는 않는데, 공연이 끝난 후에 전원을 다시 켜는 데 시간이 너무나 오래 걸리고 연결을 완전히 끊는 것을 다들 견디지 못하기 때문이다. 그래서 공연에 몰입하려고 앉아 있어도, 당신은 재킷 주머니에서 나는 낮은 웅웅 소리를 여전히 들을 수 있고 옆자리 사람도 마찬가지라서, 무대 위의 드라마에서 관심이 살짝 분산된다. (부장님이 그 쪽지에 답장을 보낸 건가?) 또한 우리는 3줄 앞에 있는 사람이 휴대폰을 확인하려고 가방 안에 팔을

집어넣고 건성으로 화면을 어둡게 조정하는 모습을 볼 수 있다. 이봐요, 소용없어요. 보인다고요.

대부분의 대중음악 콘서트에서는 뮤지션이 아무리 당황해도 휴대폰을 위로 들고 찍을 수 있게 한다. 그러나 더욱 새로운 경향은 공연 전체를 촬영하려는 사람이 어디에나 있다는 것이다. "저를 그만 찍으시면 안 될까요? 저 여기 있거든요," 가수 아델이 유럽 콘서트 투어 중 어느 팬에게 한 말이다.

"이게 진짜 쇼예요."

[29]

롤로덱스✦

묵직하고 위풍당당한 롤로덱스는 높은 사람의 책상 위에서 사내 유선 전화기 옆을 지키고 있었고, 때로는 힘을 과시하듯 몇 개가 일렬로 놓여있기도 했다. 이는 면접을 볼 때 지원자를 긴장시키는 광경이었다. '이 사람은 모든 사람을 안다.' 그런 생각은 당연한 수순으로 '나는 아무도 아니야'라는 결론에 도달했을 것이다. 당신은 첫 번째 사무직 자리를 얻자마자 사무용품 카탈로그에서 검은색 롤로덱스를 주문했다. 승진을 위한 작은 발걸음인 셈이다. 당신은 구할 수 있는 모든 명함, 친구들이나 심지어 어머니의 명함까지 넣어두었는데, 롤로덱스가 너무 비어 보이지 않았으면 해서였다. 롤로덱스는 당신이 많은 사람들, 중요한 사람들, 전화번호부에 실리지 않은 사람들 등 많은 이름을 알고 그들과 연락할 수 있음

✦ 회전식 명함꽂이의 상품명. 고리에 철해진 명함이 회전해서 해당하는 명함을 찾을 수 있다.

을 확실히 하기 위해 잘 채워두어야 했다.

"당신이 누구를 아는지가 당신이 누구인지 알려준다"라는 표현은 그 시절 '연결된'이라는 단어를 사용할 때의 속뜻이었다. 〈매드맨〉✦ 시대를 위해 1956년에 발명된 순간부터, '롤링 인덱스rolling index'라는 단어에서 이름을 딴 나선형 회전 장치는 그 시대의 팔로워 수를 세는 도구가 되어, 별 볼 일 없는 사람과 높으신 양반들을 분리했다. 그리고 오늘날의 친구 목록과는 달리, 외부인의 침투는 불가능했다.

그 무거운 플라스틱 덩어리들은 시대가 변하면서 무자비한 권위로 그것들을 휙휙 넘기던 돈 드레이퍼들과 함께 거의 사라졌다. 브랜드 자체는 디지털 시대에 맞게 '연락처 관리'의 형태로 용도 변경되었는데, 이는 다양한 온라인 주소록과 동기화를 해야 완료되는 조직적인 조합으로, 전문가의 도움이 필요한 시시포스의 바퀴처럼 느껴진다. "이 사람들은 다 누구지?" 당신은 당신의 연락처 목록을 훑어보면서 궁금해할지도 모른다. 우리는 모두 케빈 베이컨 레벨✦✦에서 연결되어 있지만, 실제로 연결된 사람들은 거의 없다.

✦ 60년대를 배경으로 유명 광고 제작자의 일과 사랑, 권력 다툼을 그린 드라마. 주인공 이름이 돈 드레이퍼다.

✦✦ 케빈 베이컨의 6단계 법칙에 따르면 지구에 있는 모든 사람들은 최대 6단계 내에서 서로 아는 사람으로 연결될 수 있다.

[30]

의사에게 의지하기

팔에 불가사의한 멍울이 생겼는데 그게 뭔지 전혀 알 수 없던 시절을 기억하는가? 모기에 물렸거나 피부암이거나 둘 중 하나였다. 어쩌면 전에는 눈치채지 못했던 점일 수도 있고, 하룻밤 사이에 옅어진 점일 수도 있었다. 세상에, 라임병✦일 수도 있었다. 뭔지 알 리가 없었다. 대체 무슨 수로 안단 말인가? (전화기에 카메라가 장착되기 전에는) 전화를 통해 친구, 심지어 의사인 친구에게도 갑자기 생긴 검은 자국을 설명하기란 불가능했다. 다른 방법이 없었기 때문에 의사와 약속을 잡고 기다렸다.

진찰을 받기 위해 병원에 가려면 몇 시간 정도가 아니라 더 긴 시간을 기다려야 했다. 당신은 팔에 생긴 검은 무언가를 생각하며 시간을 보낼 수 있었지만, 침착한 안도감과 어두운 상상 사이에서 도무

✦ 진드기에게 물려 발생하는 감염병.

지 차분해질 수 없었다. 일단 의사의 진료를 받으면, 의사가 무슨 말을 하든 그 진단이 신의 말씀이라도 되듯 매달렸다. 마침내, 정답이 나왔다. 두 번째 의견을 구해야 할 만큼 심각하지 않다면, 당신은 의사의 결론을 확정적으로 받아들였다.

발진에 대한 광범위한 이미지 검색을 미리 해보고, 3개의 희귀 유전 질환 가능성에 경악하고, 의사들이 포진한 토끼굴로 뛰어들어 비록 시한부이지만 경험이 풍부한 환우들의 이야기와 맞닥뜨리는 이 모든 일이 예전에는 없었다. 이제 당신은 관련된 증상들의 완전한 상태 파악 없이 추정한 자가 진단에 도달했을 것이다. (가와사키증후군이나 섬유근육통이나 웨스트나일뇌염이었다!) 예전에는 진단에 대해 의사에게 이의를 제기하거나 메드라인플러스✦ 웹사이트에서 손수 출력한 연구 결과를 의사에게 읽어보라고 주장하는 일이 없었다.

하지만 이제 당신은 모든 정보, 사진, 데이터, 가능한 치료 방법, 공유된 개인적인 사연들을 알고 있다. 예약일이 다가올 때쯤이면 의사에게 전달할 이야기를 나름대로 정리한 뒤일 것이다. 진료실로 걸어 들어갈 때가 되면 사전 조사와 감정 기복의 여정을 완전히 마쳤을 가능성이 크다. 물론, 의사가 라

✦ 환자, 가족, 의료인을 위한 건강 정보를 제공하는 웹사이트.

임병을 위해 오레가노 오일을 복용하라고 말할 때까지 기다리지 않았을뿐더러, 의사가 모르는 발진에 대해 당신이 알고 있다고 생각할 수도 있다. 당신이 의사에게 그 모든 이야기를 하는 동안 의사는 당신의 목을 조르고 싶어질 것이다.

[31]

첫 번째 사람이 되기

아아, 견본품 세일을 알아내거나, 미술 갤러리를 발견하거나, 프라하의 허름한 골목에서 멋진 부티크 호텔을 찾을 수 있던 날들이여. 당신은 독점적인 정보에 가장 먼저 접근한 사람이 될 수 있었다. 대수학 선생님이 임신했다는 풍문을 누구보다 빨리 접하거나, 다른 아이들이 아직 그 존재를 알기 전인 멋진 인디 밴드 공연을 형제와 함께 봤다. 잠시나마 당신은 어떤 사실을 아는 유일한 사람이었다. 당신은 사랑하는 사람들과 친구들에게 말하기 전에 그 파도를 잠시 더 타며 만끽했다. 정보의 출처가 되는 일은 매우 만족스러웠다.

그러나 이제는 숨겨진 해변에 다른 누군가가 항상 당신보다 먼저 도착한다. 때로 그 사람은 가상공간의 해변에 누구보다 먼저 도착해서 취향도 지식도 성취감도 아닌 터무니없는 "일등!"이라는 반응을 보이는데, 그것은 일종의 끈기, 즉 새로고침 버튼을 누르고자 하는 의지와 많은 자유 시간 외에는 아무것도 의미하지 않을 수 있다. 어떤 이들에게는 그저 먼저 도착하는 것이 전부이지만, 당신은 그런 사람이 아니기 때문에 그것이 어떤 느낌인지조차 모른다. 그 사람이 누구든 간에, 그는 아마존 바인✦에서 좋은 건 다 신청했고, 당신이 방금 차를 타고 지난 팝업스토어에 대해서도 이미 알고 있으며 서브스택✦✦에 며칠째 게시물을 올리고 있다. 몇 시간 전에 이미 피드를 올렸고, 이스터 에그를 찾아냈으며, 밈이 된 움짤을 만들었다. 당신이 이 중 어떤 것이든 알게 되기도 전에 게시물은 바이럴을 탔고 그는 인플루언서의 길을 가고 있다.

온라인에서는 다른 사람들이 얼마나 앞서 있는지 명확할뿐더러 정량화할 수 있다. 당신의 영리한 행동은 이미 다른 이의 것이 되었다. 자신의 취향이 난해하고 차수건tea towel 컬렉션은 독특하고 세련된 미학을 자랑한다고 생각할 수도 있지만, 핀터레스트에 다른 누군가가 훨씬 더 멋진 컬렉션을 게시했을 가능성이 크다. 실제로 많은 사람이 특별한 물건을 수집하고 있을뿐더러, 그 물건이 무엇이든 간에 이미 잘 조명해 과시하고 있다. 몇몇 유명 팬클럽은 당신이 절대 따라잡을 수 없는 수많은 열성적인 팔로

✦ 일종의 체험 서비스.

✦✦ 뉴스레터 플랫폼.

워를 자랑한다. 당신은 진정한 열성 팬과 극성 지지자에 비하면 헌신적인 모습이 초라해 보일 수 있는, 긴 줄에 서 있는 또 하나의 팬일 뿐이다. 사실, 당신은 꼴찌다.

앞서가려 하지 않았던 사람들조차도 영원히 파티에 늦었다는 명백한 증거에 위축될 수 있다. 우리가 입은 옷은 새것이 아닐뿐더러 남들이 더 잘 소화했다. 당신이 발견한 30년대의 절판된 소설은 굿리즈✦에서 밤하늘의 별처럼 리뷰를 많이 받았다. 당신이 사는 동네에 '새로 생긴' 좁고 어둑어둑한 레바논 테이크아웃 식당은 옐프와 이터, 챠하운드 같은 맛집 검색 앱에 이미 후기가 등록됐고 브루클린 그린포인트에 분점이 생길 예정이다. 당신은 아무것도 시작하지 않았다. 단지 따라잡았을 뿐이다.

✦ 독서 감상과 평가를 올릴 수 있는 사이트.

[32]

유일무이한 존재 되기

살면서 한 번쯤은, 그리고 우리 중 몇몇은 X를 생각하거나 Y가 되거나 Z를 할 수 있는 유일한 사람이라는 편집증적인 확신에 사로잡혀 있었다. 다른 모든 사람은 지구인이고 자신은 외계인이라는 느낌이었다. 어쩌면… **그들이** 외계인이었고, 당신은, 아아, 유일한 지구인이었을지도. 당신은 〈매트릭스〉나 〈트루먼 쇼〉, 음모론을 다룬 70년대 영화에 포착된 사람이며, 지구에 마지막 남은 유일한 제정신인 사람이고, 아마도 그 농담에 웃지 않은 유일한 사람이었다. 그것은 끔찍하고 억압적인 느낌이었다.

이제 그런 느낌을 받을 가능성은 전혀 없다. 온라인에서는 언제든 나와 같은 사람을 찾을 수 있고, 수천, 수만 명의 비슷한 사람을 찾을 수 있다. 당신이 그렇게 특별하거나 뛰어나지 않은 동시에 혼자가 아니며 (그렇게까지) 이상하지는 않다는 사실을 아는 것은 엄청난 위안이 된다. 심한 자폐스펙트럼장애 자녀를 둔 부모 혹은 거동이 불편하거나 희귀 질환을 앓고 있는 경우, 고립된 지역사회에 거주하거나 지역사회 사람들로부터 고립감을 느끼는 경우 인터넷은 신의 선물과도 같다. 당신이 유동적인 성정체성을 가진 10대이든 일찍 배우자와 사별한 청년이든, 정확히 같은 문제나 상황에 처한 사람을 찾기가 더는 불가능하지 않다. 인터넷이 아니라면 완전한 이방인일 사람들이 포럼, 대화방, 무수한 전문 웹 사이트에 숨쉬고 있고, 당신을 기다리고 있다. 당신은 언제나 당신의 사람들과 상의하고 위로할 수 있다.

수줍음을 타는 사람들과 파티에서 혼자인 사람들에게는 현실보다 인터넷이 더 쉽게 접근할 수 있는 곳이 된다. 붐비는 방이나 조용한 복도에서 다가가 데이트 신청을 하는 것보다 DM을 하거나 태그를 거는 쪽의 위험부담이 적다. 판돈이 훨씬 낮아 보인다. 사회불안장애를 가진 사람들에게 온라인 의사소통은 생명줄이 될 수 있다. 덜 불안한 사람들에게도 온라인에서의 연결은 불투명한 오프라인에서보다 더 간단하고, 쉽고, 빠르다. 온라인 우정의 위험부담은 낮고(인스타그램에서만 아는 사람을 위해 버튼을 누르는 것 이상으로 애쓸 필요가 없다), 누군가가 좋아요를 누르는 일은 애정처럼 느껴지기도 한다.

아이들은 함께 어울릴 친구를 찾기 위해 집을 나서거나, 쇼핑몰에 가는 버스를 타기 위해 엄마에게 허락을 구할 필요가 없다. 아이들이 모이고, 숨어들고, 친구가 되고, 절교할 수 있는 무수한 앱들이 이제 학교 식당의 경계를 훨씬 넘어섰기 때문에, 아이들은 서로 거의 대화하지 않고 휴대폰으로 다른 아이들을 따라잡으면서 게걸스럽게 점심을 먹는다. 학교에서 자기와 맞는 친구를 찾을 수 없는 아이들은 다른 곳에서 그런 존재를 찾을 수 있다. 청소년의 60%는 매일 (또는 거의 매일) 온라인으로 친구들과 시간을 보내고, 밤에는 가장 친한 친구, 가장 나쁜 친구, 오랜 짝사랑과 나란히 누워 잠을 청한다. 디지털로 말이다.

[33]

생일 카드

아이들의 생일은 우편함을 향해 돌진하면서 시작되었다. 생일 축하 카드가 늦게 도착하기를 원치 않는, 조카를 사랑하는 이모가 일찌감치 보낸 커다란 봉투가 우체통에 떨어지는 소리를 기다리고 있었던 것이다. 그 어린 시절의 흥분은 박물관과 문구점에서 구입한 카드에 더는 팝업이나 접힌 면, 수표 또는 스티커가 들어있지 않게 된 뒤에도, 생일의 즐거움을 더 어른스럽게 표현한 우정과 가족에 대한 따뜻한 메모를 담게 된 후에도, 성인이 된 이후까지도 이어졌다.

이제, 생일 축하 인사는 이메일, 게시물, 문자, 그리고 아마도 최악의 경우 전자카드의 형태로 도착하는데, 전자카드는 자동전송이 되기 때문에 스팸메일함으로 들어가거나 중요한 날 아침에 일제히 도착한다. 어떻게 도착하든, 아무도 그들을 원하지 않는다. 정말, 아무도. 가입 신청을 하고 데이터(당신의 데이터!)를 넘기는데 서명하는 모든 사람을 위해 준비된 무료 전자카드는 굳이 카드를 만들거나 사지 않아도 되게끔 한다. 개인 메시지와 유사한 내용에 도달하기 전에 로딩 속도가 느린 여러 화면을 클릭해야 하는 전자카드는 재미가 없다. 전자카드는 받는 사람의 감정을 신경 쓴다는 느낌을 주지 않는다. 전자카드는 생일엔 형편없게, 발렌타인데이엔 무관심하게, 어머니의 날엔 잔인하게 느껴진다.

선물이 아마존을 통해 여러 번 배송되는 동안 "생일 축하해! 할머니가, 사랑을 담아"라는 표준화된 메시지가 10포인트의 고딕체로 있으나 마나한 반품 규정과 함께 포장지에 적혀 있다. 주는 사람과 받는 사람의 이름을 적는 칸만 채워진 온라인 상품권이 선물인 경우는 전자카드조차 없을 수 있다. 덕분에 "감사합니다" 편지 역시 실제로 보낼 필요가 없게 되긴 했다.

[34]

숙면

충혈된 눈을 꼭 감고, 다른 모든 사람들이—적어도 당신의 시간대 내에서—밤이라고 부르는 시간에 불을 끌 수 있었을 때가 어땠는지 회상해 보자. 당신이 떠난 뒤 파티는 이어지지 않았다. 그냥 다들 잘 잤다. 세계는 끊임없는 수다를 멈추고 문을 닫았다. 조간신문이 도착하고 출근이 시작되었을 때 비로소 우리는 모두 같은 위치로 돌아왔다. 매일 특정 시간이 되면 친구들이 당신 빼고 모이거나 뒤에서 속삭이는 것을 걱정할 필요가 없다는 사실에 안심할 수 있던 10대 시절이 어땠는지 생각해 보라. 물론 그들은 그럴 수 없었다. 다들 자고 있었으니까.

하지만 인터넷이 있는데 누가 잠을 잘 수 있을까? 상대가 아직 쓰지도 않았을 기한이 늦은 이메일을 기다리거나 취침 직전에 공유한 사진에 누군가가 이해할 수 없는 속상한 댓글을 달았을 때는 잠을 잘 수 없다. 왜? 대체 왜 그랬지? 당신은 그럴듯한 이유를 찾고자 휴대폰을 다시 확인하고 싶은 근심에 몇 시간이고 침대를 베고 누워 생각에 잠긴다. 아침까지 기다릴 수가 없다.

연구에 따르면 취침 시간에 기기를 사용하면 수면의 질이 낮아지는데, 휴대폰을 옆에 두고 잠드는 미국인 성인 70%에게 좋은 소식은 아니다. 불안한 대안은 8시간 동안(조금만 꿈을 꿉시다) 인터넷을 포기하는 것이다. 하지만 11시에 막 잠이 들려는 순간 보내야 했던 이메일이 있다는 사실을 깨달았는데, 그리고 이왕 휴대폰을 확인한 김에 누군가 중요한 걸 올리지는 않았는지 확인할 수 있는데 어떻게 잠을 잔단 말인가? 만약 당신이 새벽 4시에 눈을 뜨면 몰래 인터넷을 엿보며 자신과 세상에 대한 나쁜 뉴스를 확인하다가 결국 세상과 자신에 경악하며 아침을 맞이하는 파멸적인 상황을 겪게 된다. 새벽 4시에 일어나서 아침 이메일을 '앞서 읽기' 위해 시간을 보낸 적이 있는가? 나는 있다.

우리 잘못이 아니다. 코네티컷 의과대학 임상정신과 교수이자 인터넷 및 기술 중독 센터의 설립자인 데이비드 그린필드는 말한다. "휴대폰이 시야에 있거나 근처에 있을 때, 또는 휴대폰 진동음을 듣거나 들었다고 생각할 때, 여러분의 코르티솔 수치는 높아집니다. 이는 스트레스 반응이며, 불쾌감이라는 스트레스를 해소하기 위해 신체는 휴대폰을 확인하고 싶다고 반응하게 됩니다." 항상 전원이 켜져 있다면 전원을 끄는 기능이 불편할 뿐만 아니라 불가능해진다. 심리학자들은 이것을 '지속적인 주의력 분산'이라고 부른다. 편안하지가 않다. 온라인 세상이 밤잠 설치게 하지 않아도, 아침이면 침대에서 일어나라고 휴대폰은 진동한다. 휴대폰은 진동으로 운동 알림을 보내거나, 전 세계의 최신 암울한 소식을 전달하는 동시에 명상을 하라는 경고음을 울리고, 읽지 않은 글을 무시무시한 알림으로 집계한다. 스마트폰 사용자 10명 중 8명은 기상 후 15분 이내에 휴대폰을 확인한다. 만약 하늘이 허락해서 실제로 밤새 잠을 잤다면, 무엇을 놓쳤는지 알아야 한다.

[35]

번호 기억하기

내 가장 친한 친구의 전화번호는 944-6327이었다. 내 번호는 944-7091이었다. 우리가 어렸을 때, 모든 사람이 마음만 먹으면 전화기의 번호판을 돌릴 수 있었다. 엄마 사무실. 소아과 의사. 학교. 좋아하는 피자집. 물론, 이제 우리가 아는 전화번호는 없다. 내 말은, 기억하는 번호가 없다. 내 전화번호는 물론이고 아이들의 전화번호도 거의 알지 못하며, 심지어 두 아이에게 각자의 전화번호가 있다는 사실조차 믿을 수 없다. 자기만의 전화선을 갖는 것은 엄청난 일이었는데! (그리고 우리의 조부모님들은 학교까지 3마일을 걸어 다녔다….)

얼마 전 케임브리지에 방문해 잠깐 머무는 동안 12년간 연락이 끊겼던 친구와 커피를 마실 계획을 세웠다. 그는 우리가 서로의 행방을 문자로 주고받을 수 있도록 휴대폰 번호를 교환하자고 했다. 친구는 "너 아직도 917-XXX-XXXX 번호 쓰니?"라고 물었다. 나는 문제의 번호를 응시했다. 익숙했지만 완전히 기억나지는 않았다. 몇 분간 집중력을 발휘한 끝에 나는 그 전화번호가 한때는 내 것이었을지 모르지만, 지금은 확실히 말할 수 없다는 결론을 내렸다. 어렸을 때의 번호는 기억이 났지만 불과 10년 전의 번호는 알아볼 수 없었다.

[36]

종이신문

아침은 신문을 위한 시간이었다. 커피를 마시면서 신문을 읽고, 룸메이트와 페이지를 교환하거나, 오롯이 혼자서 즐기며 원하는 부분을 찢어 읽을 수 있었다. 아침 출근 시간 또한 전문가처럼 신문을 접어 지하철 같은 좁은 공간에서 다음 장을 넘기며 읽을 수 있는, 신문을 위한 시간이었다. 일요일 브런치는 한참을 기다려 자리에 앉은 후 너무 작은 식당 테이블 위에 펼쳐진 신문을 보기 위한 시간이었다. 물론, 내가 신문사에서 일하기 때문에 이러한 손실을 뼈저리게 느끼긴 하지만 신문사에서 일하기 훨씬 전부터 그렇게 느꼈다. '신문'을 읽는 것은 모든 어른들이 하는 일이었고, 어릴 때부터 어른이 되고 싶었던 나 역시 하고 싶었던 일이었다.

신문에 지면이 있던 시절에는 누구에게나 자기만의 지면이 있었다. 스포츠 팬은 즉시 스포츠면으로 눈을 돌렸다. 야구에서 농구까지, 신문은 일정과 통계와 선수 트레이드를 확인하는 곳이었다. 경기가 끝나기 전에 잠이 들었다면 조간신문을 확인하거나, TV의 저녁 뉴스를 기다려야 했다. 동부 지역의 조간신문은 종종 기사 마감 시간이 될 때까지 서부 해안의 점수를 받지 못했다.

만약 당신이 야구 판타지 리그✦를 했다면, 당신은 통계를 자세히 살펴보고, 긴 계산을 한 다음, 결과를 복사해서 나머지 리그로 보냈다. 매주 화요일과 수요일에 〈USA 투데이〉에서 주별 수치를 인쇄하면 리그에서 한 명이 그 작업을 맡았다. "그게 90년대지." 내 친구가 회상했다. "지금 생각해 보면 우리는 1800년대에 살았던 것 같아." 2020년대에는 웹페이지가 모든 것을 대신 계산한다. 뉴스에 관한 한, 매 순간 새로고침이 되지 않는 정보를 얻는 것은 마치 마을 광장으로 어슬렁어슬렁 다가가 동네의 울보가 나타나기를 기다리는 것과 같다.

한때 중요한 정보는 신문을 통해서만 볼 수 있었고, 해석하는 데 시간과 기술이 필요한 형식이 있었다. 야구에서 박스 스코어 읽는 법 배우기는 일종의 통과의례였으며 아버지나 형이 당신을 단계별로 안내했다. 주가를 알고 싶다면, 경제 지면의 표를 훑어보고 해석하는 방법을 배워야 했다. 실시간 온라

✦ 실제 플레이하는 선수를 뽑아 가상의 팀을 만든 후, 일정한 기준을 통해 각 선수의 기록을 점수화하여 종합 점수나 팀 간 승패를 겨루는 일종의 시뮬레이션 게임.

인 거래 이전에 대부분의 금융 아마추어(즉, 금융계에서 일하지 않는 사람들)는 거래를 체결하기 위해 이해할 수 없는 표와 중개인(돈을 받아야 하는 사람)의 조합에 의존했다. 평범한 사람은 '게이트키퍼' 없이는 거래할 수 없었는데, 게이트키퍼는 신속하고 어리석은 결정을 방지할 전문 지식과 경험이 있는 사람을 뜻했다.

지역 신문에 의존한다는 것은 단순히 지역 뉴스를 접하거나 스포츠나 만화에 대한 열정을 채우기 위한 것이 아니었다. 당신은 쿠폰과 항목별 광고란이 필요했는데, 그런 정보들은 재정 자립의 관문이 되었고 나아가 작고 초라해도 첫 번째 집을 얻을 수 있게 했다. 어머니는 당신이 좋아할 만한 새 영화의 리뷰, 함께 방문했던 도시들에 대한 이야기, 옆집의 엄친아에 대한 기사 등 당신이 관심 있을 법한 기사를 오려내어 우편으로 보내곤 했다.

지역 신문은 당신 딸의 축구 경기 승리를 축하하는 기사를 실었다. 올해 졸업생과 우수 졸업생 명단을 실었다. 지역 신문에 약혼 공지를 게재해 스크랩하고 엠보싱 작업을 하거나 액자로 만들어 훗날 자녀들에게 보여줄 수도 있었다. 디지털 버전에서 출력한 인쇄물은 그와 같아 보이지 않는다. 80년 동안 일리노이 남부의 작은 마을에 살았던 당신의 고모할머니는 자신이 교회와 이웃 그리고 친구들에게 어떤 사람이었는지가 담긴 부고 기사를 받게 되리라는 사실을 알고 있었다. 출생 발표부터 스포츠 우승, 죽음에 이르기까지 한 사람의 삶의 궤적을 잉크와 종이로 기록한 부고 기사는 이제 페이스북의 선명한 디지털 이미지로 대체되어 친구와 그의 '친구들'이 볼 수 있지만, 당신의 진짜 이웃은 볼 수 없다.

[37]

인기 없는 의견

지금은 화요일 오후에 몇몇 사람들 앞에서 한 어리석은 발언이 목요일이면 사람들 머릿속에서 잊힐 정도로 태평하고 근심 없는 시대가 아니다. 표현한 모든 생각이 찬반으로 투표되고, 좋아요를 받거나 무시되고, 놀림거리로 다른 사람에게 보내져 잠재적으로는 이래저래 당신에게 불리하게 쓰일 가능성이 있는 오늘날, 당신은 말조심하는 법을 배운다. 당신이 어그로꾼troll이나 무엇도 억누를 수 없는 반대론자나 매저키스트가 아니라면, 특히 자신의 의견이 정치적이거나 창밖에서 벌어지는 세상의 중대한 일, 논란의 여지가 있는 일 또는 매우 중요한 일과 관련이 있는 경우, 잘못된 방향으로 해석될 수 있는 말을 아예 하지 않는 법을 배우게 된다.

모두가 온라인 메가폰을 잡기 전에는 대다수 사람들이 잡생각과 의견을 공개 해부하고자 굳이 전보를 치지는 않았다. 왜냐하면 기본 가정은, 아무도 내 생각을 신경 쓰지 않는다는 것이었으니까. 사람들은 본인 의견을 고수했다. 이후 우리 모두 설 수 있는 플랫폼이 주어지자 기본 가정은 우리 모두 할 말이 있고 목소리를 내야 한다는 쪽으로 변했다. 우리가 그동안 얼마나 많이 참아왔는지 누가 알았겠는가?

자, 이제 우리는 안다. 일이 어떻게 흘러가는지 안다. 물론, 우리는 목소리를 낼 수 있고 또 내야 하지만, 최대한 주의를 기울여야 하며 듣는 사람 모두가 나와 같은 편이라는 것을 알 때만 말할 것을 잊지 말아야 한다. 오늘날처럼 양극화가 극심한 사회적 정치적 문화적 환경에서 목소리를 내기란 안전한 거리를 두고 미리 정해진 여러 통 중 하나에 들어가는 일과 같다. 일단 당신이 안전하게 줄을 서면, 같은 통을 공유하는 사람들이 당신의 올바른 생각을 인정하며 등을 두드려줄 것이다. 우리는 아군이거나 적이다. 대중의 의견이 강요되는 이 세상에서, 실명으로든 익명으로든 사방에서 비난의 화살이 쏟아질 수 있는 진흙탕에 빠지는 발언을 감히 할 사람은 거의 없다. 우리가 목소리를 내고 발언하는 것처럼 보일 때도 대부분 의견은 군중에 의해 끈질기게 견제당하며 우리 모두는 안전지향으로 행동한다.

안전한 의견은 흥미롭고 계몽적인 의견이나 유익한 의견, 심지어는 정보에 입각한 의견이 아닐 수도 있다. 안전한 의견은 적어도 이미 사전 합의된 기성 청취자 집단에게 자극적이지 않다. 어쩌면 당신의 진짜 의견이 아닐 수도 있다. 우리는 우리가 듣고 싶은 것을 듣고 말해야 한다고 생각하는 것을 말하며, 상투적인 의견이 도전적이거나 인기 없는 생각을 가진 한 사람의 의견보다 모든 면에서 반드시 낫지는 않다는 유감스러운 사실을 제쳐버린다.

하지만 온라인 군중이 항상 듣고 있으니 그것은 현명한 선택이다. 인터넷은 작은 순간을 확대하고 소소하고 덧없는 것이 거대하고 영원하다고 느끼도록 증폭한다.

그리고 종일 우리 가까이에 있다.

인터넷은 비난과 반발, 사이버 폭력의 가장 잔인한 처벌인 캔슬 컬처✦로 무장하고 있다. 생각해 보기도 전에, 당신은 지목되고 평가당한다. 당신은 몇 초 만에 한 달 분량의 격렬한 감정의 요동을 겪게 된다. 반응하고, 과잉 반응하고, 내뱉은 말을 후회하고, 세상을 비난하고, 우울해한 후 막 마음이 가라앉으려고 하면 누군가가 또 당신을 도발해서 이 모든 과정을 다시 시작한다. 최악의 상황에서는 숨을 돌리기도, 시야를 확보하기도 힘들어지고 세상이 당신에게 완전히 불리하다고 느끼게 된다. 우리는 평형감을 되찾는 자연스러운 속도를 잃었다.

✦ 자신과 생각이 다른 사람들에 대한 팔로우를 취소Cancel한다는 뜻으로, 특히 유명인이나 공적 지위에 있는 사람이 논쟁이 될 만한 행동이나 발언을 했을 때 SNS 등에서 해당 인물에 대한 팔로우를 취소하고 외면하는 행동 방식을 말한다.

[38]

혼자 여행

혼자 여행은 정말 혼자서 여행한다는 뜻이다. 당신은 배낭을 채우고, 유레일 패스를 구입하고, 홍콩에서 뭔지 모를 화물을 내리면 반값에 이용 가능한 우편 티켓을 손에 넣고 나서 2주나 2개월 동안 볼 수 없는 당신을 위해 가족이나 친구들이 준비한 성대한 환송회에서 손을 흔들어 작별인사를 했다. 당신은 혼자였다.

혼자 여행은 여행 기간 내내 고국의 세상을 보거나 소통할 수 없다는 것을 의미했다. 믿을 만한 지인에게 식당 추천을 부탁하거나, 미친 유스호스텔 매니저 또는 야간 열차에서 시끄럽게 코 고는 인간에 대해 고향 친구들에게 말할 방법이 없다는 뜻이었다. 심야 버스를 탈지, 돈을 더 쓰고 기차를 탈지, 나트랑에 가기 위해 호이안을 건너뛸지에 대한 결정을 친구들과 상의할 수 없었다. 당신이 어떤 비용을 들여 무엇을 보고 있는지 실시간으로 감탄해줄 사람은 아무도 없었다. 당신은 스스로의 반응과 생각을 믿어야 했다. 여행에서 본 것들을 기억하기 위해 그리고 자신을 위해 전부 적어두어야 했다.

타인과 대화하지 않고 공유하지 않는 나날이 당신을 괴롭히기 시작하면, 건즈 앤 로지스✦ 티셔츠를 입은 괴짜 독일인과 서툰 영어로 배낭여행 팁을 주고받거나 이탈리아인 웨이터와 스페인어에 가까운 언어로 긴 대화를 이어가는 등 머릿속이 아닌 다른 곳에서 자신의 목소리를 듣기 위해 가능한 모든 곳에서 동반자를 찾게 된다.

당신이 어디에 있는지 아무도 몰랐다. 누구도 당신을 찾거나 추적하거나 연락할 수 없었다. 당신은 묶여 있지 않았다. 당신은 자유로웠다. 눈에 띄지 않는 곳에서, 나답다고 자각했던 삶의 방식에서 벗어났다. 누가 기대하고 있어서, 또는 포스팅을 위해서 무언가를 하지 않았다. 정해진 관행에 따라 관람계획을 세우고 싶지 않아 경치 좋은 곳에 들러 다른 사람들이 용인하는 것보다 더 오래 머물거나 어딘가를 아예 건너뛰기도 했다. 모나리자에 사로잡힌 척할 필요도 없었다. 심지어 박물관을 아예 건너뛸 수도 있었다, 젠장.

인터넷 이전 시대에 혼자 세상을 여행할 때, 당신은 아래보다는 주위를 둘러보았다. 다른 사람들을

✦ 미국의 80년대 록밴드.

보고 알아차렸고, 그들도 당신을 보았다. 낯선 사람들과 마주쳤다. 고향 사람들, 즉 여동생과 아빠의 최근 언쟁, 파트너와 그의 형편없는 영업 PT, 당신을 돌아보지 않는 짝사랑은 잊을 수 있었다. 외부 세계가 항상 눈 깜짝할 사이에 다가와 손짓하는 지금, 이런 환상적인 자유는 불가능하다.

[39]

서류 작업

말씀하시는 서류 작업이라는 일이 이거 맞나요? Z세대 노동자가 묻는다. 사람들이 한때 열심이었다는 '서류 밀어내기'는 또 뭐고요? 그들을 위해, 기쁨을 이야기해 보자. 그때는 서류 작업이 너무 많아서 일주일 주기로 여러 개의 커다란 직사각형 상자를 채울 수 있었고, 서류란 너무 중요해서 깊은 보관소에 넣어두어야 했다. 마끈으로 서류들을 철해 낱장이 떨어지지 않게 하는 작업은 당신 일이었는데, 꼭 한 장은 손도 닿지 않는 캐비닛 아래 깊숙이 들어가곤 했다. 보관되지 않은 나머지 문서들은 나뭇잎 송풍기에 필적하는 소음이 나는 기계에서 파쇄되었다. 파쇄된 종이들을 당신이 아무리 조심스럽게 쓰레기통에 비우려 해도 잘게 잘린 종이 조각이 바닥에 흩날리곤 했다.

당신은 제록스 복사기 옆에 서서 종이가 끼거나 다 떨어지거나 종이를 잘못 정렬하거나 실수로 양면 인쇄(당신의 상사가 싫어했다)를 하지 않는지 지켜보면서 끝없는 시간을 보냈다. 그런 다음 배포 목록, 배포 자료, 파일 꾸러미 등 모든 자료를 5층 사서함에 넣어야 했다. 봉투에 타자로 주소를 치는 끔찍한 과정도 있었다. 타자기 바퀴를 위아래로 움직이는 과정에서 겹쳐 찍히지 않기를 바랐지만, 정보를 완벽하게 중앙에 배치하는 방법을 전혀 이해하지 못했다. 그리고 마침내 오타가 생겼다. 화이트로 지우자.

구글 워드프로세서, 드롭박스, PDF 이전 시절에는 큰 회의나 컨퍼런스가 열리기 전에 두꺼운 바인더가 제공되었다. 바인더의 묵직한 문서들은 물리적으로 검토하고 메모를 추가할 수 있어서, 읽을 필요가 없는 것처럼 느껴지는 환경친화적인 파워포인트와는 달랐다. 물성이 없고 디지털로만 존재하는 이러한 문서는 매우 멀리 떨어져 있고 종이도 거의 없는 개방적이고 흩어져 있는 유연근무제의 사무실에서 배포된다.

지정된 작업 공간이 없으면 허공에 떠있는 지구본이나 명패 같은 책상 소품을 놓을 곳이 없을뿐더러 문진 사용을 정당화할 만큼 충분한 서류를 만들어내지도 않는다. 전통적인 가구라는 의미에서의 책상이 더는 존재하지 않는 경우가 많아서 책상 위 소품들은 전부 노후화될 위기와 맞서고 있다.

사람이라도 죽일 수 있을 것 같던 편지 칼은 사라졌고, 마찬가지로 사람 잡는 스테이플러 심 제거기도 사라졌다. 만약 당신이 순례자처럼 옛 방식으로 일하기를 고수한다면, 당신은 종이 클립 또는 그의 더 단단한 현대판 사촌인 바인더 클립을 창고 선반에서 찾을 수 있을 것이다. 영수증은 디지털화되었기 때문에 보관함이 필요치 않다. 팩스는 울리지 않는데, 팩스가 어디에 있는지 그것이 무엇인지 이제는 다들 모르기 때문에 다행이다. 필경사 바틀비는 자기 물건들을 가지고 건물을 떠났다.

[40]

부재중 전화

전화를 놓치는 것은 큰일이었다. 전화 한 통은 흥분과 미스터리 그리고 가능성을 제공했다. 어쩌면 당신의 삶을 바꿀 수 있는 전화였을지 모른다. 5학년 때부터 꿈꿨던 남자애가 마침내 당신의 타고난 아름다움을 알아채고 건 전화일 수도 있는데, 당신이 받지 않자 용기를 잃고 다시는 전화하지 않을 수도 있다. 어쩌면 교장 선생님이 부모님께 연락하려고 건 전화였는데, 메시지를 전달하겠다고 약속하면서 효과적으로 중간에서 가로챌 수 있었는지도 모른다. 복권에 당첨됐을지도 모르고!

전화를 받기 위해 집으로 뛰어갔지만 발신음 소리만 듣기도 했다. (아, 발신음. 혹시 싶어서 후크를 딸깍거려 보기도 했다.) 종종 당신은 전화벨이 울리기를 기다리며 몇 시간 동안 집안에 틀어박혀 있었다. 다른 사람들은 모두 수영장에 갔고, 당신은 냉장고 옆에 앉아 있었는데, 그 남자가 이번 주말에 당신에게 "어쩌면" 전화할 것이라고 말했기 때문이었다. 그러고는 그 역시 친구들과 수영장에 갔다는 사실을 알게 되는 식이었다.

아예 놓친 전화, 못 받은 전화, 답신하지 않은 전화. 누가 걸었는지 모르는 전화. (할머니, 빚진 사람, 당신을 고용하거나 해고하려는 사람, 그냥 잘못 건 사람.) 어떤 때는 전화 자체가 그냥 잘못이었다. 별자리 운세나 인기 연예인 소식을 들으려고 900번으로 처음 전화를 걸었을 때 당신은 추가 1분마다 2.95달러가 드는지 몰랐다. 시계를 찬 사람이 아무도 없거나 벽시계의 배터리가 다 되었기 때문에 시간을 알려주는 번호로 전화를 걸었다. 무선전화기만 가지고 있던 사람들은 주기적인 정전 사태 때 의도치 않게 세상과 단절되기 때문에 자기가 바보 같다고 느꼈다.

75센트라는 비싼 요금을 내면, *69를 눌러 마지막으로 전화한 사람의 번호를 불러올 수 있었는데(그 사람이 전화번호부에 있다고 가정하고 서비스를 이용하는 것이었다) 결국 알고 보니 대화하고 싶지 않은 사람이 건 전화이기도 했다. 몇 주 동안이고 전화 술래잡기를 할 수도 있었다. "내가 너에게 다른 메시지를 남겼어"라고 당신은 말했다. "다시 전화하려고 했는데 통화 중이었어!" 사실이었을 수도 있지만, 대부분 경우, 그냥 그런 척하는 것이었다.

한 번의 부재중 전화에 목숨이 달려 있을 수도 있다. 영화 〈다이얼 M을 돌려라〉를 생각해 보라. 소설 〈너 집에 혼자 있니?Are You In The Home Alone?〉와 영화

〈스크림〉을 떠올려 보라. 손가락이 번호판 위를 더듬는데, 여주인공의 손에서 수화기가 떨어진다. 영화 〈터미네이터〉에서는 사이보그가 사라 코너를 죽이기 위해 지구에 도착한다. 미래에서 온 그는 로봇과 인간의 힘의 무한 융합체인 최첨단 기술을 사용한다. 내장된 GPS를 이용해서 코너를 찾는 것일까? DNA를 감지하는 감각 시스템을 가지고 찾을까? 신체에 코드화된 전자 배열의 움직임을 통해 코너의 존재를 인지하는가? 아니다. 대신, 그는 1984년 당시 인간이 이용할 수 있는 가장 진보된 기술에 의존한다. 그는 화이트 페이지✦에서 그녀를 찾는다.

자동 응답기(그 영광스러운 혁신을 기억하는가?)는 터미네이터에게 엉뚱하고 장난스러운 답변을 들려주어, 사라 코너가 직접 대답했다고 생각하게 만든다. "속았지!" 코너의 녹음된 목소리가 떠든다. 집이 아닌 곳에서 자신이 위험에 처했음을 알게 되어 깜짝 놀란 코너는 공중전화를 찾는다. 이러한 서스펜스 장면들은 1984년의 시청자를 안절부절하게 했다. 오늘날 그 장면을 보면 마치 〈초원의 집〉 시리즈에서 말이 끄는 마차를 타고 감자밭을 경작하기 위해 저지대로 가는 모습을 보는 것 같다.

✦ 인명순과 자모순으로 구성된 전화번호부. 옐로 페이지에는 사업체 목록이 나열되어 있으며 대개 광고가 포함되어 있다.

[41]

스페인어-영어 사전

서투른 번역. 실수와 반복되는 오해. 프랑스어처럼 들리려고 노력하는 자기 목소리를 듣기가 너무 창피해서 강세를 넣어 읽는 건 시도도 못 한다. 포켓 사전이나 여행 가이드에게 받은 간단한 부록, 그리고 몇 년 동안 무관심하게 배운 고등학교 프랑스어가 전부인 상황에서 외국어를 말하려고 시도할 때 흔히 겪게 되는 일반적인 실패의 모습이었다. 1993년 태국에 도착했던 날, 나는 웨이터에게 치킨을 주문한다고 확신하며 **"가이 플라우"**라고 초급 태국어로 말했다. 웨이터는 고개를 끄덕이고는 오믈렛을 얹은 밥을 들고 돌아왔다. 겸허하고 혼란스러운 마음에 더해 주문을 수정하면 어떤 결과가 나올까 걱정이 되어 그냥 먹었다. 다음 날, 나는 다른 식당에서 다시 시도했고, 똑같은 음식을 받았다.

구글 번역, 유튜브 랭귀지 프로, 듀오링고, 페이지 번역 기능 또는 음성 확인을 위한 오디오 클립이 없던 때였다. 내가 g를 너무 강하게 발음해, **카이 플라**

우, 계란과 밥이라고 말했다는 사실을(나는 어쨌든 치킨보다 오믈렛을 더 좋아했지만) 온라인에 접속해 어떤 기능의 도움을 받았다면 결코 몰랐을 것이다. 첨단 기술의 도움 없이 언어를 통과해 나아갈 때 한 문화에 대한 놀라운 것들을 배우게 된다. 우리 모두 알다시피, 우리는 우리의 실수나 잘못된 발음을 통해 배운다.

더는 그런 일은 없다. 우리는 시행착오의 샛길로 빠질 필요가 없다. 서로가 서로를 이해하지 못한다고 불평할 필요도 없고, 일견 '몸으로 말해요' 게임처럼 보일 수 있는 어리석은 손동작과 과장된 표정을 비웃으면서, 예전과 반대로 아무 말 하지 않고도 잘 헤쳐갈 수 있다. 모든 사람이 온라인에 접속할 수 있는 세상에서, 외국어를 배우는 것은 라틴어를 공부하거나 주기율표를 외우는 것만큼 쓸모없을 수 있으며, 어떤 사람들에게는 인상적인 잔재주나 사치스러운 시간 낭비에 지나지 않는다.

구글 번역은 당신을 위해 모든 작업을 한다. 기적적인 클릭 한 번으로 프랑스어나 이란어로 된 웹페이지를 읽을 수 있다. 전 세계의 여러 언어로 적힌 문장을 몇 초 만에 이해할 수 있다. 외국어에 특별한 재능이 없는 비원어민도 완벽에 가까운 발음이 될 때까지 반복해서 연습할 수 있다. 내가 숙제를 하는 아이들에게 스페인어-영어 사전을 찾아보라고 제안하면, 아이들은 실제로 내 앞에서 웃음을 터뜨린다.

[42]

인내심

옛날에는 모든 일에 때가 있었고 누구나 그 시간을 기다려야 했다. 당신이 알아야 할 끔찍한 소식을 저녁 뉴스가 알려주려면 저녁 6시가 될 때까지 TV 앞에 앉아서 기다려야 한다는 뜻이었고, 그 후에야 황금 시간대가 될 때까지 TV를 보며 쉴 수 있는 콘텐츠가 나온다는 뜻이기도 했다. 〈사운드 오브 뮤직〉 〈오즈의 마법사〉 〈찰리 브라운 할로윈〉을 볼 수 있게 되기까지 몇 달씩 기다려야 했는데, 적절한 때가 되면 점점 커지는 드럼비트에 맞춰 회전하는 CBS 로고의 매혹적인 소용돌이와 함께 방송이 시작되었다. 녹화도 없었고 되감기도 없었다. 매년 〈스노우맨 프리스티〉 주제곡이 나올 때면 달력도 마지막 장이었다. 토요일 아침 만화영화 〈스쿠비 두〉 주간 분량에 삽입된 예고편은 일주일 치 즐거움의 절반을 차지했다. 토요일 아침은 그런 만화를 볼 수 있는 유일한 때였는데, 어린이들에게는 참으로 기다릴 만한 가치가 있었다.

VHS 플레이어와 (그 정도는 덜하지만) 베타맥스✦는 처음으로 약간의 제어 기능을 제공함으로써 TV 시청 습관에 혁명을 일으켰다. 80년대에 10대들은 MTV에서 자기가 원하는 뮤직비디오가 나오기를 바라며 형편없는 뮤직비디오를 몇 시간이고 보았다. 원하던 비디오가 나오면 바로 몇 초 안에(꼭 1분쯤 늦었다) 비디오플레이어로 달려가 녹화해서 다음에 또 볼 수 있기를 바랐다. 라디오로도 똑같은 일을 했다. 나만의 음악을 찾아 끝없이 다이얼을 돌렸고, 재생 버튼과 녹음버튼을 동시에 누를 준비를 했다.

올림픽 중계를 보고 싶다고 가정해 보자. 유튜브가 없던 시절에는 지난 대회 하이라이트를 유튜브에 검색할 수 없었기 때문에 4년을 기다려야 했다. 그때 그 터치다운을 다시 보고 싶은가? 80년대에는 블록버스터 비디오 대여점에서 위대한 경기들 DVD를 대여하거나(보고 나서는 반납을 위해 터덜터덜 가게로 돌아갔다) ESPN 스포츠 채널에 특집이 나오기를 기다리는 수밖에 없었다. 기다림, 기다림, 기다림.

심지어 비디오를 빌리는 것도 불편한 부분이 있었다. 신발을 신고, 차도를 벗어나 교통체증을 겪고, 주차 공간이 충분하지 않은 작은 쇼핑몰의 비디오 대여점에 차를 세우고, 찾고 있는 것이 액션과 스

✦ 1975년 소니에서 출시한 홈비디오 시스템.

릴러와 신작 코너 중 어디에 있을지 그리고 대체 왜 어째서 아무도 비디오 껍데기를 알파벳 순으로 나열해두지 않았는지 한탄하면서 돌아다녀야 했다. 앞사람이 회원증을 가져오는 것을 잊어버렸기 때문에 20분 동안 줄을 서서 기다려야 할 수도 있었다. 당신 바로 앞에서 당신이 원하는 영화의 마지막 비디오를, 너무 신작이라서 카운터 뒤에서 직접 꺼내주는 그 비디오를 막 가져갔다는 사실을 알게 되기도 했다.

인터넷의 초창기에는, 모든 일에 시간이 더 오래 걸렸다. 모뎀으로 전화를 걸어 창이 열리고 AOL 메일함의 아이콘이 나타나 "메일이 왔어요!You've got mail!"라고 알리는 데 걸리던 1분 정도 뜸들이는 시간을 기억하는가? 노라 에프런이 쓴 동명의 영화 〈유브 갓 메일〉 오프닝 시퀀스는 지금 보면 슬로 모션처럼 보인다. 요즘과 비교해 보자. 비행기가 활주로에 닿는 순간과 비행기 모드에서 구해낸 휴대폰이 작동 신호를 보내는 순간 사이의 극히 미세한 간격을 생각해 보라. 왜 이렇게 오래 걸리는 거야? 당신은 궁금할 것이다. 배터리는 충전되었다. 2개의 통신사 막대가 떴다. 캐리어는 어디 있지? 수신 메시지들은 왜 안 뜨지? 왜 문자 전송이 안 되는 거야? 기다림은 끝이 없다.

한때 아주 흔했던 발견과 기대와 인내와 조바심 그리고 마침내 (잠깐만 기다려봐… 드디어 됐다!) 만족의 순간을 맞이하는 이 과정은 15살 미만의 모두에게 낯설기 짝이 없다. 밀레니얼 세대가 시청하는 영상의 70%는 '시간 이동'된 것들로, 이는 원래 방송 시간이 아닌 다른 시간에 시청된다는 뜻이다. 몰아보기가 가능한데 굳이 다음 에피소드 방영 시간을 기다릴 사람은 아무도 없다. 생방송 축구 경기와 대선 토론회도 맥주 한 잔을 위해 일시정지할 수 있는 상황에서 우리가 하나가 되었다는 느낌은 더는 존재하지 않는다. 언제든 놓친 대사를 위해 정확히 15초를 되감을 수 있다. 원하는 것을 언제든지 볼 수 있다. 드라마 〈길리건의 섬〉에 발이 묶일 필요가 절대 없다. 왜냐하면 그것 말고도 볼 것은 언제나, 언제나 있기 때문이다.

[43]

타인 무시하기

누군가가 당신에게 연락을 취하려고 노력중이라는 사실을 모르는 척하기란 꽤 용이했다. 어떻게 알겠는가? 당신은 외출 중이었고, 자고 있었고, 바빴고, 집을 비웠으며, 급한 일이 있었고, 메시지를 받지 못했으며, 이 이야기를 지금에야 듣고 있다. 충분히 가능한 일이었고 신빙성이 있었다. 전화벨이 울렸을 때 다른 누군가가 대신 받아서 당신이 집에 없다고 말할 수 있었다. 만약 사무실에서라면, 다른 사람이 전화를 받고 당신이 잠깐 자리를 비웠다고 말할 수 있었다. 죄송합니다!

온라인이라는 말은 당신이 필사적으로 피하려고 했던 아이, 친구 무리에서 약간 동떨어져 있지만 어째서인지 당신이 어디에 있는지 항상 알고 있는 데다가 픽업 시간이 되면 그 집 엄마가 당신의 엄마와 단둘이 얘기하고 싶어 하는 아이로부터 끈질기게 놀이 약속을 요청받는 것과 같다. 당신은 그 성가신 상황들조차도 벗어날 방법을 생각해 낼 수 있었다.

하지만 고집스러운 인터넷은 거절을 받아들이거나 눈치껏 행동하는 법이 없다. 인터넷은 동물병원에서 보내는 반려동물이 어떻게 지내냐는 내용의 자동 문자이고, 발신 전용 문자 시스템 이용 여부를 확인해 달라고 안과 의사가 보내는 요청이기도 하다. 인터넷은 배달 음식이 어땠는지, 드라이클리닝이 만족스러웠는지, 딸의 체조 시합을 알고 있는지 묻는 성가신 이메일이다. 우리의 전화는 부동산업자, 의료기관, 의류 판매업자, 링크드인 업데이트 그리고 실제 사람들의 끝없는 사연의 진동으로 웅웅거리고 알림음이 울린다.

[44]

디토 인쇄물✦

디토 인쇄물은 종이 복합체 교육 시스템에서 타원을 색칠하게 되어 있는 객관식 답안지, 3공 바인더, 얼룩덜룩한 흑백 표지 작문 노트보다 훨씬 더 중요한 부분이었다. 여러 면에서 그때의 수업은 복사된 프린트물의 끊임없는 행진이었다. 한 묶음이 끝나면 다른 묶음이 배포되었고, 한 줄씩 프린트물을 받아 앞에서 뒤로 넘겼다.

디토가 당신을 바쁘게 만들었다. 디토가 하루를 채웠다. 디토는 집에 갔다가 다음 날 아침 돌아왔다. 때때로, 디토는 학생들의 실력을 확인하기 위한 것이었지만, 종종 학생들에게 복종을 가르치는 수단으로 보였다. 학생 대부분은 디토를 참아내는 법을 배웠지만, 짜증나게 순종적이고 공부 잘하는 몇몇 아이들(그래, 나다)은 디토의 명확한 시작과 유한한 끝

✦ 수동 인쇄 등사기 디토 머신으로 제작한 학습지.

을 은근히 사랑했다. 선생님들은 간단한 절대평가 방식과 웃는 얼굴 그림으로 디토를 채점했고, 어떤 경우에는 혀로 핥아야 종이에 붙는 작은 금, 은, 노랑, 빨강 또는 녹색 호일 별이 채점에 사용되었다. 메인 스트리트 초등학교의 어느 5학년 교실에서는, 선생님께 제출한 디토가 스티커로 된 발과 이리저리 돌아가는 눈알이 붙어 있는 색깔 솜뭉치 인형과 함께 돌아온 적이 있었다. 긁으면 향기가 나는 '스크래치앤스니프' 향기 스티커를 사용한 선생님들도 있었다. 이 또한 꽤 멋졌다.

추상적인 의미에서든 명시적인 의미에서든 규칙을 따르지 않는 아이들은 디토를 참는 법을 배웠고 분실하지 않기만을 기도했다. 잃어버렸다가는 끝장나게 혼났기 때문이다. 아무도 복사기를 가지고 있지 않았다. 새로 인쇄할 수도 없었다. 구겨지거나 찢어진 디토들은 선생님의 눈살을 찌푸리게 했다. 집에 한 장이라도 두고 왔다가는 학교에서 벌을 섰다.

[45]

연공서열

나이를 먹고 승진의 사다리를 오르면서 당신은 더 노련해졌고, 더 현명해졌고, 경험도 많아져 지난 세월의 매력적인 일화를 들려주고 실질적인 조언을 해줄 수 있는 사람이 되었다. 만날 기회를 얻지 못할까 봐 사람들이 두려워하면서 귀를 기울이는 사람이 되었다. 연공서열 달성은 당신이 일해온 시간에 대한 필연적인 진보 중 하나였다. 당신의 차례였다.

하지만 그곳에 도착하기 전까지는 자기 차례를 맞은 사람들을 상대해야 했고, 그들은 손댈 수 없는 존재였다. 기업의 고위직들은 닫힌 문 혹은 다른 라인에 봉인되어 있었다. 그의 비서가 한 약속 없이는 그에게 말도 할 수 없었고, 감히 요청한다 해도 약속을 잡을 수 없었다. 이러한 위계적 기준이 조직 전체에 퍼져 있었다. 군대에서 장군이 병사들 위에 군림하고 가정에서 부모가 자식 위에 군림하는 것처럼 모든 회사에서 최고 경영자가 모든 사람 위에 군림했다. 마케팅 매니저는 어시스턴트 마케팅 매니저의 직급을 올릴 수 있지만, 시니어 마케팅 매니저가 들어오면 두 프롤레타리아 모두 별 발언권이 없었다. 당신의 발언은 종종 허용되지 않는 것처럼 느껴졌고, 발언이 장려된다는 기분은 없었다.

인터넷은 눈에 보이든 보이지 않든 항상 받아들여졌고 한때 공들여 유지되었던 이러한 구분을 무너트렸다. 회사의 문지기들, 즉 중역 비서와 에이전트와 관리자와 의사 결정자들이 더는 당신과 당신의 최종 보스 사이를 가로막지 않는데, 온라인에서만은 당신과 존 레전드, 조 바이든 사이에 아무도 없는 것과 마찬가지다. 당신은 그들을 태그하거나 멘션할 수 있다. DM을 보내라. 그들이 말하는 것에 대해 공개적으로 논평하라. 성공적인 틱톡 영상 하나만 있어도 짧은 주기 동안 당신이 셀럽이나 권위자가 되지 못하게 막는 것은 없다.

온라인에서는 젊은이들이 항상 적어도 세 걸음은 앞서 있고 부모와 선생님과 상사도 그 사실을 알고 있다. 기성세대는 학생과 어린이와 신입사원에게 기술 팁과 최신 용어를 물어볼 수밖에 없다. 슬랙에서는 모든 사람이 같은 서체를 쓰며, 상사와 신입사원이 조직도를 보지 않고도 밀레니얼 세대의 소문자로 대화를 나눈다. 오히려, 상사 쪽이 불리하다. 인간이란 나이가 들수록 구두점을 더 많이 쓴다. 당신은 아마도 제대로 된 채널에 있지도 않을 것이다. 부서 내의 멋진 사람들은 모두 다른 곳에 모여 있다.

그곳에서 그들은 함께 뭉치고 조직하고 캠페인을 벌이고 편지에 서명하고, 거물들이 들어본 적도 없는 채널과 사이트에 글을 올린다. 아무도 당신을 건드릴 수 없는 것이 아니라 아무도 당신을 건드리지 않으려는 것이다.

상급자들에게는 유감스러운 일이지만, 만약 당신이 젊고 야심차다면, 당신은 인트라넷 메시지로 상사는 물론이고 직접 대면할 일이 없는 상사의 상사와 직접 대화할 수도 있다. 만약 당신이 구시대 질서에 익숙한 세대라면, 이런 일이 무례하다고 충격받을지도 모른다. 하지만 세 직급은 위인 사람과 함께 회의에 참석하고, 그 사람이 자신의 말을 듣는다는 것이 어떤 의미일지 생각해 보라.

[46]

창밖 내다보기

70년대, 에어컨도 없는 스테이션 왜건 뒷좌석에 앉으면 일산화탄소가 바닥에 흘렀고 담배 연기로 뒤덮인 공기가 스며드는 동안 아이들이 할 일은 없었다. 그 당시 부모님이 어떤 끔찍한 음악에 빠져 있었든 당신은 창밖을 보며 세상엔 다른 곳도 있다는 것을 되뇌었다. 당신은 풍경을 보기 위해 창밖을 내다보았다. 당신은 당신이 어디로 가는지 생각하는 동안 주행거리를 세거나 중앙 차선 사이의 실선이 이어졌다 끊겼다 하는 모습에 눈을 비볐다. 또는 형제자매들과 말하고 지낼 정도로 사이가 좋다면 네모난 게임 보드 위에서 하는 자동차 빙고나 고스트 게임, 지뢰찾기를 했다.

하지만 사람들은 운전대를 잡고 있을 때조차도 더는 창밖을 응시하지 않는다. 차에 탄 사람은 운전석이든 다른 좌석이든 훨씬 더 재미있는 것을 보고 있다. 시야 가장자리에서 겨우 보일 정도일지라도 에어컨 통풍구에 고정한 거치대에 세워두었거나 허벅지 위에서 넘어가지 않게 균형을 잡고 있거나 대시보드에 삽입된 스마트 스크린에는 선호하는 팟캐스트와 GPS가 표시되어 있다. 그들은 애플 워치를 힐끗 쳐다보고, 핸들에 얹은 손을 돌리며, 잠깐 도로에서 눈을 뗀다. 종종 운전자는 차에 탄 사람이 자신과 대화하지 않기 때문에 지루해한다. 조수석에 앉은 사람은 핸드폰 때문에 바쁘고, 바쁘고, 바쁘며, 방해 받고 싶지 않다. 뒷좌석에 앉은 아이들은 조용하고, 각자의 기기에 만족한다. 아무도 창가에 앉아도 되냐고 묻지 않으며, 창가에 앉아도 짜증 나는 눈초리로 스크린만 응시할 뿐이다.

가끔 창밖을 보고 싶을 때도 보지 못하는데, 멋진 경치가 있을 때, 심지어 당신이 3만 피트 상공에 있을 때도 창밖을 볼 수 없다. 항공사들은 더는 승객들이 구름을 바라보기를 기대하는 척하지 않고, 대신 이륙할 때 동료 승객들의 시야를 보호하기 위해 비행 중에 창문을 닫아달라고 기내방송을 한다. 시야 보호? **화면** 시야 말이다. 그린란드 상공을 비행할 때 용기 내 창문 덮개를 1인치 올려 쪼개지는 빙하를 들여다보거나, 집에 가까워졌는지 밖을 내다보거나, 난기류 속에서 초조하게 밖을 내다본 적이 있는가? 당신은 더러운 창문과 깊은 한숨만 얻는다. 인공위성에서 정보를 받는 디지털 지도가 당신 앞에 있다는 것을 모른단 말인가?

옆에 앉은 남자의 화면에 비친 TV쇼의 반영 없

이 기차 창밖을 보려고 해도, 당신의 눈동자는 바깥에 흐르는 강에서 넷플릭스의 긴박한 액션으로 다시 초점을 맞춘다. 안절부절못하는 두뇌는 스릴러물의 빠른 컷을 보기 위해 느리게 지나가는 풍경을 버리지 않을 수 없다. 시선을 어디로 둘지 우리가 항상 선택할 수 있는 것은 아니다.

[47]

〈TV 가이드〉

1948년, 무성영화 여신 글로리아 스완슨이 〈TV 가이드〉 창간호 표지에 등장해 새로운 매체의 출현과 문화 시대의 여명을 예고했다. 멋진 대중문화 보도와 어떤 프로가 언제 방영되는지에 대한 실용적인 정보가 결합된 이 새로운 잡지는 즉시 큰 성공을 거두었다. 뭐가 언제 방송될지 알고 싶지 않은 사람이 어디 있겠는가? 1953년, 〈TV 가이드〉는 전국에 배포되었으며 미국 전역의 정보를 싣게 된 첫 호에서 루실 볼과 그녀가 갓 낳은 아들 데시 아르나즈 주니어가 등장했다. 〈TV 가이드〉는 대중문화 시대정신을 다룬 〈리더스 다이제스트〉였는데, 이 뉴스는 당신이 사용할 수 있는 것이었고 다른 곳에서는 구할 수 없었으며, 화장실에 숨겨 들어갈 수 있을 만큼 작았다. 모두가 〈TV 가이드〉를 읽는 듯했고 적어도 슈퍼마켓 계산대에 줄을 서 있는 동안만큼은 그 잡지를 보는 것 같았다.

1988년이 되어서도 〈TV 가이드〉는 매우 성공적

이어서 30억 달러에 뉴스 코퍼레이션에 매각되었다. 90년대에 들어서면서, 이 잡지는 각 지역에 맞춘 약 150개의 에디션을 발행했고, 전국 프로그램 외에도 지역 방송 목록을 포함했다. 〈TV 가이드〉의 정교한 시스템은 특정 시장에서 케이블 서비스 업체들의 복잡성을 포착하기 위해 발전했다.

지역 신문은 일일 일정만 인쇄했다. 그러나 〈TV 가이드〉는 해당 에피소드의 시놉시스와 함께 일주일 방송분 전체를 미리 알려주었다. 당신은 그 일정표를 바탕으로 저녁을 계획할 수 있었다. 언제 아이들을 TV 앞에 앉혀 놓고 밤에 외출할지 알 수 있었다. 〈TV 가이드〉를 읽으면, 심지어 구독자가 아니어도 매주 표지에 무엇이 실렸는지 보기만 해도, 〈제퍼디!〉나 〈오프라쇼〉 같은 프로그램들이 한때 조각보처럼 무수한 갈래로 쪼개졌던 이 나라의 다른 지역 사람들과 같은 문화적 장면을 공유한다고 느끼게 했다. 이제 모든 것은 tvguide.com 웹페이지에 있다. 하지만 다른 수많은 웹사이트들이 정확히 같은 것을 보여주는데 누가 굳이 그것을 볼까?

[48]

예의범절

친애하는 당신dear, 안녕히. 아니, "친애하는"이라는 단어야, 잘 가.✦ 이모가 보여주던 상냥함이 묻어나는, 예의 바른 편지의 도입부를 알리는 이 친절한 표현은 이메일과 문자와 슬랙에서의 대화 그리고 다른 온라인 소통에서도 제거되었다. 원래 편지글의 마무리를 장식하던 "안녕을 빕니다Best", "진심을 담아Sincerely", "당신의 ~로부터Yours" 같은 말이 마지막 대목을 감싸주지 않게 된 것도 마찬가지다. 따라서 우리의 직위와 이름을 적는 일도 귀중한 엄지손가락 놀림의 낭비가 된다. (대체 누가 그것을 읽고 있겠는가?) 실용주의적 인터넷은 관련 없는 것들을 제거한다.

우리는 개인적인 인정과 사랑의 말들을 잃어버린 탓에 부드럽게 돌려 말하는 법을 잃었다. 또한

✦ dear는 타인에 대한 애정 어린 호칭인 동시에 편지에서 수신인의 이름 앞에 적는 표현이다.

(구식 용어라 미안하지만) 예의범절이라는 덕목 역시 상실했다. 이 2가지는 정치적 팬덤과 문화 전반의 선정성이 증가하면서 이미 사라질 위험에 처해 있던 덕목들이었다. 우리의 온라인 언어는 특유의 무례하고 무시하는 용어의 사용과 더불어 예전 방식의 언어 사용의 감소로 이어졌을 뿐 아니라 이를 더욱 부추기고 있다.

온라인에서는 예의를 잃기 쉽다. 아이에게 직접 소리를 지르기 전에 적어도 한 번은 망설이던 사람들도 문자로는 쉽게 대문자 공격을 날린다. (**너 거기 있니!? 대답해!**)✦ 직접 만나본 적이 없는 동료들은 '개인' 채널에서 서로 자유롭게 날 선 말을 한다. 소셜 미디어에서 당신이 한 말보다 더 악랄한 말을 듣거나 사소한 일로 심하게 비난받은 적이 있는가? 다른 사람들만 그러지는 않는다. 솔직히 말해서, 우리도 그렇다. 텍스트에 불과하다 해도 당신이 감히 직접 할 수 없는 방식으로 타인을 비꼬는 반응을 한 적이 있는가? 그런 적이 있으리라.

IT 경제에서 가장 불행한 노동자라면 우버 기사들, 음식 배달 앱 직원들, 매장 관리자들 사이의 경쟁이 치열하지만 으뜸은 댓글 관리자들이다. 헌신적인 어그로꾼들뿐 아니라 정신적으로 불안정한 사람

✦ 영어로 문자를 주고받을 때 대문자만 사용하는 것은 입말에서 크게 소리치는 것과 같다.

들과 그냥 오늘 아침 운수가 사나웠던 사람들이 보내는 공격과 불평과 압도적인 양의 협박을 비롯한 부정적 분위기에 종일 주의를 기울여야 한다고 생각해 보라. 그들은 종일 타인의 분노에 노출되어 있다. 이러한 직군의 노동자들은 소진과 우울증과 불안과 지속적인 스트레스를 일상적인 업무의 기준으로 삼고 있으며, 여기에 아노미 현상과 혐오, 타인에 대한 무관심도 산재해 있다고 말한다.

인터넷은 원래 이런 식으로 작동하도록 고안되지 않았다. 인터넷은 자유로운 자기표현과 연결이 가능하도록 개방되어야 했다. 사람들은 온라인에서 자신이 진짜 누구인지 보여주거나 익명성을 빌어 타인의 기대로부터 벗어나리라 여겼다. 인터넷은 낯선 사람들이 서로 자유롭게 그리고 성실하게 교류하도록 만들어졌다. 1996년 다보스 연설에서, 시인이자 사이버 활동가인 존 페리 바로우가 말했다. "우리는 인종, 경제력, 군사력 또는 출생지에 구애받지 않고 모든 사람이 특권이나 편견 없이 들어갈 수 있는 세상을 만들고 있습니다. 우리는 침묵이나 순응을 강요당하는 것에 대한 두려움 없이, 아무리 특이하더라도, 그 또는 그녀의 믿음을 표현할 수 있는 세상을 만들고 있습니다." 씁쓸한 아이러니는 인터넷이라는 험난한 환경이 우리가 순진한 의견 개진 쪽으로 뜻을 일치하도록 만들기 보다는 서로를 대립하게 만든다는 것이다.

[49]

접수원

'접수원receptionists'이라는 단어는 '받다receive'라는 단어에서 유래했고, 그것이 접수원이 한 일이다. 이 여성들은(그들은 거의 항상 여성이었다) 손님이 사무실을 방문했을 때 처음 접하는 사람이기 때문에 태도와 성격을 보고 고용되었고, 회사의 이상이나 가치를 반영해야 했다. 접수원들은 외부 세계를 환영했다. 전화를 건 사람들이 차갑고 억양 없는 음성 메일 시스템의 응대를 받는 미래와는 달리 그들은 실제로 전화를 받고 친절한 목소리를 들려주었을 뿐만 아니라 단정하게 차려입고 미소로 방문객들을 맞이할 준비를 한 채 엘리베이터 통로 앞에 앉아 있었다.

이러한 문지기가 있는 것은 유용하고 좋은 일이었다. 만약 당신이 방문객이라면, 그들은 당신의 방문이 예정되어 있음을 확인해주었고, 책상 위에 항상 비치된 접시에서 사탕을 고르도록 해준 후에 당신이 사탕을 2개 집어들면 다른 쪽을 바라봤다. 당신이 만날 사람에게 당신이 도착했다고 알리고 화장실이 어느 쪽에 있는지도 당신에게 알려주었다. 그들은 자리를 권했다. 그들은 집배원, 배달원, 그리고 자전거 배달원들에게 이름을 부르며 인사했다.

이제 그들의 자리에는 노트북의 데이터베이스와 동기화되는 보안 시스템과 자성이 있는 카드 키에 맞춰진 키패드와 지문 인식기가 있다. 그마저 곧 제임스 본드가 나오는 영화에서처럼 홍채인식으로 바뀔 것이며, 그중 어느 것도 "어서오세요"하고 방문객을 인사하며 맞지 않는다. 입구 근처에 사람이 없으니 소파, 잡지, 물 등이 놓인 휴게실과 대기실 역시 더 작아졌거나 존재하지 않게 되었다. 그런 공간은 더는 환영받지 못한다.

이렇게 매개자 역할을 하던 사람들이 사라지고 있다. 물론, 이러한 짧은 인간 대 인간 상호작용이 엄격하게 '필요'하지는 않는다. 모든 사무원과 비서, 그리고 다양한 도우미들이 필요하지는 않다. 2000년 미국에는 12만 4천 개의 여행사가 있었다. 10년 만에 그 여행사 중 43%는 존재하지 않게 되었다. 테미닷컴, 트린트닷컴 및 기타 온라인 서비스는 오디오 녹음과 작가와 편집자가 급여를 받기 위해 하던 작업을 인공지능을 사용하여 대신하고 있다.

이렇게 버림받은 일자리들과 같이 우리는 상호교류의 과정에서 '인간'을 제거하고, 인간과 인간 사이에서 일어나던 상호작용을 디지털로 바꾸었다. 사람 이름을 가진 로봇(그 이름이 칼리스타인지 오마르인지 누가 결정하는 걸까?)이 유인한 팝업창은 쾌활하게 자신이 무엇을 도울지 묻더니 우리가 "네"라고 대답하면 무시해버린다. 커튼 뒤에 알고리즘이 있기나 한지 누가 알겠는가? 전화선 반대편에 있는 불쌍한 사람에게 일주일간의 억눌린 좌절감을 표출하기는, 불운한 1-800번 고객센터 담당자에게 분노하기는 더욱 어려워졌다. 재버✦와 같은 서비스가 있는 오늘날 전화 기반 서비스가 존재하더라도 자동화된 시스템은 그 모든 것을 신경 쓰지 않는다. 하지만 도움을 구할 때 인간보다 자동화된 서비스와 대화하는 것을 더 좋아하는 존재를 찾을 수 있다면 그들은 아마도… 인간이 아닐 것이다.

✦ 웹 기반 인스턴트 메시지 서비스.

[50]

사적인 기념일들

가족과 친한 친구들이 아니면 함께 명절을 보내지 않았고, 때로는 그들조차도 함께하고 싶어 하지 않았다. 기념일은—기념 파티 말고 그야말로 명시적인 기념일 그 자체—사적인 문제였다. 때로 신성한 의례를 의미하던 의식과 기념식은 외부인들에게 제한되어 있었다.

하지만 인터넷은 우리를 형식적인 종교와 가족의 경계에서 벗어나게 했고, 엄밀히 말하면 본인과 관계없는 행사에도 모두가 상황에 맞게 옷을 입고 참여하게 해준다. 예술적으로 구성된 유월절 식사를 통과한 다음, 다른 사람들의 부활절 햄으로 스크롤한 뒤 좋아요를 눌러라. 당신은 콴자✦를 축하하고 **이어서** 동료의 정체불명의 친척이 입은 우스꽝스러운 산타 의상에 웃을 수 있다. 동생의 전처의 두 번

✦ 일부 아프리카계 미국인들이 12월 26일에서 1월 1일 사이에 여는 축제.

째 약혼에 하트를 누르지 않으면 이상해 보일 수 있다. 제안된 해시태그를 사용하여 결혼식을 인스타그램에 게시해 모든 사람이 멋진 취향을 감상할 수 있도록 하자.

소셜 미디어는 우리에게 어떤 휴일이 중요한지 결정하는 데 도움을 주며, 영화 〈멋진 인생〉✦처럼 소도시 경험을 흉내 내는 커뮤니티를 육성하거나, 최소한 그런 시도를 한다. 하지만 이런 경향은 한때 사적인 순간으로 인정되었던 친밀감과 비공식성의 일부를 앗아갔다. 난장판이었던 가족 모임에서 모두가 닭 간을 먹고 거실 카펫에 토했던 때의 사진을 인터넷에 올렸다고 상상해 보라. 아니면 할머니의 장례식이 어쩌다 공개되어서, 당신이 진심으로 슬퍼하는 처음의 순간이 방송된다고 상상해 보라. 미친 할 삼촌이 창작한 추수감사절 시나 꾸준히 고생하던 부활절 달걀 염색에 대해 직계가족이 아니면 알 필요가 없었다. 촛불을 켜고 참여한 사진을 올리지 않으면 온라인에서는 고독한 스크루지처럼 보이기 마련이다.

"가족사진 찍자!"는 말은 엄마의 가족 앨범에만 어울릴 이상한 합동 스웨터를 입고 가족끼리 촬영을 한다는 뜻이 더는 아니게 됐다. 그것은 사진이 공개된다는 의미다.

✦ 1946년 개봉한 미국의 대표적인 크리스마스 영화.

명절이 되면 한때 내면으로 향했던 생각과 기도가 이제 바깥으로 울려 퍼진다. 연결망 속 누군가가 그들의 누군가를 위해 기도해달라고 요청한다. 커뮤니티 이벤트는 가상공간에서 이루어지며, 진짜 커뮤니티에 대한 우리의 정의는 가상의 커뮤니티와 비슷하게 바뀌어 간다. 교회에 제시간에 도착하지 못하겠다면 가장 최근의 일요일 예배에 채널을 맞추자. 목사는 뒤에 있는 당신의 전자 존재를 기록할 것이다. 먼 친척과 미성년자인 친구, 나이든 이모와 병석에 누워 계신 조부모님은 인터넷이 아니었다면 행사를 놓칠 수밖에 없었을지도 모르지만(어쩌면 안도감을 느끼면서!) 이제 얼마든 환영하며 맞을 수 있다. 아마도 당신은 초대받아서 행복할 것이고, 어쩌면 초대에 응해야 할 것 같은 부담감을 원망할 것이다. 어느 쪽이든, 나타나지 않을 핑계는 없다.

[51]

메시지 남기기

사람들은 메시지 받기를 좋아했다. 정말이다! 하루가 끝날 무렵 집에 돌아왔을 때 자동 응답기에 빨간색으로 깜박이는 숫자 4나 6은 마치 승점 카드처럼 느껴졌다. 메시지가 없다고? 황량하다. 영화에서 "이 사람이 루저라는 걸 관객에 알리겠습니다"라는 표준적인 장면은 주인공이 밤 외출에서 돌아와 자동 응답기가 뱉어내는 "메시지가 없습니다"를 듣는 장면이었다. 판결을 전하는 기계적인 목소리의 냉담함이 그것을 더욱 모욕적으로 들리게 했다.

하지만 모든 메시지가 좋기만 할 리는 없었다. 엄마가 보낸 메시지일 수도 있었다. 너무 늦어서야 자동 응답기에 무언가가 있었음을 알게 되기도 했다. 여자 친구의 비밀 애인으로부터 온 메시지를 엿듣는 일처럼, 들어서는 안 되는 내용을 우연히 듣기도 했다. 당시 책과 영화의 줄거리는 결코 들어서는 안 되는 메시지를 들어버린 사람들을 가운데 두고 만들어졌다. 이제 책과 영화의 줄거리는 수신, 읽음,

잘못 읽음 또는 실수로 삭제된 텍스트를 중심으로 전개된다.

자동 응답기가 이런 식으로 보초를 서기 때문에, 자동 응답기로 내보낼 메시지를 녹음하기란 중대한 일이었다. 어떤 사람은 신경 쓰지 않는 척했고, 또 어떤 사람은 너무 신경 쓴 나머지 메시지를 자주 바꾸는 바람에 이번 주는 익살스럽게 다음 주는 사무적으로 들렸다. 사람들은 마치 안 어울리는 옷처럼 마음대로 바꿀 수 있는 성격의 작은 신호를 바깥세상에 대고 흔들었다.

이제 누구도 자동 응답 메시지를 바꾸지 않는다. 애초에 자동 응답기나 음성 사서함이 존재하지 않아 녹음하는 사람이 없기 때문이며, 아무도 메시지를 듣지 않는다는 것을 알고 있기 때문이다. 우리는 메시지를 주고받는 법을 총체적으로 잃어버렸다. 부재중 전화 목록을 훑어보고 문자로 답장을 보낼 수 있는데 굳이 3시간이나 지난 음성으로 "전화해"라고 말하는 것을 듣기 위해 비밀번호를 입력할 가치가 있을까? 휴대폰에서 메시지는 AI에 의해 일종의 무의미한 하이쿠로 렌더링되는데, 전화 기능은 스마트폰이 그렇게 스마트하지 않은 유일한 영역이다.

음, 그 모든 게 사라져서 잘됐다! 당신이 중요한 이야기를 놓칠세라 수화기를 들고 있으면 가장 친한 친구가 5분 동안 일방적으로 자기 이야기를 하다가 "아, 잠깐, 너한테 얘기하려던 게 하나 더 있어"라며 분위기를 잡는 일은 이제 없다. 전화번호를 맞게 걸었는지 확인하려고 번호판을 세 번이나 다시 돌려보는 일도 없다. "음성 메시지를 남기는 건 사실상 공격 행위야." 한 소설가 친구가 최근에 점심을 먹으면서 내게 말했다. "거기 앉아서 1분 40초 동안 듣고 있으라니. 누가 그러겠어?"

[52]

장난감과 게임들

매년 단 한 번, 토이저러스 장난감 가게의 슈퍼토이런✦은 정신이 달아날 정도로 운이 좋은 아이가 가게를 뛰어다니며 쇼핑카트 하나를 가득 채울 수 있게 해주었다. 화려한 직사각형 상자들에는 무슨 무슨 작전이니 생명이니 위험이니 하는 말이 적혀 있었다. 동물 솜인형을 고르고 또 골랐다. 모든 스타워즈 피규어가 있었다. 장난감 오븐에서 구운 브라우니는 플레이도우✦✦ 맛이 났지만 몹시 갖고 싶은 것이었다. 당신은 슈퍼토이런에 당첨되면 어떨지 상상조차 할 수 없었다. 당첨된 아이를 떠올리기만 해도 부러움에 배가 아플 지경이 되도록 상상하고 또 상상했다.

✦ 당첨된 어린이가 원하는 장난감을 마음껏 고를 수 있게 하는 행사.

✦✦ 어린이용 클레이 장난감.

산타 복장을 한 기린 그림으로 장식된 '토이저러스의 크리스마스 시즌'은 이제 우리 곁을 영원히 떠났다. 다른 수많은 장난감 가게 역시 함께 떠났다. 아이들은 단순히 넘겼을 뿐이지만, 〈토이 스토리3〉의 오프닝에서 여전히 속수무책으로 눈물을 흘리는 어른들은 아직 적응하지 못했다. 요즘 서점에서 팔리고 있는 20세기 미국 보드게임의 노스탤지어 에디션은 '게임'이 동사가 아닌 명사였던 그 평화로운 시절을 되찾으려 애쓰는 절박한 심정의 부모들을 위한 것이다. 우리를 기억해. 보드게임 〈클루〉와 〈쏘리〉의 재발매는 그렇게 외치는 것 같다. 체스 선수권 대회 외에도 장난감과 게임을 위한 시간을 만들고, 방과 후에 친구를 초대해서 헝그리히포 게임을 하는 것이 어떤 것인지를 기억하자. 우리를 포장해 가서 생일 파티 때 우리의 새로운 집을 찾아줘. 우리가 어린이의 눈을 놀라움으로 빛나게 하고 어린이의 오후를 기쁨으로 빛내게 해 줘.

그런 일이 다시 일어날 것 같진 않다. 아이들은 장난감을 탐내거나 가지고 노는 것보다 다른 아이들이 포장을 푸는 행위, 즉 유튜브에서 알려진 것처럼 '언박싱'을 보는 데 더 관심이 있는 듯하다. (오스트레일리아의 언박싱 채널인 CKN Toys는 한 달에 4억 6천만 번 이상 시청된다.) 더는 장난감을 선물할 수도 없다. 9살이나 10살이 된 아이들은 생일 파티에 색색으로 포장된 다양한 상자를 더는 가져오지 않고 대신 아마존이나 구글 플레이, 애플 선불 상품권 봉투를 들고 다닌다. (그 시절의 상품권을 기억하는가? 특대형 직사각형의 빳빳한 종이에 색색의 만년필로 손글씨가 적힌 상품권을 보면서 생일 당사자가 아닌 나를 위한 상품권이었으면 바라던 일을 기억하는가? 판매원이 가위로 리본을 말아 집에서는 흉내 낼 수 없는 방식으로 마술처럼 포장하는 모습을 넋을 잃고 지켜보았으리라.)

대부분의 경우, 아이패드는 장난감이자 게임이다. 온라인 놀이 친구가 물리적 놀이 친구를 대체하고 있다. 예를 들어 마인크래프트에서 만나거나 디스코드를 통해 만나기.

'12세 이상'이라는 꼬리표가 붙은 보드게임을 위해 모였던 어제의 아이들은 11살이 되며 비디오 게임 이외의 다른 '놀이'를 비웃는 아이들로 변했다. 아이들은 자신의 부모가 자주 하는 것을 하고 싶어 한다. 슈퍼토이런 행사의 업데이트 버전은 기프트카드 링크에 적힌 세 자리 금액인데, 아이들은 좋아하는 유튜버로부터 '굿즈'를 구매하고 좋아하는 게임을 업그레이드하는 데 기프트카드를 사용할 수 있다. 여전히 아날로그 게임을 좋아하는 어른들은 아이들을 게임에 참여시키기 어렵다.

[53]

지도

한 번 펼친 도로지도를 다시 제대로 접어서 치우는 방법을 누군가가 알아내기 전에, 도로지도는 영원히 사라져 버렸다. 이러한 지도들은 인쇄된 후 빠르게 구식이 되었고 고속도로 진입로가 공사 때문에 언제부터 폐쇄되는지도 알 수 없었다. 주 경계를 넘어 주유소에 들렀을 때 이런 지도를 얻을 수 있었다. 지도들은 보통 글로브 박스나 운전석 문의 좁은 수납공간에 박힐 테고, 시간이 지나 어느 바람 부는 날 문을 여는 순간 바래고 찢어진 지도가 밖으로 날아갈 것이다.

이제 물리적으로 존재하는 지도를 찾기가 어려워서, 제대로 지도를 접는 법에 대해 말다툼할 필요도 없다. 최근 한 조사에 따르면, 미국인의 2%만이 도로지도를 사용하고 있다. 심지어 톨게이트의 요금 수납원과 주유소 직원들에게 곤경에 처한 채 〈랜드 맥널리 지도〉의 해독을 도와달라고 요청하며 자란 베이비붐 세대 중 절반 가까이가 5년 넘게 종이 지도를 보지 않았다.

한때 아이들은 초등학생 때부터 지도를 읽고 색칠한 후 대륙과 수도에 대한 객관식 질문에 답하는 법을 배웠다. 해마다 지리학 수업은 지도 읽는 법에 관한 장으로 시작되었다. 그런 종류의 지도는 보통 단순하고 무미건조했지만, 좋은 지도는 상상력을 자극할 수 있었다. 이제 아이들은 구글 어스로 향한다.

[54]

공감

모두가 목소리를 내고 스스로를 표현하고 듣는 오늘날의 소통 범위를 고려할 때, 당신은 우리 모두가 평화와 사랑과 이해의 빛나는 정점 위에서 손에 손을 잡고 연결되어 있다고 생각할 것이다. 아아, 사람들이 온라인에서 더 많이 교류할수록, 그들은 서로의 말을 진정으로 듣는 것 같지도 않고, 듣기를 **원하지도** 않는 것 같다. 우리는 다른 사람들의 글을 읽고 그들이 하는 말을 들을 수는 있지만, 그들이 **우리를** 어떻게 느끼게 하는지를 넘어 그들이 어떻게 느끼는지는 이해하지 못한다.

격리기간 우리 대부분이 온라인에서만 소통 가능하게끔 존재가 축소되었을 때 느꼈던 그 소원하고 우울한 마음은 어쩌면 당연했다. 온라인에서 다른 사람과 소통하는 상태가 지속되면, 상대를 덜 **감각**하게 된다. 우리가 서로에게 닿지 못할 때, 상대방은 완전한 '타인'으로 남는다. 평면적으로 느껴진다는 말이다.

의미를 담고 있다고 느끼는 단어들이 작은 화면에 무성의한 문자로 나타날 때는 말하는 사람의 뉘앙스를 들을 수 없고, 영상통화로만 대화할 때는 보디랭귀지를 읽을 수 없다. 좋아요와 하트는 눈 맞춤, 깊은 대화, 그리고 포옹과 같은 감정적인 힘을 가지고 있지 않다. 물리적인 환경에서라면 말을 주고받지 않는 순간조차 서로가 연결된 듯한, 말로 표현할 수 없는 무언가를 느끼기 마련이지만, 영상에서는 고개를 끄덕이는 동작 외의 뉘앙스는 상실된다.

아, 물론. 하루에도 몇 번씩 손편지와 전화카드를 주고받던 1890년대 런던의 응접실에서도 항상 오해가 발생했고, 대학 친구들과 장시간 통화를 하던 1990년에도 많은 뉘앙스가 사라지곤 했다. 상대방이 눈을 굴리는 것을 볼 수 없었고, 상대방이 늘 사용하던 "가장 큰 진심을 담아"가 아닌 "진심을 담아"로 서명했을 때 그 의미가 무엇인지 확신할 수 없었다. 하지만 사람들이 긴 편지로 조심스럽게 말을 건네고, 전화의 특정 규칙을 준수할 때는 누군가의 진심을 더 잘 느낄 수 있었다.

디지털 공간에서는 어떻게 될까? 인터넷은 공감, 깊은 관계, 아동 발달, 가족 화합, 지속적인 대화, 타협, 연민과 같은 인간 존재의 구성 요소를 무시하거나 약화한다. 인터넷과 연관 서비스는 거의 전적으로 20대 독신 남성에 의해 개발되었으며, 그 동기는 아무리 순수하더라도 주로 돈과 권력에 기반을 두고 있다. 온라인 도구와 웹사이트에 반영된 가치는 일반적으로 12살 소녀나 75살 남성의 우선순위를 고려하지 않으며, 인공지능적 사고 역시 이러한 사람들의 생각에 기반하고 있지 않다(인공지능 분야에서 일하는 주요 머신러닝 연구자 중 여성은 12%에 불과하다). 인구 통계학적으로 수익에 큰 영향을 미치지 않는 일군의 사람들이 있다. 그리고 모든 감정이 돈을 버는 것은 아니다.

이제 공감은 소통, 우정, 폭력 등 인간의 다른 많은 필수적인 특징과 마찬가지로 현실 세계와 가상 세계의 것 두 가지로 분류할 수 있다. 가상의 관계는 사회학자들이 '준사회적' 우정이라고 부르는 관계처럼 얕은 경향이 있으며, 14살 소녀와 좋아하는 유튜버 사이의 관계처럼 순전히 마음속에만 존재하고 일방적인 관계로, 메시지를 주고받고 상품을 구매하며 온갖 종류의 보답 없는 감정을 갖게 되는 경우가 많다.

가상의 관계는 사람들을 애호와 애정으로 묶어줄 수 있지만, 불호와 공포를 이유로 다른 사람들을 적대시하게도 만든다. 소셜 미디어는 이목을 끄는 게시물, 특히 '정서적 참여'라고 불리는 감정적 관심과 주로 분노와 두려움, 슬픔과 놀라움, 더 직설적으로 말하면 보통 사람들을 화나게 하는 충격적인 가치와 부정적인 감정이 담긴 게시물에서 활기를 띤다. 또한 사람들은 다른 사람의 신념을 탐구하거나 다른 사람에게 그렇게 해달라고 요청하는 게시물보다는 자신의 기분을 좋게 하고 자신의 신념을 확인하는 게시물을 공유하는 경향이 있다. 이는 웹의 특징 중 하나인 반향실 효과, 즉 폐쇄적인 확증의 고리를 영속하게 한다. 우리는 다른 사람의 감정적 영역을 침범하기보다는 안전한 자신의 공간 안에서만 머무른다. 우리는 상대방의 입장을 탐구하기보다는 자신의 편견을 반복적으로 확인한다.

온라인 세상에서 우리는 듣기보다 말하기를 택하며, 열린 경청은 거의 없다. 상호작용은 마음과 마음을 공유하기보다는 화를 내고 화를 낼 사람을 찾는 경우가 더 많다. 기본적으로 공감과는 정반대인 셈이다. 인터넷에서 분노는 그 자체로 잘 작동하지만, 다른 감정은 어쩔 수 없이 소외된다.

2010년 미시간 대학교의 연구에 따르면 대학생들의 공감 능력은 1979년부터 2010년 사이에 40% 감소했으며, 인터넷 시대, 즉 2000년부터 2010년 사이에 타인의 관점 수용과 공감적 관심이 가장 급격하게 감소한 것으로 나타났다. 과학 연구의 깔끔한 용어만으로는 공감 능력의 감소를 알고리즘의 변덕스러움과 연관 짓기 어렵겠지만, 그럼에도 불구하고 일치하는 궤적을 무시하기는 어렵다.

[55]

손으로 쓴 편지

누가 개인적인 편지를 버리겠는가? 그녀가 화가 나지 않는 한 아무도 버리지 않는다. 만약 그렇다면, 영화에서라면 편지는 불태워질 것이다. 벽난로에 던져지거나 불붙인 편지를 든 손가락이 상징적인 분노로 타오를 때까지 그 손에 들려 있을 것이다. 그런 경우가 아니라면 편지는 깔끔하게 다시 접어서 원래 봉투에 넣은 다음 '서신'이라고 적힌 파일에 들어가거나, 최소한 신발 상자나 책상 서랍 바닥에 밀어 넣어졌다. 엽서는 냉장고에 붙어 있기도 했다.

미래의 전기 작가들은 편지 대신 페이스북 피드, 트위터 스레드, 오고 간 이메일 목록, 수집된 텍스트를 샅샅이 뒤지게 될까? 선택의 여지가 있을까? 수천 명의 소셜 미디어 팔로워에 대한 어설픈 생각으로 채워진, 사적인 사색을 공유하기보다는 리트윗 수를 염두에 두고 작성된 이 넓은 창문은 어쩌면 피사체의 감정과 생각으로 들어가는 유일한 통로가 될지도 모른다.

수많은 서간문이 출간되지 못했을 경우 우리가 놓쳤을 것들을 생각해 보라. 랠프 앨리슨이 생전에 《보이지 않는 인간》 후속작으로 다른 소설을 쓰지 않은 이유를 알 수 있는 《랠프 앨리슨의 선별된 편지들 The Selected Letters of Ralph Ellison》이 없다고 상상해 보라. 찰스 디킨스가 조지 엘리엇에게 보낸 팬레터도 없고, 헨리 제임스와 이디스 워튼이 주고받은 편지도 없다. 대학 도서관이나 학술 기록 보관소를 위해 수집된 개인 논문도 없고, 조부모에서 손자에게로 전해지며 리본으로 묶인 편지 꾸러미도 없고, 가족 이야기도 없다.

[56]

올드 테크

프랑스인이라면 누구나 미니텔✦을 가지고 있었다. 새로운 것을 환영하지 않는 프랑스인들이 거의 보편적으로 받아들인 혁신적인 기술의 산물이니 놀라운 일이 아닐 수 없다. 미니텔은 1982년부터 2012년까지 9백만 대의 단말기를 통해 프랑스 내 2천만 명의 사용자를 보유하고 있었다. 미니텔은 기본적으로 월드와이드웹www이 존재하기 전의 인터넷이었다. 실리콘밸리보다 훨씬 앞서 있었던 셈이다. 당시 프랑스에서는 모든 가정에 정부 지원 전화선이 연결된 미니텔이 무료로 제공되었다. 프랑스 사람들은 미국인들이 이 장치를 모른다는 사실을 이해하지 못했는데, 마치 치즈를 모르는 것과 같았다.

미니텔은 아담하고 깔끔하면서도 모든 것을 이용할 수 있는 매력적인 작은 기계였다. 키보드를 사

✦ Médium interactif par numérisation d'information téléphonique의 약자. 프랑스에서 서비스된 PC통신과 그 단말기.

용하여 게임을 하거나 쇼핑을 하고, 뉴스를 읽고, 친구와 채팅하고, 은행 거래를 할 수 있었다. 날씨를 확인하고 기차를 예약할 수도 있었다. 운세를 보고 테이크아웃 음식을 주문하고 경마에 베팅할 수도 있었다. 다양한 데이트 서비스를 통해 남자 친구를 찾을 수 있었고, 필연적으로 문자 기반 음란물 거래가 성행했으며, 이러한 음란물 광고는 모두 3615라는 동일한 미니텔 전화번호로 시작되는 프로모션으로 도처에 퍼져 있었다. 곧바로 직장에서의 미니텔 사용이 급증했다. 그래픽은 초보적이었지만 인터넷과 마찬가지로 시간당 사용료로 불어난 전화 요금 청구서가 날아오기 전에는 사용 시간을 잊어버리기 쉬웠다.

하지만 2012년 미니텔이 할 수 있는 모든 일을 인터넷이 할 수 있게 되었고, 프랑스 텔레콤은 미니텔을 철수했다. 따라서 프랑스에서는 자연스러웠고 미국에서는 결코 일어나지 않았을 공공적이고 중립적이며 강력하게 규제되고 보편적으로 접근 가능한 네트워크 시스템 모델은 종말을 고했다. 인터넷은 현대 기술의 터미네이터처럼, 한때 엄청나게 발전한 듯 보였지만 효용성이나 수익성이 사라진 기술을 무자비하게 없애버렸고 한때 순조로운 시간의 흐름처럼 느껴졌던 것을 미래를 향한 올림픽 전력 질주처럼 느끼게 한다.

전 세계적으로 인터넷 이전 시대 또는 초기 인

터넷 발달 시기의 다양한 기술들이 사라져가고 있으며, 각각의 고유한 장점과 단점도 사라지고 있다. 세로로 쌓아 올린 플로피디스크 컨테이너에 담긴 플로피디스크. 브라운관 모니터. 아메리카 온라인 스타터 키트. 모뎀. 삐삐. 무선호출기. 자동차 전화기. CD롬. USB 플래시 드라이브. 이런 것 태반은 그리움의 대상이 되지 않지만, 80년대 액션 영화에서 투박한 자동차 전화의 유령을 볼 때면 그 시절의 매력이 고스란히 전달된다. (어떤 부유하고 냉담한 얼간이가 자기가 그렇게 중요해서 차에서까지 연락이 필요하다고 생각했을까?) DVD와 훌륭한 감독의 코멘터리 및 부가 영상은 블루레이 및 CD와 함께 쓰레기통에 버려지거나 기껏해야 플라스틱 파일에 넣어 캐비닛에 보관된다. 한때 소중히 간직했던 앨범들로 가득찬 벽, 수년간 쌓아온 음악 컬렉션, 재생 목록을 건네는 것만으로는 절대 알 수 없는 방식으로 집에 들어오는 모든 사람에게 내가 누구인지 보여주었던 앨범들이 이제 재생 목록이 되었다. 한때 전능했던 데스크톱 컴퓨터는 또 어떤가. 특정 작업 공간에 고정되어 있던 데스크톱 컴퓨터는 이제 멸종 위기에 처한 듯 보인다. 언제든 이동식 데스크에서 다른 이동식 데스크로 옮길 수 있는 얇고 휴대하기 좋은 노트북이 그 자리를 대신하고 있으며, 다른 기기나 사람으로 쉽게 대체될 수 있다.

[57]

그 순간에 있기

불꽃놀이를 보며 감탄하거나 세계무역센터가 불타는 모습을 공포에 질려 바라볼 때, 스타디움 록 콘서트의 마지막 앙코르 발라드에 맞춰 몸을 흔들 때 등, 다른 사람들과 같은 순간에 있다는 것에는 매우 강력한 무언가가 있다. 모든 사람이 지속적인 감정적 경험에 휩싸이는 순간, 수많은 사람이 자신의 경계를 허물고 군중의 에너지에 몸을 맡기는 강렬함으로 공기가 들썩일 때 느껴지는 경외감이다. 옆 사람을 힐끗 쳐다보며 말을 건넨다. “그래요. 나도 당신과 여기 있어요. 대단하지 않나요?”

당신이 어디 있든, SF나 만화책 밖의 인간은 한 번에 여러 곳에 존재할 수 없었다. 그건 불가능했다.

하지만 2018년 프랑스의 노트르담대성당이 화재에 휩싸였을 때 바로 인터넷에 접속하는 대신 몇 초 이상 멈춰서서 그 광경을 바라보거나, 서로가 느끼는 슬픔을 나누기 위해 곁에 선 이와 마주 보고 멈춰선 사람은 거의 없었다. 많은 사람들이 주로 위로 치켜든 휴대폰의 렌즈를 통해 현장을 보았고(불길과 연기가 솟아오르는 광경을 촬영하느라 그랬다), 또는 손에 든 휴대폰으로 고개를 숙이고 있었고, 다른 사람들의 경험을 스크롤하며 오른쪽에 선 사람이 아닌 브리앙송에 있는 엄마와 이를 공유했다. 실제로 그곳에 있었던 사람들조차도 완전히 그곳에 있지는 않았다.

여성의 날 행진이나 빌리 아일리시 콘서트 등 군중이 모인 사진에는 모두의 시선이 휴대폰을 향한 모습이 담겨 있다. 그들은 그곳에 있지만 그곳에 없다. 현장에 동참한 모든 이들과 함께하는 경험에 참여하기 위해 모였던 이들이 이제는 그곳에 없는 모두와 경험을 공유하기 위해 모인다. 외부에서 목격할 수 있는 가장 이상한 현상 중 하나는 2021년 1월 6일, 친트럼프 시위대가 국회의사당을 습격했을 때 폭도들이 폭력 행동 중에 잠시 멈춰 그 순간을 기록하고 공유한 방식이었다. 미래의 전장에선 전시 사상자가 발생하면 군인들이 멈춰서서 공유하게 될까? 셀카를 찍는 제1차 세계대전의 참호를 상상해 보라.

완전한 몰입은 함께 있을 때도, 그렇다고 온전히 홀로 있을 때 일어나는 일도 아니게 되었다. 왜냐하면 우리가 온라인 세상에 존재하는 동안에는 어떤 순간에도 온전히 현재에만 존재하는 경우가 거의 없기 때문이다. 물론, 카메라를 가지고 있는 사람이라면 무언가를 하던 도중 멈춰서 사진을 찍는 경우도 종종 있었다. 하지만 이제 우리는 **모두** 사진을 찍기 위해 멈춘다. 우리는 텍스트와 게시물과 짧은 동영상과 스토리로 기록하기 위해 멈춘다. 우리는 "와, 대박"이라는 표정을 짓는 법을 배웠다. 우리 모두는 이제 '자연스러운 설정샷'을 찍고 있다. 이러한 개념의 존재를 인정한다면 말이다.

다른 사람들의 끊임없는 알림 때문에 눈앞의 현상에 집중할 수 없다고 탓하기는 너무 쉽지만, 우리가 항상 방해를 받는 입장이기만 한 것은 아니다. 우리는 단 1초라도, 잠시 화면을 보는 순간마저도 우리 자신을 방해한다. 사진-게시글-댓글 공유의 전체 과정을 돌다보면 집중력을 유지하기가 어렵다. 달리고 있는 순간에는 엄청난 운동량과 바람, 지평선에 정신을 빼앗기는 대신 현재 위치와 달린 거리와 총 걸음 수와 어젯밤 오레오 폭식으로 인한 칼로리 소모 여부를 정확히 알 수 있다. 당신은 유달리 경쟁심이 강한 사촌의 사이클링 속도를 확인할 수 있는 스트라바✦에 연결되어 있다. 브랜드를 불문하고 피트니스 밴드를 사용하는 미국인이 많은데, 그중 14%는 운동 중 우리를 추적하는 기기인 스마트워치를 착용하고 있다. 스마트워치의 도움으로 운동을 시작한

✦ 달리기, 사이클링, 하이킹 앱.

시간, 진행 상황, 목표, 끝을 알 수 있게 되었다. 어디 나무가 눈에 들어오겠는가?

우리는 건강과 마음챙김을 시도하는 데서 벗어나지 못할 뿐 아니라 자기 마음의 빌어먹을 일부라도 되찾기 위해 필사적으로 노력한다. 학교에서는 불안과 싸우기 위해 그룹 명상, 간헐적호흡법, 온종일 웰빙에 전념하기 등의 방법을 사용하여 화면이 주는 혼란을 상쇄하기 위해 노력한다. 자신들이 잃어버린 것을 아이들에게 심어주려는 어른들의 노력을 탓할 수는 없다.

[58]

맞춤법

"사전에서 찾아봐!" 이 말은 초등학교 6학년 때 담임 선생님이든, 화를 내는 어머니든, 엄격한 할아버지든, 어린 시절의 낮은 눈높이로 바라본 어른들의 특권 중 하나였다. 그때는 어른들이 단어의 철자나 정의를 스스로 알아내지 못해서 하는 말이라고 생각했다. "직접 한번 찾아보시라고요." 당신은 숨죽여 중얼거리곤 했으리라.

인터넷 시대에 맞춤법을 배우기란 계산기를 들고 수기 계산을 고집하기와 같아서 이제 아이들은 이런 불만을 참을 필요가 없다. 심지어 엄지손가락 2개로 문자를 보내면서 자동 수정 기능을 무시하면 문자를 받은 사람도 오타를 무시하고 넘긴다는 사실을 알고 있다. 우리는 이러한 오타는 무시하고 그 대신 엄지손가락 코드를 해독하기로 했다. 사람들은 당신이 시리 또는 음성 받아쓰기에 의존한다는 사실을 이해한다. 그편이 그들에게도 부담이 덜하다.

학교 과제나 업무용 메모처럼 정말 중요한 경우

에는 마우스 오른쪽 버튼을 클릭해 맞춤법 검사를 실행하고 적절한 철자를 적용할 수 있으므로 오타가 가득한 학기말 보고서를 제출할 위험이 없다. 《메리엄-웹스터 사전》이 굳이 책상 위 공간을 차지할 필요가 있을까? 구글 워크스페이스에 간소화된 맞춤법 검사가 내장되어 있는데? 오랫동안 기다려온 《옥스퍼드 영어사전》 개정3판은 인쇄본이 나오지 않을 것이며, 1989년에 나온 2판을 원하는 사람들은 온라인에서 중고 세트를 구해야 한다. 단어를 클릭하거나 터치만 하면 아래로 펼쳐지는 유의어 목록을 쉽게 확인할 수 있으니, 오늘날 아이들은 로제Roget✦의 부모님이 로저Roger를 잘못 쓴 건 아닌지 궁금해할 필요도 없다. 대체 유의어사전이 뭐람?

공적 언어와 문법에 대한 우리의 이해가 시들어가는 가운데서도 일상에서 사용하는 새로운 단어와 의미, 철자의 등장은 가속화되고 있다. 언어학자들에 따르면, 단어와 표현은 가까운 동네 사람들이나 심지어 14살 소녀들이 한 테이블에 둘러앉아 '비밀 암호'를 주고받는 카페테리아에서보다 온라인 네트워크를 통해 더 빠르게 멀리 떨어진 커뮤니티로 전달된다고 한다. #해시태그를 달든 달지 않든 사람들은 유행어나 창의적인 표현 방식을 포착하기 위해

✦ 《로제 유의어사전Roget's International Thesaurus》의 저자 이름. 미국의 중고등 교육에서는 필참이 권장된 부교재였다.

서로 아는 사이가 될 필요가 없다.

이모지 사용이 익숙한 아이들에게 대화나 소설 속 보통의 단어는 지루한 제약처럼 느껴질 수 있다. 이모지를 음성으로 복제할 수 있는 방법은 없다. 아이들이 키보드에 손가락을 와다다 두들겨 절망과 짜증과 기쁨을 표현하는 키스매시keysmash를 그대로 재현할 방법은 없다. lol✦, idk✦✦, brb✦✦✦와 같은 축약어의 효율성은 번거로운 전체 문장보다 훨씬 뛰어나다. 강조를 위해 yesssss, heyyy, nooooo처럼 철자를 더해 쓰는 것은 실제 말투를 흉내낸 것처럼 인식되지만, 실제로는 그 자체로 하나의 말투로 자리 잡았다. 대문자를 쓰지 않으면 상관 않는다는 쿨한 인상을 준다. 여하간 아이들은 딱딱한 사전식 언어보다 이런 자유로운 형태를 선호하는 경향이 있다. 써보면 알 듯 ㅇㅇ.

✦ laugh-out-loud의 줄임말. 한국에서 "ㅋㅋㅋ" 정도의 표현.

✦✦ I don't know의 줄임말. "몰라"라는 뜻.

✦✦✦ Be right back의 줄임말. "바로 돌아올게"라는 뜻.

[59]

LP판

타워 레코드에서 구입했든 멀스 레코드 랙에서 구입했든 HMV에서 구입했든 새 LP판을 감상하는 과정은 그 자체로 멋이었다. 커버 아트를 예찬하고 손톱으로 비닐 포장을 조심스레 벗기고 LP 가장자리의 홈에 정확하게 바늘을 내려놓기까지 거의 종교적 헌신에 가까운 행위였다. B면으로 넘어가기 전까지 첫 곡부터 앨범을 이어 들으면서 해설지와 가사를 읽기 위해, 숨겨진 트랙을 찾기 위해, 수록된 사진을 확인하기 위해, 밴드의 모습에 빠져들기 위해 잠시 멈추기도 했으리라. 이 그룹의 신보를 몇 년이나 기다렸고, 앨범을 만끽하고 싶었으니까.

소파에서 일어나 바늘을 옮기지 않는 한, 곡 건너뛰기나 셔플 재생, 보이지 않는 알고리즘이 다음 트랙을 결정할 수 없었다. 첫 번째 곡이 끝나기 전에는 다음 곡으로 넘어갈 수 없었고, 곡이 48초밖에 남지 않았다고 알려주는 진행률 표시 바도 없었다.

그러기는커녕 소파에 폭 파묻혀서 한 면을 다

들었다. 만일 80년대였다면, 앨범을 몇 번이나 듣고 완전히 흡수한 후에는 빈 카세트테이프를 넣고 복사도 했을 것이다. 다만 훌륭한 오디오 장치가 없는 경우에는 바로 그 순간 엄마가 다른 방에서 당신을 부르는 소리가 들어가 전체 녹음을 망치지 않기를 기도했을 것이다.

우리는 특별히 아끼는 앨범 컬렉션을 바탕으로 시간과 노력을 쏟아 '믹스테이프'를 만들고, 좋아하는 사람에게 "이게 바로 나라는 사람이고, 이게 내가 본 너라는 사람이야"라는 메시지를 전달할 수 있는 사운드트랙을 엄선하곤 했다. 누군가에게 믹스테이프를 선물하는 것은 진정한 구애와 헌신과 우정의 표현이었지만 이제는 그런 의미가 사라졌다. "모든 것이 내게 맞춰 큐레이션되고 있어서 더는 큐레이터가 될 필요가 없습니다." 40대의 한 음악 애호가가 말했다. "슬프죠. 누군가를 위해 플레이리스트를 만들기가 너무 쉬워져서 무의미하게 느껴지네요." 그런데 오늘날 시간을 내서 12개에서 14개의 트랙을 아티스트의 의도에 따라 순서대로 듣는다고 생각해 보자. 아마 엄청난 절제력과 훈련이 필요할 것이다.

[60]

날씨 궁금해하기

하늘은 더는 예상치 못한 화창한 오후를 선보이거나 갑작스레 우산이 필요하게 만들어 우리를 놀래킬 수 없다. 조간신문을 확인하거나 라디오 방송 〈1010 WINS〉가 날씨보다 세상 소식을 먼저 알리는 22분 동안 기다릴 필요도 없다. 저녁 뉴스에 귀를 기울일 필요도 없고, 이어지는 기상캐스터의 마술 같은 손짓도 없다. 당신은 기상캐스터가 무슨 말을 할지 이미 알고 있다.

가벼운 이슬비부터 폭풍우까지 시시각각 변하는 강수량과 우편번호상 위치를 기준으로 한 열흘치 예보를 알 수 있는 세상이라 우리는 자신이 있는 곳의 상세한 기상 정보를 종일 접할 수 있다. 언젠가는 우리 아이가 창문 밖에 실제 천둥 번개가 치는 동안 아이폰 날씨 앱에 주기적으로 나타나는 번개 모양 그래픽에 집착하는 모습을 보고 깜짝 놀란 적이 있다. 사람들은 벽면이 통유리로 된 사무실에서 휴대폰으로 날씨를 확인한 후 목을 빼고 밖을 내다본다. 날씨 앱이 감히 주변 날씨와 상반된 정보를 제공할 때면 분노에 찬 눈빛을 보내기도 한다. 배신감이랄까.

우리는 LA에 있는 시가나 처가의 날씨, 다음 주에 출장을 가는 곳의 기상 상황, 다음 휴가에 어떤 날씨가 예보될지 이미 알고 있다. 개장 중인 스키장 목록이 여기 있다. 상상 가능한 모든 상황에 대비하지 못할 변명거리를 찾을 수가 없다. 비옷을 입지 않은 채 폭우에 휩쓸리면 누구의 잘못도 아닌 자신의 잘못이 된다.

대부분의 휴교일에는 불확실한 상태에서 기다리는 통보도, 절박한 기대감도 없다. 아이들은 눈이 온대도 크게 놀라지 않는데 '눈 오는 날 계산기' 앱을 새로고침하며 밤새도록 친구들에게 문자를 보냈고 학교에서 전날 저녁 이메일을 보내 휴교 가능성이 높다고 알렸기 때문이다. 폭풍이 오는 날의 알림은 학교가 새벽 5시에 (대체 왜?!) 문자, 이메일, 음성 메시지를 보내며 시작되고, 아직 유선 전화가 있을 정도로 어리석은 사람이 있다면 그것도 울려대서 평일 중 유일하게 편히 잘 수 있는 날 모두를 깨우게 된다. 이 시점에서 유일하게 알 수 없는 것은 2시간 등교 지연인지 전면 휴교인지 여부다.

[61]

취침 전 독서

단 몇 쪽이라 해도, 의식을 잃고 잠에 빠져들기 전에 침대에서 책을 읽어야 한다는 고집을 가진 사람들이 있다. 우리는 어떻게 베개를 받치고 어떤 높이로 책을 들어야 침대 옆 스탠드 불빛이 적절히 책을 비출지 알고 있다. 때로는 몇 시간 누워 있으려고 모든 물건을 준비해 두기도 한다. 새벽 4시에 깨버려서 빨리 다시 잠들어야 하는 순간을 대비해 특히 지루하거나 이해하기 어려운 책을 머리맡에 준비해 두고 조도가 낮고 부드러운 조명이 잠든 파트너를 비추지 않도록 조정하는 일도 도움이 된다.

하지만 우리 같은 사람들이 멸종위기종이라는 신호는 어디에나 있다. 힙한 호텔들은 침대 옆 조명을 단계적으로 없애고 있고, 아직 있다 해도 조명이 아닌 디자인 목적으로만 사용한다. 칙칙한 조명은 책을 비출 수 없는 테이블 같은 위치에 고정되어 있다. 콘센트로 둘러싸인 이 램프의 실제 목적은 책 비추기가 아니라 장치 충전하기다. 내부에서 조명이 켜지는 태블릿에 빛을 비추는 건 불필요한 작업이다. 태블릿을 이용하면 중년 독자도 너무 작은 글씨를 읽느라 눈을 가늘게 찌푸려 뜰 필요가 없다. 큰 소리로 책장을 넘겨 같은 침대에서 잠을 청하는 배우자를 거슬리게 하는 남편도 없다. 조용히 화면을 밀어 넘기면 원하는 곳으로 스크롤할 수 있다. 전자책의 세계는 고요하게 통합되어 있다.

사람들은 일상의 여백에 더는 무언가를 몰래 읽지 않는다. 화장실에 양장본 책을 챙겨두지 않으니, 화장실 가는 시간이 이상하게 길어졌다면 아이패드를 탓할 수 있겠다. 습관적으로 종이책을 가방에 넣는 일도 사라졌다. 취침 전 스크롤이 취침 전 독서를 대체했다. 아이들은 책을 읽기 위해 이불 속에 손전등을 숨기지 않고, 대신 휴대폰을 들고 잠자리에 든다. 손전등도 휴대폰에 내장되어 있으니 더는 손전등을 침대 옆에 두는 사람은 없다. 정전이라도 되면 모두들 손전등이 다 어디로 갔냐며 당황해서 뛰어다닌다.

[62]

긴급 통화 서비스

나이와 불안 정도에 따라 다르겠지만, 당신이 할 말이 있든 들을 말이 있든 '통화 중' 신호를 듣는 것은 전화를 아예 안 받는 것보다 더 나쁠 수도 있다. 소변 냄새가 나는 공중전화 부스에서 거스름돈을 찾기 위해 지갑을 뒤져 전화를 걸었다가 어쩔 수 없이 짜증을 내며 동전 반환 버튼을 눌러도 탐욕스러운 동전 투입구에 넣은 동전 3개 중 1개는 끝내 포기할 수밖에 없었을지도 모른다. 그런 다음 교환원에게 전화를 걸어 잘못 들어간 동전을 돌려달라고 요구하거나 지나가는 낯선 사람에게 거스름돈이 있는지 물어보며 큰 소리로 한숨을 쉬는 다음 차례 사람을 무시했을 것이다. 당신은 공중전화 부스에 처박힌 채로 유리로 긁은 낙서, 사방에 붙은 지저분한 광고, 전화기 아래 선반에 묶여 있는 곰팡이 핀 전화번호부를 바라보았다. 어젯밤에 누가 토했나? 상관없었다. 그냥 통화가 연결되기만 하면 됐으니까.

통화 중이라는 신호는 당신과 무관하게 대화가

진행 중이란 뜻이고, 편집증적인 10대에게는 무조건 자신에 **관한** 대화가 진행 중이라는 의미였다. 이 두려움을 확인하기 위해 연락하려는 사람과 통화 중일 가능성이 있는 모든 사람에게 전화를 걸어 개구리 소리를 닮은 불길한 신호가 들리는지 확인해 볼 수 있었다. 그냥 어머니와의 끝없는 통화였을까? 아니다. 분명히 다른 친구와 통화하고 있고 나 빼고 둘이서 무슨 계획을 세우고 있는 게 틀림없다. 다이얼을 길게 돌려야 하는 8과 9에 짜증을 내며 두 번호에 다시 전화를 건다. 회전 다이얼을 따라 일곱 자리 숫자 하나하나를 돌린다. 아직 통화 중이라니!

이런 상황에서는 가장 강력하고 치명적인 통신 수단인 긴급 통화가 필요했다. 통화 중 대기 기능이 없던 시절에는 긴급 통화가 다른 사람과 통화 중인 친구에게 연결할 수 있는 유일한 방법이었다. 상당한 요금을 지불하고 교환원에게 전화를 걸면 진행 중인 통화에 교환원이 끼어들어 당사자에게 전화를 끊어달라고 요청할 수 있었는데, 주로 교통사고나 의료적 처치가 필요한 상황에 인명을 구할 수 있는 중요한 정보를 전달할 수 있었다.

또한 사교 생활을 구하기 위해 긴급 통화를 요청하기도 했는데, 자칫하면 쿨하지 못한 절박함까지 전달될 위험이 있는 과감한 조치였다. 사적인 대화를 나누던 도중에 갑자기 교환원의 목소리가 끼어든다. "리사로부터 긴급 통화가 들어왔습니다. 현재 통화를 끊고 긴급 통화에 연결하시겠습니까?" 이때 연결하지 않는 것은 오늘날 다른 사람의 소셜 미디어를 무례하게 차단하거나 친구를 끊는 것과 비슷한 디스였다. 사람들은 보통 무슨 일인지 알기 위해서라도 서둘러 전화를 끊었다. 그다음에는 방해한 사람이 자신을 변명하고, 다른 누군가에게 책임을 돌릴 수 있는 변명거리를 만들어내야 했다. 부모가 전화 요금 청구서를 돋보기로 확인하지 않는 집 아이들은 당연하게도 서비스를 남용하는 법을 배웠다.

10대들이 할 수 있는 또 다른 수작질이 남아 있었는데, 중학교 2학년 수준에서만 상상할 수 있는 악마적인 것이었다. 전화 회의 기능의 오류를 이용하여 한 번에 2명에게 전화를 건 뒤 그들이 서로 상대방이 통화를 시작했다고 믿게 한 채로 통화를 유지할 수 있었다. 최대한의 고통과 당혹감을 주기 위해 피해자를 신중하게 선택했다. 한 쪽은 수학 수업에서 말수가 적은 여학생이 될 수 있고, 다른 한 쪽은 같은 학년에서 가장 잘 나가는 남학생이 될 수 있었다. 당신 무리와 사이가 좋지 않은 여학생과 그 여자애가 짝사랑 중인 상대를 연결할 수도 있었다. 망신을 주고 싶은 애들 중 아무나 짝지어도 된다. 그런 다음 수화기를 덮어 낄낄거리는 소리를 감추고 친구들과 함께 어색한 상황을 훔쳐 들었다. 10대들은 인터넷이 등장하기 훨씬 전부터 기술을 통해 서로를 고문하는 법을 알고 있었다.

[63]

당신의 집중력

"죄송해요, 뭐라고 하셨나요?"

"듣고 있으니까 잠깐만 기다려주세요."

"한 시간 동안 내가 뭘 했는지 모르겠어요."

"내가 찾던 게 뭐였죠?"

"아뇨, 아뇨, 다 들었어요. 맹세해요. 마지막 부분만 다시 말해봐요."

"죄송한데, 뭐라고 하셨죠?"

[64]

여름 합숙 캠프

부모님은 당신이 여름 합숙 캠프를 좋아하는지 싫어하는지 전혀 모르셨지만 어차피 차이가 없었다. 여름 합숙 캠프는 부모님 출입 금지 구역이었다. 아침 식사로 코코아 퍼프✦를 먹을 수 있었다. 누구나 시트 접어 놓기 장난을 치는 이층 침대 아래칸에 갇힌 불행한 아이가 될 수도 있었고, 남학생 반의 행실 나쁜 캠프 교관과 어울리는 여학생이 될 수도 있었다. 약속한 수영 강습을 제대로 받고 있는지 부모님은 전혀 알 수 없었으니까.

부모님은 강제된 편지 쓰기 시간에 급하게 쓴 편지에서 말하지 않은 사항에 대해서는 전혀 알지 못했다. 부모님이 정기적으로 선물 꾸러미를 보내거나 매일 편지를 쓰는 분들이더라도, 멀리 떨어진 그들은 감정적 동요에 즉각적으로 대응하거나 어젯밤

✦ 한국의 '코코볼'과 비슷한 시리얼.

에 어디에 갔었는지도 물어볼 수 없는 달팽이 우편✦ 같은 존재였다. 좋든 나쁘든, 여름 합숙 캠프에 간다는 것은 소용돌이 속으로 사라진다는 뜻이었다.

이제 부모들은 알고 있다. 캠프 페이스북 페이지와 블로그를 확인하고, 얼굴 인식 기술을 사용해 장기자랑의 군중 속에서 자녀를 찾아내고자 캠프인터치 또는 벙크원✦✦에서 그날의 사진을 훑어 내린다. 캠프 교관이 보내는 주간 업데이트 이메일을 읽으며 취미의 날과 피자 파티에 대한 자세한 내용을 확인한다. 드론 비디오는 캠프장에서 뛰어노는 캠프 참가자들의 모습을 촬영하고, 비디오 담당 직원은 꾸준히 영상을 송출한다.

이 모든 일들 덕분에 부모는 '독립적인' 생활을 배우는 중인 자녀를 24시간 내내 감시할 수 있다. 엄마는 수석 교관에게 문자를 보낼 수 있다. 자녀가 답장을 보내지 않으면 캠프 운영자에게 이메일을 보낼 수 있다. 캠프 측은 부모가 자녀에게 잘 자라고 마치 집에서처럼 인사할 수 있도록 침대에서의 휴대폰 사용을 허용하기도 한다. 짧은 몇 주간의 행복한 시간 동안 자녀에 대해 알고 싶지 않고 걱정하고 싶지 않

✦ (이메일과 대조되는) 재래식 우편 제도. 일반 우편으로 해석할 수 있다.

✦✦ 캠프인터치와 벙크원 모두 캠핑 사진 등을 제공하는 사이트.

은 부모에게는 '확인' 옵션이 있다. 그러나 그들조차도 공중그네를 타는 아이의 인상적인 사진을 클릭 한 번으로 볼 수 있다면 업데이트 버튼을 못 본 척하기 어려울 것이다.

일부 여름 캠프에서는 이러한 새로운 '떨어진 듯 떨어지지 않은' 상황을 막고 구식의 '부모님 출입 금지 캠프'를 유지하려고 노력하지만 쉽지 않은 싸움이다. 2011년에는 캠프 10곳 중 1곳에서 어린이가 전자기기를 사용할 수 있도록 허용했는데, 이 수치는 불과 2년 만에 3배로 증가했다. 아이들은 전화기를 금지하는 캠프에 선불폰을 몰래 들여가기도 하는데, 이는 대개 연락이 닿지 않는 상황을 원치 않는 부모의 바람 때문이다. 캠프 관리자는 아이들이 응답할 수 없거나 응답하지 않기로 선택한 경우 터져 나오는 부모의 불만을 관리하는 방법을 익힌다. 일부 캠프에서는 부모의 요청에 따라 아이들의 손편지를 스캔하여 PDF 파일을 이메일로 보내기도 한다. 아이들은 집에 돌아왔을 때 서커스 수업과 유리공예에 대해 다른 가족에게 말하지 않아도 된다. 부모님은 내내 곁에 계셨으니까.

[65]

RSVPS✦

초대장이란, 예전에는 보내는 사람이든 받는 사람이든 그 자체로 큰 의미를 지녔다. 초대받은 사람의 이름을 기입할 수 있는 선이 있는, 고급 종이로 접은 직사각형 초대장에는 많은 잠재력이 있었다. 생일 파티 초대장을 고르기 위해 문구점에 가서 〈스타워즈〉와 〈마이 리틀 포니〉 도안 중 하나를 고르는 것은 케이크의 양초 개수만큼이나 흥분되는, 다가오는 중요한 날을 준비하는 첫 단계 의식이었다. 또는 바트 미츠바✦✦나 스위트 식스틴 6주 전에 아이보리색과 흰색 중 하나를 선택하고 캘리그래피의 잉크를 청록색으로 고르며 맞춤 문구를 주문했을 수도 있다.

봉투를 핥아 봉합하고 우편물이 수거되면 기다

✦ RSVP, 또는 R.S.V.P. 초대장 등에서 참석 여부를 사전에 알려 달라는 문구.

✦✦ 유대교의 성인식.

림이 시작된다. "오늘 답장 온 사람 있어?"라고 엄마에게 묻고 도착할 친구들의 조합을 생각하며 도착할 선물의 개수를 머릿속으로 세어보았을 것이다. 신경 써서 꾸몄다면 당신의 초대장에는 귀여운 답장 카드가 포함되어 있었을 텐데, 답장은 답장 마감일에 맞춰 순차적으로 도착하게 되어 있었다. 이러한 기대감은 때때로 같은 날 열리는 경쟁 파티를 알게 되거나 멋진 아이에게 못 오게 되어 서운하다는 연락을 받는 등의 실망감으로 얼룩져 몇 주 동안 감정적 에너지를 소모하게 했다.

이제 페이퍼리스 포스트✦ 또는 이바이트✦✦에서 초대장을 고르면 RSVP 날짜를 전혀 신경 쓰지 않을 수도 있다. 사람들이 '기분이 좋을 때나' 무심하게 응답하기 때문이다. 왜 아무도 더는 약속하지 않을까? 생일 파티든 수요일 오후 2시 직장에서의 줌 회의든 "올 수도 있고 안 올 수도 있다"가 기본 입장인 듯하다. RSVP를 하는 사람들은 너무 열심히 노력하는 것처럼 보일 위험이 있다.

초대와 답장 모두 키패드를 한 번만 탭하면 되니 위험 부담이 줄어든 듯 보이나? 다른 사람들은

✦ 온라인 초대장 전송 및 관리 웹사이트. RSVP 추적 기능을 제공한다.

✦✦ 온라인 초대장을 만들고 보내고 관리하는 소셜 계획 웹사이트.

얼마나 많이 초대되었는지 확인할 수 있으면 덜 중요하게 느껴지나? 카드가 스팸 메일함으로 도착했을 수도 있다. 게으름 때문일 수도 있고 다른 일로 바빠서일 수도 있지만, 초대장은 스크롤 몇 번에 수신함 아래로 밀려나 잊힐 수 있다. 사람들은 응답하지 않는다.

얼마 전까지만 해도 답장을 아예 하지 않기란(늦은 답장은 말할 것도 없이) 무례함의 극치를 보여주는 일로, 강력한 비난을 받을 만했다. RSVP는 '답장해주세요'라는 뜻의 프랑스어 '레퐁데 실 부 플레 répondez s'il vous plaît'의 약자로, 정중하게 답장을 요청하는 표현이다. 에밀리 포스트는 RSVP 코드에 대해 다음과 같이 말한다. "오랫동안 사용되어 왔으며 주최자가 당신의 참석 여부를 알고 싶어 한다는 뜻입니다. 초대를 받은 후 하루나 이틀 이내에, 늦어도 RSVP 마감일까지는 답장해주세요." 그는 참석에서 불참으로(사망, 중병 등) 혹은 불참에서 참석으로(호스트의 계획에 지장을 주지 않는 경우) 답변을 변경해도 충분히 받아들여질 수 있는 경우와 이유를 분명히 제시했다. 무엇보다도 노쇼는 "용납할 수 없는 일"이라고 지적했다. 요즘에는 노쇼가 표준이다.

2019년에 두꺼운 용지에 인쇄된 세련된 초대장을 일반 우편으로 받은 일이 있는데, 그 안에는 RSVP 카드가 깔끔하게 꽂혀 있었고, 카드를 우편으로 보내지 않을 경우 연락할 수 있는 전화번호도 적혀 있었다. 놀랍게도 이메일 주소는 포함되어 있지 않았다. 첫 번째 생각은 "신기하고 특이하다, 정말 사랑스럽다!"였지만 곧이어 "이런, 귀찮네" 싶었다. 매너는 매력적이지만 시간이 많이 든다.

[*66*]

사회 교과서

90년대 사람들은 책가방에 열을 올렸다. 경쟁이 치열한 학교는 밀레니얼 세대 아이들의 등에 숙제를 쌓아댔고, 그에 따라 아이들의 책가방은 점점 더 커지고 정교해졌다. 〈뉴욕타임스〉는 한 기사에서 "무거운 책가방은 아이들에게 만성적인 허리 통증을 유발할 수 있다"고 경고했다. 미국 소비자제품안전위원회는 12파운드의 가방을 메고 등하교하며 하루에 10번씩 가방을 들어 올리면 한 학기 동안 자동차 6대에 해당하는 2만 1600파운드의 누적 하중이 아동의 몸에 가해진다고 계산했다. 스페인과 이탈리아 등에서도 비슷한 연구 결과가 발표되어 경각심을 불러일으켰다.

가정에서는 아이들이 가방에 불필요한 물건을 넣고 다니지 않도록 가방을 꼼꼼히 살펴보라는 당부를 받았다. 연약한 몸통에 가해지는 무게를 분산하기 위해 추가 스트랩을 부착하기도 했다. 승무원의 짐가방을 본뜬 수트케이스형 바퀴 달린 백팩을 도입해 아이들의 등뼈가 짐에 짓무르지 않도록 보호했다. 이런 가방을 짊어지고 다닌다는 건 정말 부끄러운 일이었다.

그 무게가 가벼워졌다. 오바마 대통령 시절 교육부는 2017년까지 디지털 교과서로의 전환을 학교에 촉구했다. 학교는 실물 종이책 교과서 주문을 중단하고 무게가 전혀 나가지 않는 교과서로 전환을 시작했다. 운이 좋으면 빳빳한 새 교과서나 개정판 교과서를 받았으나 운이 나쁘면 뒤표지 안쪽에 작년에 교과서를 사용한 학생의 이름이 적혀 있던 개학 첫날은, 이제 과거의 일이 되었다. 이제 어떤 상급생이 내 교과서를 가지고 있었는지 흥분하거나 짜증을 낼 필요가 없다. 오래된 낙서를 해독해 이전 소유자에 대해 알아내려고 시간 낭비할 필요도 없다. 고등학생들은 몇 권 남지 않은 교과서를 더는 집에 가져갈 수 없으며 꼭 필요한 경우 교사의 허락을 받아 수업 시간에 참고할 수 있다고 한다.

중학교에서 대학으로 진학할 때까지 첨단 기술을 이용한 대안이 있는데 왜 아이들이 종이 교과서를 원하겠는가? 온라인에 새로운 저가 오픈 소스 교과서가 등장하고 아마존, 반스앤노블 및 기타 서비스를 통한 교과서 대여가 폭발적으로 증가하면서 값비싼 양장본보다 훨씬 저렴한 옵션을 제공하게 되었다. 이보다도 저렴한 해적판 역시 쉽게 구할 수 있는데, 아이들은 그것이 절도라고 생각하지 않는다. 왜냐하면 으윽, 학교잖아.

2019년 〈뉴욕타임스〉에 실린 기고문에서 한 대학교수는 학생들이 모두 불법 복제본을 읽는 통에 참고도서의 페이지 번호도 제대로 찾지 못하더라고 한탄했다. 이것이 사실 저자와 출판사의 저작권을 훔치는 행위라고 설명하자 학생들은 혼란스러워했다고 한다. 책이나 영화, 음악, TV 프로그램을 불법 복제하는 행위가 작가와 예술가로부터 돈을 빼앗는 행위라는 사실을 몇 번이나 경고했지만 학생들은 깨닫지 못했기 때문이다. 대학생 4명 중 1명은 불법 복제 교과서를 본인이 직접 다운로드했거나 다운로드한 사람을 알고 있다고 인정한다. 미국에서는 2007년과 2008학년도에 학생 1명당 평균 701달러였던 대학 수업 교재비가 10년 후 484달러로 떨어졌다. 대학 교육에서 가격이 하락한 거의 유일한 분야가 바로 교과서다.

교과서의 가치가 낮다는 사실을 알게 된 학생들이 이제 교과서가 정해지더라도 아예 구매하지 않는 경우가 늘고 있다. 한 교수는 "교과서 구입을 거부하는 학생이 점점 더 많아지고 있으며(이번 학기에는 50% 이상), 이로 인해 토론 수업에 교과서를 사용하려는 노력이 심각하게 방해받고 있다"고 말했다. 학생들은 할당된 부분을 책으로 읽는 대신 가끔 핵심 구절을 검색해 중간고사에 필요한 정보를 수집한다. 다른 수업에서는 학생들이 교과서가 정말 '필요한지' 확인할 때까지 교과서 구매를 미루기도 한다.

인쇄본을 선호하는 학생(실제로 존재한다)을 위한 최신 교과서는 구하기 어려운 데다 가격도 더 비싸지고 있다. 사실 대부분의 사람들은, 심지어 청소년들도 화면보다 인쇄된 책을 더 선호한다. 검증된 기술에는 장점이 있다. 실물 교과서는 멈추거나 종료되지 않고 다 뜰 때까지 기다릴 필요가 없다. 인쇄본은 전체 구조를 추적하기가 쉽고 복잡한 자료의 구조를 따라가기도 더 쉽다. 스크린 앞의 독자는 화면을 쓸거나 클릭하거나 다른 창에서 한 가지를 빠르게 확인하는 등 훑어보는 경향이 더 강하다. 긴 단락 네 개를 읽어 내려가기보다는 시험에 출제될 것으로 예상되는 키워드를 검색하기 위해 단축키 F를 누른다. 한 조사에 따르면, 밀레니얼 세대 독자 중 90%가 화면으로 읽을 때 멀티태스킹을 하는 반면, 종이로 읽을 때는 1%만이 멀티태스킹을 한다. (어느 쪽이든 멀티태스킹을 하지 않는다는 응답은 9%에 불과했는데, 이는 글을 쓰는 사람들 입장에는 매우 낮은 수치다.) TV 프로그램을 시청하면서 책을 읽는 것과 휴대폰으로 같은 작업을 하는 것을 비교해 보라. 12번이나 본 적이 있는 지루한 오프닝 크레딧 시퀀스 동안 온라인 기사로 화면을 전환하는 편이 소설을 읽는 데 그 순간을 사용하기보다 더 쉽다.

온라인에서 읽을 때 흡수율이 떨어지는 것은 놀라운 일이 아니며, 이는 단순히 훑어보는 경향이 있어서만은 아니다. 인쇄물에서 독자들은 종종 챕터 상단, 부제목 근처, 페이지 모서리, 들여쓰기 된 대화 등 지면 위의 구성에 따라 요소를 암기한다. 시각 중심의 사고방식을 가진 사람들에게는 이러한 정신적 이미지가 자료를 기억하는 데 특히 유용하다. 우리는 지면의 지리적 위치에 의존한다.

하지만 교과서 시장의 긴박함과 절박함은 상황을 나아지게 하지 못한다. 이제 새 교과서 냄새, 제본의 만족스러운 갈라짐, 일부러 접어놓은 페이지 모서리, 수업 전 대학 서점에서의 쇼핑과 30대 중반까지는 다시 펼쳐보지 못하더라도 대학 교과서를 간직하기, 즉 대학 시절의 시각적 기억에 작별을 고할 수 있다. 미래의 책장에는 과거 학생들의 흔적이 보이지 않을 테니까.

[67]

휴가

아, 참 오래전 일이지만—느낌상으로는 그렇다. 누가 기억이나 하겠는가?—예전에는 사람들이 휴가를 가곤 했다. 일하지 않고, 전화도 받지 않고, 문자도 확인하지 않는 휴가를. 집과 일, 의무를 완전히 뒤로하고 떠날 수 있는 휴가 말이다. 휴가를 마치고 돌아오면 마치 먼 행성에서 낙하산을 타고 내려온 것 같았다. 동료들은 당신이 도대체 어디에 있었는지, 친구들은 어떻게 지냈는지, 부모님은 당신이 집에 무사히 도착했는지 알고 싶어 했다. 당신은 놓친 소식을 듣고 싶어 했다.

그런 휴가를 보낸 적이 있다면 분명 수십 년 전일 것이다. 내 마지막 오프라인 휴가, 즉 나의 마지막 휴가는 2001년 1월 시칠리아 자전거 여행이었다. 당시 나는 휴대폰을 가지고 있지 않았고, 막 괴짜로 여겨지기 시작하던 시절이었는데, 3주 동안 아무도 내 소식을 듣지 못했으며 아무도 나와 연락이 닿지 않았다.

초파리처럼 쌓여가는 삭제하기 쉬운 이메일은 지우고, 업무에 복귀하는 순간 얼굴에 폭발하지 않도록 시한폭탄처럼 긴박하게 도착하는 중요한 이메일만 살짝 들여다보면서 3주 동안 완전히 내려놓을 수 있었던 마음가짐을 되찾는다는 것은 휴가 자체를 망칠 만큼 벅찬 일이었다. 몇 초밖에 걸리지 않는 아주 사소한 관리 작업을 하지 않으면 휴가가 휴가처럼 느껴지지 않게 된다. 그리고 당연히 문자를 읽어야 한다! 이건 **진짜** 일이 아니라고 스스로에게 말한다. 휴가도 아니다.

우리는 이것을 알고 있다. 2016년 설문 조사에 따르면 미국인의 약 3분의 2가 주기적으로 '플러그 뽑기'나 '디지털 디톡스'를 하는 것이 정신 건강에 중요하다고 생각하는 것으로 나타났다. 하지만 실제로 그렇게 하는 사람은 28%뿐이다. 휴가 중에는 사진을 올리고 당신이 올린 선셋 칵테일 사진을 다른 사람들이 봤는지 확인해야 하기 때문에 플러그를 뽑는 횟수가 당연하게도 더 적다. 집에 돌아오고 몇 주가 지나 친구들을 초대해 슬라이드쇼를 보여주겠다는 생각은 그들에게 라디오를 틀어주거나 축음기로 레코드를 들으라고 하는 것과 같다.

[68]

파일로팩스✦ 다이어리

2019년 7월 10일, 종이 이용자로 살면서 한 번도 겪어보지 못한 일이 일어났다. 개인용 오거나이저를 잃어버렸는데, 내 경우에는 수년간 여러 권의 파일로팩스 다이어리와 데이러너 플래너를 사용하면서 많은 실험 끝에 정착한 레벤저 시르카 수첩이었다. 수첩은 이 가방에서 저 가방으로 옮겨 다녔고 매일 할 일을 적는 몰스킨 공책도 함께 가지고 다녔으며, 어디서 분실했는지까지 정확히 알고 있었다. 거기 있었는데, 사라져 버렸다.

그날 해야 할 모든 일, 회의, 점심 식사, 퇴근 후 술자리를 비롯한 나의 모든 일정이 수첩과 함께 사라졌다. 매일 아침 그랬듯, 그날도 수첩과 이별하기 전 잘 살펴봤기 때문에 대부분 기억이 났다. 하지만 다음 날은 거의 공백에 가까웠다. 다음 주도 마찬가

✦ 영국의 다이어리 브랜드. 속지를 교체할 수 있는 가죽 제품이 대표적.

지였다. 거의 매일 점심 약속이 잡혀 있었는데 누구와 어디로 갈지 알 수가 없었다. 참석해야 할 회의가 있었고, 그중 일부는 내가 직접 소집한 회의였다. 아이가 캠프를 마치고 집으로 돌아올 때가 되었다는 사실을 어렴풋이 떠올렸지만 정확히 며칠인지 대체 알 수가 없었다. 나는 침을 삼키며 아들의 안경 처방전, 몇몇 중요한 대화의 메모, 약간의 기념품과 함께 수첩의 플라스틱 백에 넣어둔 두 아이에게 보내지 않은 두 통의 편지를 떠올렸다. 이제 그 모든 것을 잃어버렸다.

물론 이 안타까운 상황에 대한 해결책은 이미 많은 이들이 채택하고 있는 구글 캘린더, 아웃룩 또는 기타 여러 온라인 개인정보 관리 시스템으로(업계에서 알려진 대로) 변환하는 것이다. 당신은 즉시 개선할 수 있다. 쇼핑 목록을 파트너와 공유할 수 있다. 개인 일정과 업무 일정을 동기화하고 원활하게 통합할 수 있다. 모두가 여러분의 현재 위치와 향후 위치, 사용 가능한 시간과 사용 불가능한 시간을 알 수 있다. 즉, 개인 일정은 더는 개인적인 것이 아니다.

나는 차라리 약속을 수천 번이나 놓치는 삶을 살고 싶다. 팬데믹 기간 동안에야 필요에 따라 구글 미트를 통해 미리 예약된 줌 미팅에 참석하게 되었다. 그래도 모든 것이 내 동반자 레벤저 수첩에 이중 입력되었다. 새로 구매한 동반자다.

나는 수첩을 잃어버린 직후—온라인으로—하

나를 더 샀다. 그런 상품을 판매하는 소매점은 이제 거의 없다. 2020년에는 대형 문구 체인점인 파피루스가 파산했다. 동네 문방구들도 비슷하게 문을 닫았다. 파리의 상점가 프랑 부르주아 거리에 있던 파일로팩스 매장도 문을 닫았고, 삭스 피프스 애비뉴와 같은 고급 백화점에 입점했던 매장도 문을 닫았다.

1921년에 설립된 영국의 파일로팩스Filofax('정보의 묶음file of facts'이라는 의미의 이름)는 30달러 상당의 종이와 별 볼 일 없는 가죽을 소매가 약 160달러에 판매해 1987년 〈더 타임즈〉에서 "놀라운 비즈니스 성공 사례"로 묘사되었다. 여피족이 유행하던 시절에는 '여피 핸드북'이라는 별명이 붙기도 했다. 파일로팩스의 전성기에는 일본의 한 열성 팬이 신규 사용자의 사용을 돕기 위해 '파일로팩스 매뉴얼'을 만들었다. 파일로팩스를 소유한다는 것은 세련된 어른이 되었다는 의미였다. 가야 할 곳이 있다는 의미였다.

종이로 된 달력을 쓰던 시절에는 다양한 형식의 인쇄 달력이 필수품이었다. 1981년, 가정에서는 평균 4부의 인쇄 달력을 보유하고 있었다. 대부분의 주방에는 (한 연구에 따르면 75%였다고 한다) 벽걸이 달력이 게시판에 부착되어 있었다. 아이들은 크리스마스가 되면 강아지나 스타트렉에 대한 열정을 반영하는 새 달력을 받았다. 일력은 받는 사람의 관심사에 맞게 맞춤 제작할 수 있어 선물용으로 인기가 높았다. 사무실에서는 커다란 탁상용 달력이 바쁜 사람들의 책상을 덮고 있었고, 핀업걸이나 수영복 달력은 직업에 관련된 여성혐오를 자연스럽게 상기시켰다.

사회생활과 직업 생활의 태반은 우리가 사용하는 시스템에 의해 결정된다. 구글 캘린더는 배우자, 자녀, 간병인, 다른 친인척들과 공유할 수 있다. 모든 사람이 문자 그대로 같은 페이지에 있다. 6시에 저녁을 먹기로 한 약속을 잊어버릴 수 있는 사람은 아무도 없다. 양쪽 모두 업데이트 가능한 공동 양육권 캘린더를 가지고 있다. 늦은 육상 대회에 대해 엄마는 알고 있다.

온라인 캘린더 사용자(남편은 "보통 사람들"이라고 부른다)는 종이 달력을 사용한 선조들을 무시할 수 있다. 하지만 종이가 제공하던 장점에 잠시 주목해 보자. 종이에서는 온라인에서 삭제 버튼을 누를 때는 얻을 수 없는 만족스러운 방식으로 할 일을 끝낸 것을 표시할 수 있다. 종이에서는 아무 예고 없이 회의가 '사라지거나', 괜찮냐고 의사를 묻는 사람 없이 다른 주로 '이동'되는 일이 없다. 포스트잇을 붙여 목록을 추가한 다음 하루의 업무가 끝나면 떼어낼 수 있다. 뒷장을 사용해 주소, 장기 목표, 오래된 낙서, 메모를 저장하는 등 동일한 시스템 내에서 멀티태스킹을 할 수 있다. 지난 연도별 속지가 쌓이면 세워두는 다이어리 역할을 한다. 하드 드라이브에 기록된 일기는 비슷한 내용이라 해도 현실감이 확실히 떨어지고 나만의 일기장이라는 느낌이 덜하다.

이러한 장점에도 불구하고 종이 달력과 그 이용자는 주의를 받는다. 공유 캘린더를 정기적으로 업데이트하지 않는 사람은 의심스럽다고 간주된다. 종이는 클립 끝에 아슬아슬하게 매달려 있다.

[69]

눈 맞춤

사람들이 모인 장소를 걸어도 아무도 나를 쳐다보지 않는다. 누군가 당신을 보고 반가워하거나 오랜 친구가 나를 발견했을 때 특유의 빛나는 느낌을 받지 못한다. 머리가 잘 된 날 즉각적인 피드백을 받는 일도 없고, 멋진 낯선 사람이 나를 너무 오래 쳐다봐서 나를 꼬시고 있다고 생각할 일도 없다.

대신 모든 사람의 시선은 확고하게 아래로 향한다. 휴대폰과 노트북과 여러 기기에 보고 싶은 모든 것이 담겨 있어서, 주변 움직임은 어떠한 방해도 되지 못한다. 우리는 기차 플랫폼과 기차 안에서, 기차에서 사무실로 걸어가는 동안, 엘리베이터 안에서, 그리고 책상에서 종일 화면을 응시한다. 이동하고 걷고 식사하는 내내 타인과 눈을 마주치지 않으며, 공유 공간에서 터져 나오는 웃음과 중얼거림은 같이 있는 사람이 아니라 화면 속 무언가에 대한 반응이다.

길을 걸을 때 우리의 관심은 다른 곳에 쏠려 있

다. 귀는 머리카락 속에 숨은 에어팟으로 팟캐스트를 듣고 있고, 눈은 트워킹(텍스팅 앤 워킹, 그렇다, 신조어다)을 하느라 낯선 사람이나 지나가는 지인의 시선을 알아차리지 못한다. 완벽히 멋진 낯선 사람의 휘파람을 듣지 못하고, 스쳐 가는 지인의 "안녕"하는 소리도 들리지 않는다. 트워킹은 쉽지도 안전하지도 않다. 나는 항상 트워킹을 하고 있어서 언제 잡혀가도 이상하지 않을 정도다. 호놀룰루 같은 도시에서는 주의 산만 보행을 금지하고 있다. 놀랄 것 없지만 주의 산만 보행은 안전하지 않다. 2018년 보행자 사망자 수가 28년 만에 최고치를 기록했다. 부주의하게 걷다가 죽지 않으면 결국 물리치료를 받게 될 것이다.

당신은 이미 목이 구부러져 물리치료를 받고 있을지도 모르겠다. 의사들은 트워킹이 청소년기의 성장과 일생 동안의 자세와 노년기의 허리 및 목 문제에 어떤 영향을 미칠지 걱정하고 있다. 언젠가는 등이 심각하게 굽은 노인들이 지평선을 무시하고 비틀거리며 척추 지압사를 찾아가는 세대가 등장할 것이다.

우리가 가장 지속적으로 눈을 마주치는 순간은 아마도 페이스타임, 줌, 구글 미팅의 화면을 통해 서로를 바라볼 때가 아닐까. 안전거리가 확보되었을 때만 우리는 타인의 눈을 바라본다. 아니면 최소한 그렇게 느껴지는 순간에야 말이다. 하지만 상대방은 다른 창을 열고 다른 것을 보고 있을 수도 있다.

[70]

독립적으로 작업하기

이웃의 작업을 베끼지 마라. 자기만의 아이디어를 떠올려라. 자신의 목소리를 믿어라. 자신만의 스타일을 개발하라. 누군가는 항상 게으름을 피우고 어떤 아이는 모두가 자기 말에 따라야 한다고 주장하기 때문에 다들 꺼리던 조별 과제에 강제적으로 참여하지 않는 한, 학교에 다니는 누구나 그렇게 했다. 개인 과제라면, 과제물의 첫 장에 이름을 남기고 서명해 자신의 것임을 확실히 못 박았다. 아이들은 노동과 독립적 학습의 결실을 소중히 여기는 법을 학교에서 배우기 때문이다. 그 결과 성적은 전적으로 당신의 공이거나 당신의 잘못이었다.

그러나 혼자 하는 작업은 21세기의 방식이 아니며, 기술 친화적인 현대의 고등학교에서 누가 영어 논문을 썼는지, 누구의 과학 숙제인지, 특정 학생이 기하학 시험에서 정말 92점을 받을 자격이 있는지 등을 파악하는 것은 불가능하다. 대부분 작업이 구글 문서 공유로 이루어지며, 많은 아이들이 서로 휴대폰으로 답을 주고받으며 작업을 수행한다. 이러한 네트워크화된 제품과 서비스는 직장에서 가치 있는 기술, 즉 팀워크와 협업을 아이들이 배우게 도와준다고들 한다. 동시에 구글과 같은 빅테크 기업의 미래 수익을 저해할 수 있는 작가의 권한(저작권 및 로열티 같은)은 경시한다.

우리 자신을 속이지 말자. 협업은 언뜻 장밋빛으로 느껴지지만 대부분의 학생들이 알고 있듯 공동 작업이란 사실 부정행위를 의미하는 경우가 많다. 진짜 그룹 프로젝트? 그룹에서 인기 많은 학생이 아무 것도 하지 않았다는 사실을 은폐하기다. 표절 탐지 프로그램을 통과하기 위해 몇 년 전의 프로젝트를 재활용하고 답안을 공유하는 일은 종종 팀 단위의 노력으로 이루어진다.

동료들과 함께 일한다는 말은 합의를 위해 끊임없이 노력해야 한다는 뜻이며, 여기에는 부인할 수 없는 밝은 면이 있다. 하지만 위험하거나 인기가 없거나 특이한 아이디어가 빛을 보기 전에 친구, 급우, 동료의 지적 속에 빛바랠 수도 있다는 어두운 면도 있다. 또래의 승인을 받아야 한다는 전제가 있다면 기발한 아이디어란 위험하게 느껴질지도 모른다. 개인 에세이, 논쟁적 에세이 또는 생각을 적은 짧은 글을 선생님과만 공유하는 것이 아니라 반 친구들에게 먼저 보여주게 된다. 그러니 자신의 아이디어만이 아니라 다른 사람들이 자신의 생각을 어떻게 판단할지에 대해서도 생각해야 한다. 무서운 일이다. 이 모든 과정은 회사에서 일하게 되었을 때 발생할 많은 일에 우리를 준비시킨다. 하드 드라이브에 개인적으로 보관하고 있던 비공개 문서나 제안서의 거친 개요는 이제 오픈 서버에서 널리 공유되는 '작업 중' 문서가 되었고, 물 흐르듯 자연스러운, 즉 온건한 타협안에 도달할 때까지 모든 사람의 찬반의견에 노출된다. 반대 의견은 어떤 상황에서도 어렵지만, 이런 상황에서는 특히 스스로 생각한다는 것이 무엇을 의미하는지 배우고 이해하기가 더 어려운 법이다.

[71]

잡지

한때, 얼마 전만 해도 사람들이 잡지를 취미이자 습관으로, 개인적, 사회적, 문화적, 직업적 필수품으로 여기며 진정으로 사랑하고 탐독하던 시절이 있었다. 표지에 누가 등장하고 무엇이 실렸는지 알고 싶어 했고, 화려한 사진과 독창적인 일러스트를 보고 싶어 했으며 목차에 도달하기까지 광고 페이지를 미친 듯이 넘겼다. 잡지는 소설처럼 두껍고 맛있었다. 우편함을 가득 채울 정도로 탐낼 만한 것들이 가득했다. 장거리 비행을 준비할 때면 잡지를 한 무더기 사면 충분했다. 미용실에서 염색을 하는 동안에는 무료로 제공되는 잡지를 한꺼번에 다 볼 수도 있었다.

어떤 잡지든 9월호는 최고의 작가와 저명한 편집자들의 한 해 최고의 기사로 가득했고, 어지러울 정도의 향수 광고가 줄이어 실렸다. 시내 곳곳과 공항 게이트에 설치된 가판대 앞을 천천히 걸으며 한 주의 결정적인 기사를 보기 위해 목을 쭉 빼곤 했다.

고등학교 시절에는 최신호를 찾아 어퍼웨스트사이드를 순찰하곤 했다. 자바스 베이글 가게 바로 남쪽에 있는 79번가 지하철 가판대에는 매달 정해진 순서에 따라 〈베니티 페어〉가 매달 가장 먼저 나왔고, 〈마드모아젤〉과 〈글래머〉가 그 뒤를 이었다. 다음으로 〈하퍼스 바자〉 〈엘르〉 〈셀프〉 〈코스모폴리탄〉 그리고 마지막으로 모두를 기다리게 만들던 〈보그〉까지. 주간지들도 익숙한 순서대로 도착했다. 월요일에는 〈타임〉 〈뉴스위크〉 〈뉴요커〉 〈뉴욕〉이 경쟁적으로 표지를 장식했고, 금요일에는 내용 면에서 극과 극을 달리는 〈이코노미스트〉와 〈어스〉 차례였다. 그 사이에는 〈아틀란틱〉 〈인터뷰〉 〈프리미어〉 〈페이퍼〉 〈스파이〉 〈하퍼스〉 〈GQ〉 〈롤링스톤〉 그리고 너무 짧았던 〈조지〉가 있었다. 다 읽은 후에는 가장 좋았던 잡지를 따로 모아 책상 위의 보관용 파일에 넣어두었다.

우리 모두는 각자의 방식으로 잡지를 보며 자랐고, 우편함에서 자신의 이름이 적힌 〈보이즈 라이프〉나 〈크리켓〉이나 〈영 미스〉 최신 호를 발견할 때면 스스로에게 뿌듯함을 느끼며 성숙해졌다고 느꼈다. 잡지를 삼키듯 읽고, 다시 읽고, 친구들과 공유한 후 일부 지면을 가위로 오리고 때로는 사진을 실루엣대로 오려서 침실 벽에 붙이기도 했다. 방을 장식한 잡지 화보를 훑어보면 12살 소녀를 꽤 잘 이해할 수 있었다. 〈타이거 비트〉에서 랄프 마치오의 육감적인 입술이 마음에 들었나? 아니면 사이먼 르 봉의 음울한 표정이 마음에 들었나? 메탈리카의 이미지나 뉴욕 레인저스의 액션 사진? 아니면 피트니스 잡지의 근육질 사진?

내가 90년대에 근무했던 〈타임〉에서 가장 좋았던 혜택은 단연 정기 간행물이 무료로 꾸준히 제공되는 것이었다. 매일 카트가 돌아다니며 전 직원에게 〈타임〉〈포춘〉〈엔터테인먼트 위클리〉〈인스타일〉을 비롯한 두껍고 화려한 잡지를 배포했다. 금요일 오후에 〈피플〉이 도착하면 모든 사무실 문이 일제히 닫혔는데, 다들 〈스타트렉〉 지면을 펼쳐 읽었기 때문이다.

한 호를 읽는 데 오후 내내 시간을 할애할 수 있었다. 내 친구 알리시아와 나는 뉴욕에서 캐츠킬까지 버스를 타고 가면서 〈엔터테인먼트 위클리〉의 전설적인 〈사인펠드〉 에피소드별 가이드를 분석하는 데 온종일 시간을 보냈다. 보고 싶은 에피소드에 동그라미 표시를 하고, 이미 본 에피소드를 다시 보며 웃기도 했다. 잡지가 아니라면 다른 방법으로는 얻을 수 없는 풍부한 정보를 독자들에게 제공하는 이 놀라운 기사들은 누가 생각해냈을까? 누군가는 **돈을 받고** 이 모든 것을 모았다. 이제는 키보드 한 번만 치면 수백 개는 아니더라도 수십 개의 웹사이트를 통해 이러한 정보를 얻을 수 있다. 그 결과물은 아마도 〈엔터테인먼트 위클리〉의 버전보다 훨씬 더 철저하고 내가 생각지도 못한 의견들로 가득 차 있을 테지만, 그 어떤 것도 확인해야 한다는 강박관념을 느끼지 않게 되었다. 광택이 나는 앞 뒷장의 표지 사이에 모든 정보가 압축되어 담긴 특별판 잡지의 몰입감 넘치는 경험은 예전과 같지 않다.

[*72*]

공손한 질문

"~할 수 있나요?Can I?"가 아니라 "~해도 되나요?May I"라고 물어야 한다. 상대가 요구하지 않는 한 요청을 반복하지 마라. 절대 끼어들지 마라. 어른들이 말을 멈출 때까지 기다려라. 대부분의 아이들은 어려서부터 이러한 규칙을 배웠다. 나와 내 형제자매는 뒷마당을 지나 덤불이 우거진 통로를 따라 모퉁이를 돌면 나오는 이웃집으로 가서 초인종을 누르고 1분 정도 기다린 후, 다시 누르곤 했다. "나무에 올라가도 되나요?" 그 집에 사는 노부부의 대답을 듣고 나면 커피 테이블 위에 놓인 그릇을 바라보며 "사탕 하나씩 먹어도 되나요?"라고 또다시 정중하게 물으며 가택 침입에 대한 예의를 갖추곤 했다.

오늘날 아이들이 온라인 접속을 지원하는 기계에 원하는 것을 요구할 때는 "할 수 있나요?"와 "해도 되나요?"를 구분할 필요가 없다. 가능한 가장 명확한 명령어로 말하지 않으면 기계는 말을 듣지 않고, 아이들은 그런 것을 좋아하지 않는다. 아이들은

"부탁할게"와 같은 과잉 언어를 걸러내는 법을 배운다. 방어적이고 에두른 표현을 쓰거나 "~하면 괜찮을까요?" 또는 "~하고 싶은데…"라고 말하지 않는다. 대신,

"알렉사, 비욘세 음악 재생해줘."

"알렉사, 시간 알려줘."

"시리, 엄마에게 전화해줘."

그러면 기계는 사람에게 요청하는 것보다 더 빠르게, 반박이나 불평 없이 원하는 것을 제공한다. 버터 스카치 캔디와 나무 등반 대신 타기팅된 데이터와 즉각적인 만족감을 제공한다.

[73]

비행기에서의 만남

수백 명이나 되는 사람들이 날아다니는 금속 상자에 몇 시간 동안 몸을 싣고 있으면 서로 교류할 수밖에 없다. 사람들은 이륙에 대해 불안한 질문을 하는, 보호자 없이 탑승한 미성년자를 위로하기도 했다. 그들은 이륙 전 마지막 순간에 공항 서점의 회전식 진열대에서 스티븐 킹과 다니엘 스틸의 책을 구매했고, 통로 앞쪽에서 시작된 승무원의 안전벨트 시연을 보기 위해 일제히 목을 앞으로 기울였다. 앞줄에 앉은 커플의 대화를 엿듣기도 하고(연애가 시작되나? 결혼 생활이 나빠졌나?), 뒷자리 아이들이 발로 차는 소리에 옆 사람과 격한 눈빛을 주고받기도 했다. 기내 영화 상영을 위해 창문덮개를 모두 내린 뒤, 동쪽 항로 비행의 상영작으로 선정된 사랑스러운 사냥개가 등장하는 흥행작을 보며 다 함께 탄식하곤 했다. 승객들은 장거리 비행을 그렇게 함께했다.

그땐 그랬다. 이제 기내에는 원자화된 고요한

침묵이 흐른다. 시선은 앞 좌석 등받이에 내장된 스크린이나 개인 기기에 고정되어 있다. 승객들은 이륙 직전까지 공항 와이파이를 사용하다가 1만 피트 상공에서 기내 와이파이로 전환하며 순간이동을 하기 위해 최선을 다하고, 부정행위자들은 단 한 순간도 인터넷을 끄지 않고 버틴다. 그들은 12시간의 비행 동안 옆자리에 앉은 사람과 대화하기보다는 위성을 통해 지상에 있는 친구에게 문자를 보낸다. 비행기가 파멸을 향해 돌진하고 있다 해도 3인치 떨어진 사람의 손을 잡기보다는 3만 피트 아래에 있는 사람에게 마지막 메시지를 보내려고 할 것이다.

비행기가 아니라면 결코 만날 수 없었을 누군가를 만날 기회는 거의 사라졌다. 잘생긴 낯선 사람일 수도, 새로운 친구일 수도, 잠재적인 고객일 수도, 정반대의 정치적 의견을 처음으로 직접 듣게 해줄 사람일 수도 있다. 좋은 점은 이제 옆자리 사람이 들려주는 영업 컨퍼런스에 대한 지루한 회고와 지난 비행에서 제공된 식사에 대한 사견을 듣지 않아도 된다는 사실이다. 당신도 비행 내내 방해 받지 않고 당신의 화면에 집중할 수 있다.

[74]

수표책

마침내 나만의 수표책이 생겼다. 수표책이 생겼다는 말은, 기본 저축 계좌만 있어서 돈을 찾으려면 양식을 작성하고 은행 창구에 줄을 서야 했던 단순한 입출금 통장에서 몇 단계를 오른다는 뜻이었다. 성인만 수표책을 가질 수 있었다. 수표책은 재정적 독립을 의미했고, 어디서든 돈을 찾을 수 있다는 뜻이었다.

모노그램이 새겨진 가죽 홀더에 담긴 수표책을 넘기며 활기차게 서명하기란 매우 세련된 일이었다. 학교에서는 수학 교과의 일부로 수표책의 잔액을 산출하는 법을 배웠다. 모든 학생은 수표에 대한 수업을 받았고, 금액을 적을 때 센트 앞에만 and를 쓰고 제대로 서명하는 법을 배웠다. 실수로 한 번만 낙서를 해도 수표는 무용지물이 된다고도 배웠다. 우편으로 주문해야 하는 귀중한 수표를 찢어버리기란 아까운 일이었지만, 필요한 상황에서는 거대한 드라마를 만들 수 있었다. 수표 앞면에 '무효'라고 낙서하고 갈기갈기 찢는 일에는 결정적인 무언가가 있었다. 영화에서 눈물을 흘리며 수표를 찢는 장면은 중요하기 마련이었는데, 수표는 가운데가 찢어져 바닥에 떨어지는 경우가 많았다. 지불을 거부하겠습니다! 또는, 당신의 돈은 내게 아무 소용이 없어, 받지 않는다고!

식당에서도 수표를 받았고, 주유소에서도 수표를 받았고, 길모퉁이 상점에서도 수표를 받았다. TV 광고에서 본 물건을 사고자 할 때는 수표나 우편환(기억하시나요?)을 우편으로 보냈다. 실제 돈이 아니기 때문에 잠재적으로 수상쩍은 신용카드보다 훨씬 선호되는 대안이었다. 고가의 물건을 결제하기 위해 신용카드를 꺼내면 상점 측은 매주 소매점에 배송되는 전화번호부 크기의 책자를 꺼내 분실 및 도난당한 신용카드의 번호와 모든 숫자를 순서대로 대조해야 했다. 고등학생 시절 쇼핑몰 매장에서 계산원으로 일하던 때, 카운터 밑에 쌓여 있는 도난카드 목록이 너무 낡아서 최근 등록된 도난카드를 놓칠까 봐, 내가 고객에게 받은 신용카드가 도난당한 것일까 봐 두려웠던 기억이 난다. 수표의 경우 기껏해야 고객의 운전면허증에 적힌 이름만 확인하면 충분했다.

전체 비현금 구매의 86%를 차지하던 수표는 1995년 500억 건에 육박하는 수표가 작성되고 서명되면서 정점을 찍었지만, 지금은 거의 취급되지 않는다. 2000년과 2012년 사이에 수표 사용 건수는 절반으로 줄었다. 마트에서 수표로 계산을 하려고 하면 불신의 눈초리를 받게 될 것이다. 평생 정직하게 수표로 결제하던 할머니들도 이제는 감히 시도하지 못한다. 30살 미만의 사람이라면 누구나 여행자 수표에 당황할 것이다. 환전소를 찾거나 아메리칸 익스프레스 사무실을 직접 찾아가거나 여러 부스를 돌며 최저 환율과 최저 수수료를 찾는 것은 오랫동안 해외여행의 필수 의식이었는데도.

화폐 자체가 사라지고 있다. 지폐와 동전을 이용한 금융 거래는 전체 금융 거래의 7%에 불과하다. 과거의 웅장한 청동 금전 등록기는 세련된 직사각형 태블릿으로 대체되어 방금 모카라떼를 건네준 사람의 눈치를 보며 18% 또는 20% 팁을 선택해야 하는 불편함을 없앴다. 이제 스크린을 한 번만 누르면 영수증을 이메일로 바로 전송할 수 있다. 세금 신고를 위해 택시비 영수증이나 흐릿한 식당 계산서를 더는 모으지 않아도 된다. 4월 15일 이전에 은행에서 지출 범주별 비용 요약을 '받은 메일함'으로 발송한다. 따로 요청할 필요도 없다.

카드 또는 모바일 결제만 허용하는 매장이 점점 더 많아지고 있어 도난이나 인적 오류의 가능성이 줄어들고 있다. 아쉽게도 신용 기록이 좋지 않거나 휴대폰 혹은 신용카드가 없는 사람은 이용할 수 없다. 뉴욕시가 차별적이고 사생활을 침해한다는 이유로 현금결제 거부를 금지하기 전까지는 구겨진 지폐로 주스 한 잔을 사기가 거의 불가능했다. 하지만 미국을 포함한 전 세계의 많은 곳에서 현금 없는 결제 방식을 확대하고 있다.

월급을 받는 사람들도 수표에 서명하고 은행 지점에 가져가는 것은 고사하고 실제 수표를 보는 경우가 거의 없다. 2003년에 법이 통과되면서 만약 계좌 입금이 아닌 수표로 급여를 받는 경우, 직접 스캔해 사용할 수 있게 되었다. 그런 뒤 수표는 세단기에 버리면 된다. 2007년에는 전체 수표의 약 40%가 '전자화'되었다. 은행 창구에서 직원 상담을 기다리는 일이 차에 기름을 넣고 식료품을 사는 일만큼이나 매주 반복되는 일상이었던 시절을 기억하기는 어렵다. 사람들은 동네 은행의 창구 직원과 친해지곤 했다. 마지막으로 은행 직원을 본 게 언제였는지?

[75]

놓치기

"넌 상상도 못 할걸."

"거기 있었어야 했다니까."

"넌 뭘 놓쳤는지 몰라."

하지만 당신은 상상할 수 있었고, 거기 있지 않았고, 무엇을 놓쳤는지 몰랐다. 우리가 익히 아는 '포모FOMO, The Fear of Missing out', 즉 내가 없는 동안 재밌는 일이 일어날 것 같다는 불안감이 이제는 내가 없으면 무언가가 확실히 *일어나고 있다*는 지식으로 대체되었다.

고등학생 때 파티에 초대받지 못하는 것은 충분히 끔찍한 일이었다. 하지만 당신이 참석하지 않아도 파티가 잘 진행되었다는 것을 아는 것이 훨씬 더 끔찍한 일이다. 요즘 아이들은 월요일 아침 학교 복도에서 지난 금요일 밤 해변에서의 캠프파이어에 대한 이야기를 우연히 듣는 대신, 거실에서 금방 넘겨볼 수 있는 떠들썩한 온라인 스냅사진들 덕분에 허탈하게 모든 것을 알게 된다. 팬데믹 격리 기간 모두가 집에 머물러야 했을 때, 평소 외톨이로 지내던 아이들은 이제 누구나 배처럼 고립된 집에 머무른다는 사실에 거의 안도감을 느꼈다.

자신이 참여하지 않은 흥미진진한 일들을 지켜볼 수밖에 없는 상황은 어른에게도 충분히 괴로운 일이다. 아무리 많은 친구가 있어도 마음 한구석에서는 항상 아이들 서열에서 자신의 위치가 불확실하다고 느끼는 극심한 사춘기 시절이 어떤 느낌일지 상상해 보라. 10대에게 소셜 미디어는 곧 사회생활이다. 놓치고 싶지 않다면 계속 따라잡아야 하는데, 이는 이제 엄청난 일이 되었다. 아이들은 경계심과 규율을 가지고 인터넷 활동을 모니터링해야 한다. 하우스파티에서 가장 마지막으로 퇴장하는 사람이 되어야 하고, 지정된 그룹이 며칠 동안 매일 게시물을 올리는 스냅스트릭Snapstreak에 연결되어 있어야 한다.

새로운 기술이 등장했다고 해서 중학생 시절의 감정이 사라지지는 않는다. 누구나 한 번쯤은 나만 빼고 모두가 웃기거나 화나거나 미쳤다고 생각하는 (적어도 당신의 타임라인 내에서는 한참 이슈인) 문구나 해시태그를 뒤늦게 발견하고 검색해본 경험이 있을 것이다. 잠을 자고 있거나 아이들과 저녁을 먹고 있거나 인터넷을 사용하지 않는 일과를 처리하려고 할 때 '대화'가 이루어지고 있다면 이미 늦은 것이다. 적어도 무엇을 놓쳤는지는 확인할 수 있다.

[*76*]

글씨체

6학년의 어느 날, 나는 손글씨 리포트카드에 '불만족스러운'의 완곡한 표현으로 F를 받았다. 내 소문자 h는 원래대로 아래쪽에서 시작하지 않고 위쪽에서 시작했는데, 이는 나만의 시그니처 스타일을 개발하기 위해 노력해 완성한 방식이었지만 하퍼 선생님에게는 흡족하지 않은 개성이었다.

우리 아이들은 손글씨가 '불만족스러운' 경우의 고통을 알지 못 한다. 손글씨가 특별히 좋아서가 아니라 이제는 손글씨가 채점할 가치가 없는 어떤 것 취급을 받기 때문이다. 공통 교육과정은 유치원생과 초등학교 1학년에게만 읽기 쉬운 손글씨를 강조한 후 키보드 교육으로 전환한다. 아이들이 기본적인 글자를 익히자마자, 빠르면 유치원 때부터 아이패드가 보급되기 때문에 한때 손글씨로 불리던 기술을 아이들이 익힐 시간이 거의 없다.

2019년 뉴저지에 사는 10살 소년이 필기체 전국 대회에서 우승했을 때, 한 세대 전만 해도 예상했던 반응, 즉 보통 몇 년이 걸려야 완성할 수 있는 기술을 어린 나이에 탁월하게 해내는 능력에 경탄하는 반응은 나오지 않았다. 대신 이런 대회가 존재한다는 사실에 충격을 받았다는 반응이 주를 이뤘다.

오늘날 초등학교 6학년 어린이에게 필기체를 뜻하는 스크립트Script라는 단어를 말하면 웹페이지를 생성하는 컴퓨터 스크립트나 TV 시리즈의 대본을 떠올릴 것이다. 속기와 혼동할 수도 있는데, 종이가 흩어진 바닥처럼 이제 완전히 낯설어진 세계다. 오래된 문서를 디지털화해 영구적으로 기록하고자 자원봉사자를 모집하는 의회 도서관에서는 필기체를 전혀 읽을 수 없는 젊은 직원이 기성세대 직원과 짝을 이루어 일해야 한다.

필기체를 사용하지 않게 되면서 서명의 위상도 약해지고 있다. 문서에 서명하라는 요청을 받으면 보통의 10대는 당황한다. 신용카드 뒷면의 서명이 영수증과 일치하는지 확인하도록 훈련 받았던 계산원들이 이제는 터치패드에 낙서가 있어도 무시하는 등 한때 성인 생활의 필수 요소였던 서명은 단계적으로 사라지고 있다. 도큐사인DocuSign 전자서명을 사용해서 터치 패드에 손가락으로 그린 서명을 한 번 입력하면 문서 전체에 서명이 자동으로 채워진다. 연습할 필요도 없다.

손글씨를 구식이라고 생각하는 사람들도 있지만, 손글씨는 소근육 발달뿐만 아니라 읽기 쉬운 문장을 만드는 데에도 도움이 된다. 연구에 따르면 필기체 사용과 철자법 숙련도 사이에 연관성이 있다고 한다. (이것도 마찬가진데, 요즘 철자를 외우는 사람이 어디 있겠는가?) 다른 연구에 따르면 필기체는 두뇌가 작문을 읽고 쓸 수 있도록 준비시켜 준다고 한다. 사람들은 화면을 터치할 때보다 연필을 종이에 대고 쓸 때 더 많은 것을 배운다. 2019년 볼티모어 카운티에서 교과서, 종이, 연필, 펜이 사라진 교실에서 학생 한 명당 노트북 한 대를 지원하는 프로그램을 시행한 후 전반적으로 성적이 떨어진 일이 있었다. 어린이들이 글자를 타이핑하고, 베껴 쓰고, 자유롭게 쓸 때의 뇌 스캔을 조사한 2012년 연구에 따르면, 아이들이 손으로 글자를 쓸 때에만 어른들이 읽고 쓸 때 활성화되는 것과 동일한 뇌 활동이 나타났다. 아이들은 화면을 터치할 때보다 손으로 글씨를 쓸 때 정보를 더 잘 흡수하고 기억한다. 항상 "꼼꼼히 적으라"는 데에는 이유가 있었다. 글로 적는 것이 우리가 배우는 방식이었기 때문이다.

[77]

"실례합니다"

하고 싶은 만큼 자주 "실례합니다"라고 말해도 아무도 눈치채지 못한다. 그들은 너무 바쁘다. 그들은 팟캐스트를 듣고 있다. 그룹 채팅에 빠져 있어서 단순한 사과로는 상대방의 집중력을 깨뜨릴 수 없다. 그들은 머리카락이나 모자 밑에 숨긴, 귀에 꽂힌 반짝이는 이어버드로 무언가에 집중하고 있다. 누군가와 부딪쳤을 때 미안하다거나 "실례합니다"라고 말할 필요가 없는데, 그래 봐야 인식되지 않고 오히려 눈살을 찌푸리는 반응이 돌아오기 때문이다. 굳이 성가시게 대응하지 않아도 되지만 그 또한 매우 성가신 노릇이다.

[78]

크리스마스 편지

쓰는 데 공이 들고 읽는 덴 시간이 오래 걸린다. 어차피 내용은 이미 다들 알고 있을 테지.

[79]

그 배우가 누군지 알아내기

그 배우가 대체 누구인지 기억해내려고 애썼는데 아무것도 떠오르지 않는 것만큼 영화에의 집중을 방해하는 것은 없다. 어딘가에서 본 배우이긴 한데 어디에서 봤는지 알아낼 수는 없었고, 그건 그리 중요하지도 않았다. 하지만 내겐 중요했다! 누군가 "쉿"하고 반응할까 걱정되어 옆 사람에게 속삭여 물어볼 수도 없었고, 그 과정에서 중요한 대사를 놓칠까 봐 2시간 동안이나 궁금한 채로 극장에 앉아 있어야 했다.

이 문제는 이제는 아이들에게도 중요하다. 아이들은 최신 마블 영화를 보다가 빌런의 부하가 등장했던 영화의 이름을 바로 떠올릴 수 없으면 다른 사람들처럼 구글을 검색한다. IMDb 사이트에서 영화 정보를 검색하거나 위키백과를 확인한다. 집에서 영화를 볼 때 휴대폰을 챙기지 않는 것은 의도적인 도발이나 마찬가지다. 왜 그런 좌절감을 안고 살아야 하지? 왜 수수께끼로 고생해야 하지?

[80]

쪽지 전달

수업 시간에 필기하는 노트와 페이지 모서리를 뜯어내어 친구들과 돌려보는 쪽지notes가 있었다. 이 둘은 아주 다르다. 후자는 학교에서 무슨 일이 벌어지고 있는지 더 정확하게 파악할 수 있는 수단이었다. 유아기와 사춘기 사이에 있는 소녀들의 복잡한 삶을 특징짓는 모든 혼란, 아찔함, 거부감, 지속적이고 고통스러운 조작 행위가 그 구겨진 종이에 고스란히 드러나 있었다. 너무 중요해서 위험을 무릅쓰고 기꺼이 전달한 쪽지였다. 서툴게 건넨 쪽지 하나가 바닥에 떨어지면 심각한 곤경에 처할 수 있었고, 선생님이나 의도치 않은 수신자가 가로채면 심한 망신을 당할 수도 있었다. 다른 사람들이 볼 수 있는 곳에 이러한 쪽지를 게시한다는 것은 상상도 할 수 없었다.

문자 메시지와 소셜 미디어가 없던 시절, 쪽지는 복잡한 우정 네트워크를 탐색하고 지루한 수업을 견뎌내고 방과 후 할 일을 계획하는 방법이었다. 쪽지는 아군과 적군을 구분하는 데도 도움이 되었다. 악의적인 사람의 손에 들어갈 수도 있었기 때문에, 순간의 분노와 사소한 불만을 적은 쪽지는 중학생 시절 많은 불화를 일으켰다. 이러한 쪽지는 **사적인** 것으로 간주되었으니까.

격동적이고 고문처럼 괴로운 나머지 1년이 4년 같던 중학교 2학년 말, 나는 절친한 친구 에리카와 절대 해서는 안 될 일을 저질렀다. 우리는 각자가 접은 정사각형 쪽지를 공유했다(겉면에 받는 사람의 이름을 어떻게 적었는지 기억하는가?). 나는 에리카의 쪽지를 읽었고 에리카는 내 쪽지를 읽었는데, 우리는 10대들이 전통적으로 서로 보호한다고 여겨온 대상, 즉 친구라고 여겨온 이들이 우리 등 뒤에서 한 말을 직시했다. 에리카는 친구들이 나에 대해 험담만 한다고 생각했고, 나도 에리카에 대해 그렇게 생각했다. 사실 우리 둘 다 표적이 되어 이용당하고 거짓말을 당한 상황이었다. 이 사실이 너무 충격적이어서 나머지 친구들과의 관계를 끊었고 고등학교에서 새롭게 교우관계를 시작하게 되었다.

충분한 교훈을 얻은 우리는 더는 쪽지를 주고받지 않게 되었다. 하지만 2개의 금속 원형 고정장치에 8자 모양으로 끈을 묶는 갈색 아코디언 파일에 모든 쪽지를 분류해 보관하고 있다. 그 파일은 지하실의 커다란 플라스틱 통에 들어 있는데, 나의 사소한 과거인 동시에 잃어버린 사회생활의 증거이기도 하다.

[81]

병가

목이 아프고 몸이 쑤시며 열이 나는 느낌으로 잠에서 깬다. 잠을 충분히 자지 못했으니 분명 뭔가에 걸렸을 것이다. 아니면 그냥 컨디션이 엉망이어서 출근하고 싶지 않을 수도 있다. 긴장을 풀고 병가를 내라. 이 과정은 보통 이런 식으로 진행된다.

당신은 기기를 들고 상사에게 연락해 출근할 수 없음을 알린다. 밤새 들어온 이메일을 훑어본다. 알림을 최소화하기 위해 부재중 자동 응답을 작성하고 슬랙 상태를 병가로 변경하지만, 아무리 열이 나더라도 긴급한 메시지에 응답하기를 멈출 수는 없다. 멈추면 뒤처진다.

다시 말해, 진짜 병가라고 할 수 없다.

팬데믹 기간 동안 코로나에 감염된 사람들도 그룹 업데이트를 보내고 동료들과 정기적으로 연락을 주고받았다. 그게 업무의 일부니까. 외근 중이지만 연락이 가능한, '멀리 떨어져 있지만' 여전히 본사와 연결된 상태다. 아예 접속할 수 없다고 말하는 것은 범죄에 가까운 오만이다. 인공호흡기를 달지 않는 한, 우리는 항상 누군가에게 연락할 수 있다.

아파본 적 있는 사람이라면 예전의 병가 날을 기억할 것이다. 상사가 출근하기 전에 쌕쌕거리는 목소리로 음성 메시지를 남기고는 침대에 기어들어가 몇 시간 더 자다가 잠깐 일어나 토스트를 먹고 다시 이불 속으로 숨어들었던 기억이. 사무실에서 무슨 일이 일어나고 있는지 전혀 몰랐고, 그래서 그저 감사한 마음뿐이었다. 우편으로 어떤 편지가 도착했는지, 어떤 전화 메시지가 남았는지, 놓친 회의에서 무슨 일이 있었는지 전혀 알 수 없었지만 괜찮았다. 복귀 후 회복하는 데 며칠이 걸리더라도 아무도 문제 삼지 않았으니까. 당신은 아팠으니까.

더는 그렇게 아프면 안 된다. 팀원도, 전능한 상사도, 누구도 그럴 수 없다. 병가라는 개념은 근무일이라는 개념만큼이나 자연스럽게 사라졌다. 업무가 끝이 없는 상황에서 '퇴근 후'란 있을 수 없다. 성인 10명 중 7명은 퇴근 후에도 휴대폰을 사용해 업무를 본다고 답했는데, 솔직하게 답한다면 그 수는 올라갈 가능성이 크다. 또한 불필요한 업무용 이메일을 삭제하는 것조차도 업무라는 사실을 안다면 더 많은 사람이 '그렇다'고 답할 것이다. 조기 퇴직과 넉넉한 연금, 노동 파업의 나라 프랑스에서는 2017년 '연결되지 않을 권리'가 시행되어 직원들이 근무 시간 이후 상사의 이메일을 무시할 수 있는 권리가 생겼다.

미국에서 이런 일이 일어날 거라고 누가 상상이나 할 수 있을까? 이런 사실을 생각하면 몸이 아파진다.

[82]

비밀

현대적인 수사 절차를 보면 형사가 기술자를 불러 피해자 또는 용의자의 하드 드라이브를 스캔하는 장면이 필연적으로 포함된다. 범인에게 선견지명이 있어서 컴퓨터를 깨끗하게 지운다 해도 진실은 밝혀지기 마련이다. 비밀은 맨 아래 서랍이나 금고에 숨겨져 있지 않다. 임종을 앞둔 사람에게 속삭이거나, 유언장 뒷면에 보이지 않는 잉크로 쓰거나, 잠근 일기장에 숨겨둔 것도 아니다. 비밀은 노트북에 있다.

클라우드의 개인 공간이나 검색 엔진의 오래된 기록이 전혀 비밀이 아니라는 사실을 인류가 깨닫는 데는 그리 오랜 시간이 걸리지 않았다. 우리가 숨기려 했던 끔찍한 진실은 이메일 한 통, 인스타그램으로 보낸 '사적인' 메시지, 삭제했다고 생각했던 문자 한 통에서 찾아낼 수 있다. 어쩌면 상대방이 삭제하지 않았을 수도 있다. 수신자 중 누군가가 스크린샷, 사진 또는 전체 길이의 동영상을 남겼을 수도 있다. 지워졌다고 해도 다시 검색할 수 있다. 무슨 말이나 행동을 했든 모두 기록이 남는다.

인터넷은 마녀가 유혹하듯 우리의 비밀을 끄집어내 공개한다. 다른 사람이 내 비밀을 알아내듯 우리도 다른 사람의 비밀을 쉽게 알아낼 수 있다. 우리는 모두 만족할 줄 모르는 염탐꾼이다. 모든 비밀이 밝혀질 수 있게 되면 우리는 우리의 호기심에 대한 두려움 속에서 살게 된다.

[83]

도서관 서지 카드

해독 불가능한 일련의 숫자와 우스꽝스러운 줄거리 요약으로 이루어진 도서관 서지 카드는 필요한 책을 찾는 데 도움을 주기도 했지만 길을 잃게도 했다. 초등학교나 중학교 시절, 사서 선생님은 도통 이해할 수 없는 듀이십진분류법✦을 가르쳐 주려고 했다. 문헌정보학 석사 학위가 없는 대부분은 더듬거리며 헤매곤 했다.

하지만 그 뒤죽박죽이 얼마나 재미있었는지! 나는 그 커다란 카드 카탈로그 서랍장 사이에서 몇 시간 동안 온갖 카드를 넘기며 각 카드에 적힌 내용에 매혹되었다. 필자가 쓰기를 고집했던 모호한 주제에 관한 책과 총 3종류의 사본이 약간씩 다른 도입부를 가진 조류학책에 대한 미스터리. 고대의 오래된 책들은 공공도서관의 경이 그 자체였다.

✦ 000부터 999까지 단위로 구성된 도서 분류 체계.

이제 찾을 수 있는 유일한 도서관 서지 카드 서랍은 이베이에만 있으며, 모두 비어 있다. 전자 대출이 도입되기 전에 도서관에 꽂혀 있었던, 익숙하고 오래된 도서관 판본도 찾을 수 있다. 도서 대출 카드를 책 뒷면의 세로 봉투에서 꺼내서 번지는 스탬프로 대출 기한을 찍어야 했던 시절의 도서관 판본 말이다. 도서관에 가서 서지 카드를 살펴본 다음 책더미에 들어가 책이 실제로 있는지 확인해야 했던 시절이었다. 이제 온라인으로 책을 예약하고 대기자 명단에 이름이 올라갈 때 이메일 알림을 받는다. 원하는 책을 찾지 못할 수도 있지만 더 좋은 책을 찾을 수도 있었던 서가에서의 모험을 더는 할 수 없다.

[84]

대학 강의

오늘 강의실 앞에 서 있는 불쌍한 교수님. 학생들은 강단을 쳐다보거나 집중하는 대신 노트북 화면을 쳐다본다. 교수가 아무리 큰 소리로 자판을 두드리며 목소리를 높여도 눈빛이나 표정만으로는 학생들의 관심도를 파악할 수 없다. 연필을 쥐고 있지 않으면 누가 집중하고 참여하는지 판단할 방법이 없다. 키보드 자판 소리만으로는 세 번째 줄의 미간을 찌푸린 학생들이 문자를 주고받는 것인지 알 수 없다. 이것은 편집증이 아니다. 한 연구에 따르면, 대학생들의 노트북 화면을 5초마다 캡처한 결과, 학생들은 수업 중에도 평균 19초마다 화면 창과 작업을 전환하는 것으로 나타났다.

강의에 모인 학생 수는 그날 아침에 늦잠을 잔 학생을 고려하더라도 등록한 학생 수와 큰 관계가 없다. 헤아릴 수 없을 정도로 많은 수의 학생들이 강의에 관심이 있고 성적 욕심이 있어도 아예 출석하지 않는다. 많은 학생들이 마케팅 관리자와 영업 책임자들이 경멸하는 도구인 파워포인트를 기다리기 때문에, 교수들은 이제 수업에 불참한 학생뿐만 아니라 수업에 참석했지만 불참한 것이나 다름없는 학생을 위해 매 수업마다 파워포인트를 만들어 게시해야 한다. 한 교수는 이를 '유해 침입종'이라고 부른다.

아이들이 학교에서 더는 필기를 하지 않으니 대학에 진학할 무렵에도 노트 필기라는 개념이 없다. 한 교수는 이렇게 말했다. "저는 대학 서양시민학 강의에서 교수가 정리한 파워포인트는 올바른 공부 방법이 아니며, 연구 결과에 따르면 직접 정리하고 필기해야 한다고 학생들에게 설명한 적이 있습니다. 생동감 있게 강의하는 편입니다만, 어떤 학생들은 제발 닥치고 동영상이나 보여주고 학습 게임을 준비해 오기를 바라는 것 같더군요." 그는 학생 시절의 한 '뛰어난' 교수에 대해 "우리는 그 교수가 말할 때 필기하는 것을 특권으로 여겼습니다"라고 회고했다. 이제 학생들이 필기를 아예 하지 않게 되었다고 그는 말한다. 필기하는 데 시간이 너무 오래 걸리고 어디서부터 시작해야 할지 몰라 강의의 학습 효과도 떨어졌다.

많은 학생이 강의를 쉽게 건너뛰는 것은 당연하다. 온라인으로 참석하거나 나중에 온라인으로 들을 수 있다. 언젠가는 선택의 여지가 없어질지도 모른다.

[85]

기억

우리가 기본적인 사실과 일상의 의무를 지키던 시절을 기억하는가? 스스로? 아무 알림 없이? 이제는 아니다. 우리는 스스로 기억하기를 포기하고 우리의 기억을 클라우드에 맡겼다.

새로운 기억을 만들기 위해서는 일이 일어날 때 온전히 주의를 기울여 관찰해야 했다. 이는 손으로 무언가를 적고, 수집하고, 분류하고, 보관한다는 의미였다. 이러한 두뇌 기반 시스템에서 장기 기억을 만들려면 세부 사항의 개념적 이해와 요약 과정을 초기에 흡수하고 유지해야 했다. 일단 기억을 구성한 다음 밤새 잠을 자면 아침에도 기억의 상당 부분이 여전히 남아 있었다. 은행 계좌 번호, 사물함 비밀번호, 부모님의 결혼기념일 등 상황에 따라 시각적 도움 없이 기억해야 하는 정보도 있었다. 당신은 마음의 눈을 사용했다.

우리 뇌는 더는 규칙적으로 운동하지 않는다. 예전에는 운동을 시킨다는 식으로는 생각하지 않았던 자연스러운 과정이었다. 유치원에 다닐 때부터, 아주 어릴 때부터 하던 일이었다. 우리는 이제 좋아하는 시, 원주율의 첫 40자리, 유타주의 대표 도시, 구구단 같은 것을 외우려고 애쓰지 않는다. 이러한 문화적 지식의 은행을 채운다는 것은 성인이 되었고 훌륭한 교육을 받았다는 신호였지만, 이제는 모두 온라인에 있다. 내 학창 시절에는 드물었던 오픈북 시험이 중고등 교육의 일반적인 특징이 된 것은 컴퓨터가 훨씬 효율적으로 정보를 기억하는 상황에서 굳이 아이들에게 시험을 위해 암기하는 법을 가르칠 필요가 없기 때문이다. 아이들은 암기의 무의미함을 배운다.

우리는 계속해서 예전의 방식으로 유기적인 기억을 만들고 있을까? 대부분 그렇지 않다. 삼성 갤럭시로 사진을 찍거나 연락처에 주소를 복사해 붙여넣기는 작은 수첩에 주소를 적어넣기와 같은 효과를 내지 못한다. 눈으로 직접 본 것에 대한 기억은 반복적으로 스크롤하는 디지털 기억으로 빠르게 대체될까? 그렇다. 기억이 내부에 쌓이지 않고 외재화되어 후각, 촉각, 감정과 연관된 원래 경험에 대한 장기적인 기억이 되지 못하는 것을 촬영장애효과Photo-taking impairment effect✦라 한다. 또한 이 과정을 인지적 떠넘기

✦ 사진기가 대신 기억해줄 것이라는 심리적 기대와 달리 인간의 기억은 오히려 손상을 입는다는 뜻.

기Cognitive offloading✦라고 하는데 우리 모두 겪게 될 수 있는 일이다. 우리는 기억할 필요가 없으므로 더는 기억하지 않는다. 이 과정은 마음이 편해지는 듯 느끼게 하고, 많은 이들에게 실제로 그렇다.

인지적 떠넘기기로 인해 우리의 기억 능력과 기억하는 방식이 변화한다. 기억력이 나빠진다는 말은 단순히 기억력만 나빠지는 것이 아니라 기억이 형성되는 방식과 유지되는 방식이 모두 변화한다는 뜻이다. 시간이 지남에 따라 기억이 변화하는 방식도 달라지고 있다. 스냅챗이나 인스타그램 스토리처럼 일상을 잠시 기록하고 증발시켜버리는 경우, 우리는 순간 자체를 기억하기보다는 그 순간의 기록과 그 순간에 대한 반응을 더 많이 떠올리게 될 수도 있다. 하버드 대학교의 심리학 교수인 다니엘 샥터는 이렇게 말한다. "어떤 경험이 발생한 후 다시 활성화하면 그 경험에 대한 후속 기억에 큰 영향을 미칠 수 있으며, 활성화되는 경험의 요소에 따라 원래의 기억이 바뀔 수도 있습니다." 새로운 기억의 의미도, 무엇을 대체할지도 잘은 모르겠지만 언젠가는 기억해낸다는 가정하에 발견할 수 있으리라.

어느 날 아침, 그날 해야 할 수십 가지 일을 좇아 사무실로 달려가던 중 휴대폰의 알림을 확인했

✦ 기억을 유지하기 위해 인지적 노력을 기울이기보다 기억장치에 의존하는 현상.

다. “새로운 추억이 생겼습니다.” 2017년 북페스티벌에 참석하기 위해 호주를 여행하던 중 찍은 사진이었다. 왜 지금일까? 궁금했다. 알림을 클릭했다. 알고리즘의 무언가가 이 인간이 지금 시드니 하버 해안가의 풍경을 봐야 한다고 알린 모양이었다. 완전히 무작위였을 수도 있다. 바로 그 순간에 그 특정한 전망을 떠올릴 이유는 내게 없었는데도 말이다. 하나 확실한 것은 새로운 기억이 생겼다는 사실이다.

[86]

영화관

목요일 밤이면 뉴욕 메인 스트리트의 영화관 앞에 사다리가 나타나 주말의 시작을 알렸다. 사다리 위의 사람이 간판에 직접 글자를 쓰는 것을 보면서 B가 〈백 투 더 퓨처〉인지 〈조찬 클럽〉✦인지 맞히기 위해 노력했다. 왜냐하면 그 극장은 일행과 낯선 사람들로 가득 찬 어두운 공간에 앉아 비싼 트위즐러 젤리와 버터향 팝콘을 먹으며 영화를 볼 수 있는 유일한 장소였기 때문이다. 신작 영화가 개봉하는 금요일 밤은 많은 소도시와 대도시에서 일주일 중 가장 신나는 밤이었다.

목요일 밤에 우연히 극장에 들르지 않았다면 지역 상영 목록이 인쇄될 때까지 기다려야 어떤 영화가 상영되는지 알 수 있었다. 표를 사기 위해 줄을 길게 서는 일은 당연했다. 표를 사기 위해 줄을 섰고

✦ 〈The Breakfast Club〉. 1985년 개봉한 청춘 코미디 영화.

좌석을 차지하기 위해 줄을 섰다. 일주일 전에 온라인에서 미리 좌석을 고를 수 있는 사람은 아무도 없었다. 1999년 샌프란시스코에서 〈스타워즈: 에피소드 1 - 보이지 않는 위험〉이 개봉했을 때 팬들은 일주일 동안 줄지어 야영했다. 열성적인 스타워즈 팬들로 구성된 커뮤니티는 그들만의 길거리 파티를 열었다. 1989년부터는 다이얼식이 아닌 버튼식 전화기만 있으면 777-FILM으로 전화해 숫자를 눌러 다음 상영 티켓을 살 수 있는 무비폰Moviefone 서비스도 제공되었다. 왠지 줄서기보다 더 복잡해 보였다.

줄서기는 재미있기도 했다. 학교 친구들과 마주치거나 방학 동안 돌아온 졸업생 선배들을 만나는 곳이기도 했다. 첫 데이트에서는 쭈뼛 쭈뼛 호감을 표현하며 대화를 나누었다.

아이가 있는 사람이라면 베이비시터를 구하고, 돈을 지불하고, 밤이 끝나면 베이비시터를 다시 데려다주어야 영화를 볼 수 있었다. 그렇게 기다려 본 영화가 끔찍한 것으로 판명되기도 했다. 평론가가 전날 밤 10시에 제출한 리뷰는 금요일 아침이 되어서야 인쇄에 들어갔다. 베니스영화제나 선댄스영화제 발 뉴스에 주의를 기울이지 않는 한(누가 관심 있었겠는가?), '소문'이랄 것은 거의 없었다. 온라인 악성 리뷰나 로튼 토마토도 없었다.

요즘에는 자신의 기준에 맞지 않거나 그 순간의 기분에 맞지 않는 영화 티켓에 14달러를 쓰는 사람은 거의 없다. 넷플릭스는 사용자가 마지막으로 시청한 콘텐츠를 기반으로 추천작을 제시하고, 유튜브는 사용자가 약간 감성적인 작품을 좋아하는지, 힙한 영화를 좋아하는지, 다친 야생동물에 대한 슬픈 이야기를 좋아하는지 등을 파악한다. 유튜브는 사용자가 어떤 동영상을 얼마나 오랫동안 시청하는지, 무엇을 공유하고 댓글을 달았는지 등을 관찰하여 모든 것을 파악하는 AI 강화 알고리즘에 입력한다. 그 과정에서 사용자의 성별과 거주 지역과 시청 중인 디바이스 등을 학습한다.

한 번에 한 편만 볼 수 있고, 전혀 마음에 들지 않지만 클릭해서 넘길 수 없는 2시간짜리 영화, 클라이맥스 동안 말다툼을 하거나 휴대폰을 끊임없이 확인하는 멍청이들에 대해 걱정해야 하는 극장 영화는 집에서 영화를 볼 때의 즉각성, 사생활 보장, 유연성과 비교할 수 없다. 급히 화장실에 갈 때 일시정지할 수 있는 가능성을 두고 논쟁하기는 어렵다.

하지만, 번거로움을 감수할 만한 가치가 있었다! 맨해튼의 전설적인 지그펠트 극장이 사라진다는 사실에 잠시 멈추어 한탄하지 않을 수 없다. 그곳에서는 마법 같은 스크린으로 종종 당대의 영광 그 자체였던 〈아라비아의 로렌스〉 같은 영화들의 개봉 몇십 주년 기념 특별 상영 같은 행사가 열리곤 했다. 심지어 뉴욕 시사회를 위해 화려하게 장식된 레드 카펫 위를 걸으며 극장으로 향하는 행운의 주인공들을 구경할 수도 있었다. 지그펠트에서 영화를 감상하는 도중에 소변을 보러 나가는 것은 감히 상상도 못 했다. 친구들과 개봉 당일 신작 영화를 관람하면서 곧 전국을 휩쓸 무언가를 함께 경험하고 있다는 것을 바로 알 수 있었다. 관객들과 함께 영화를 보며 두려움을 느끼고 숨을 헐떡이며 공동체의 동지애와 웃음과 눈물로 가득 찬 거대한 공간의 일부가 되었다는 인간적인 만족감을 누리는 일에는 그만한 가치가 있었다.

[87]

사용 설명서 분실

찾으려고만 하면 온데간데없는 사용 설명서를 그리워하는 사람은 아무도 없다. 더는 필요하지 않게 되었으니까. 일본어, 중국어, 독일어, 프랑스어, 스페인어, 간혹 해독이 가능한 영어가 포함되어 있더라도 제대로 번역이 되지 않은 촌스러운 팸플릿은 바로 쓰레기통에 버려야 한다. 대신 온라인에서 이미지 검색 기능으로 자세한 복사본을 찾아보거나 유튜브에서 사용법 동영상을 시청하거나 제조업체의 웹사이트에서 기술자와 실시간 채팅을 할 수 있다. 사용 설명서에서도 예상하지 못한 문제를 해결하는 기술자 간의 토론에 참여하거나, 그냥 포기하고 태스크래빗✦을 고용하여 이케아 데이베드를 조립할 수도 있다.

✦ 단기 아르바이트 중개 서비스.

[88]

소개팅

소개팅Blind date을 '블라인드 데이트'라고 부르는 데는 이유가 있다. 상대가 어떤 사람인지 전혀 몰랐고, 머리 모양과 그날 밤 어떤 색의 스웨터를 입을지에 대한 정보 외에는 어떤 사람인지 전혀 알 수 없었다. 어디서 대학을 나왔는지, 광고회사에 다니고 있고 키가 유난히 크다는 점, 오랜 남자 친구와 헤어졌다는 것 등 한두 가지 사실 정도는 미리 알 수도 있었다.

이런 부족한 정보만 가지고 바 안으로 걸어 들어가 만나기로 한 사람이 있는지, 서로 알아볼 수 있는지 확신하지 못한 채 주변을 둘러보았다. 장소를 잘못 찾았거나 상대방이 마지막 순간에 자리를 뜬 것은 아닌지 걱정하기도 했다. 테이블마다 "실례합니다, 누구 기다리세요?"라는 어색한 몸짓을 선보이기도 했다. 설레고 낭만적이면서도 두려운 일이었다.

이 모든 것을 미리 알고 있으니 이제는 그런 실수를 하지 않아도 된다. 예를 들어, 인스타그램 스토리를 보거나 링크드인 프로필을 확인하다가 들킬 가능성이 있더라도 목요일 밤 데이트에 응하기 전에 온라인을 기웃거린다. 첫인상 판단은 식당 안쪽의 촛불이 켜진 테이블에서 이루어지지 않는다. 이미 일어난 일이다.

"틴더, 문자 메시지, 소셜 미디어 덕분에 데이트에 나가기 전부터 서로에 대해 꽤 알게 되고, 그래서 데이트 자체에 더 많은 기대를 걸게 되는 것 같아." 최근 레딧의 한 스레드가 새롭고 무자비한 첫 데이트의 효율성을 깔끔하게 요약하고 있다. 하지만 손실도 있다. "사람들을 직접 만나서 알아가던 때가 그리워. 문자로는 같은 질문을 해도 미묘한 표정과 몸짓의 신호는 전달되지 않으니까 좋은 관계를 맺을 수 있는 기회를 놓치게 되는 것 같아… 매력에 영향을 미치는 많은 요소가 배제되고 언어적 소통이나 조작에 얼마나 능숙한지에만 중점을 두게 되는 것 같고."

이런 현상은 양방향이다. 기업의 데이터 수집가가 수익을 위해 개인 생활을 열람하고 분류하는 것과 같은 방식으로 당신 역시 잠재적 파트너에 의해 집계된 디지털 자아의 총합이다. 데이트뿐 아니라 회의, 오디션, 수업, 면접 등 모든 일에 대한 첫인상은 지구상 어디에서나 실제로 그 일이 일어나기 전에 먼저 이루어진다. 채용 관리자는 소셜 미디어 피드를 샅샅이 훑어보고, 링크드인의 모든 빈틈을 조사하고, 연락처를 뒤진다. 2017년 설문 조사에 따르면 고용주의 70%가 지원자를 면접에 부르기 전에 소셜 미디어를 철저히 검토한다고 한다. 고용주는 첫 만남 전에 지원자가 어떤 사람인지 이미 알고 있다. 즉, 데이트 상대가 가장 최근에 헤어진 전 남자 친구와의 이별에 대한 모든 디테일을 알면서 데이트에 응했다면 두 번째 데이트가 성사될 확률을 이미 계산했을 것이다.

다행인가? 부분적으로는 그렇다. 현실을 직시하자. 어떤 만남은 종종 고문이었다. 이탈리안 레스토랑에서 만난 상대방이 땀에 흠뻑 젖어 냅킨을 휴지처럼 사용하면, 책이나 TV쇼와 함께 보내는 것이 더 좋았을 저녁을 잃었다는 상실감과 함께 애초에 소개팅을 주선한 사람에게 배신감을 느꼈다. 그 친구가 당신의 가능성을 그렇게 낮게 평가했단 말인가? 그렇다면 빨리 탈출할 계획을 세우고, 집에 돌아와서는 상대를 거절했다는 죄책감과 상대 역시 나를 거절했을지도 모른다는 두려움을 처리하는 수밖에 없다. 적어도 인터넷은 성공 확률을 높여줄 수 있다. 또한 많은 데이트가 아예 성사되지 않도록 막을 수 있다.

[89]

백과사전

내 어릴 적 판단에 따르면, 어린이들은 즐겁고 다채로운 《월드북 백과사전》 가정에서 태어나거나 나처럼 지루하고 단조로운 《브리태니커 백과사전》 가정에 배정받았다. 일부 브리태니커 가정 출신은 월드북 가정 출신보다 도덕적으로나 지적으로 우월하다고 느꼈을지 모르지만, 내 생각에는, 운이 좋은 어린이와 훌륭한 부모는 아이들의 감각을 무디게 하지 않는 그림과 텍스트를 즐길 줄 아는 월드북 가정에 있었다.

하지만 우리는 주어진 것에 한정해 성장할 수밖에 없었고, 무언가에 대한 답을 찾고 싶은데 나처럼 브리태니커 백과사전만 가지고 있다면 그 백과사전에 기대야 했다. 다른 선택의 여지는 도서관 열람실로 가서 깨끗한 《월드북 백과사전》을 열람하고 상담하는 것이었다. 그리고 사회 과목 과제에 필요한 답이 거기에도 없으면 긴 플라스틱 튜브에 테이프를 어떻게 끼워도 이미지가 거꾸로 나타나는 무시무시한 마이크로피시✦로 직행해야 했다. (마이크로피시와 마이크로필름의 차이점은 무엇이었을까? 문헌정보학 학위가 있어야 대답할 수 있는 질문이었다.)✦✦

이제 이러한 답변은 항상 고화질 풀컬러로 제공된다. 제목에 '~하는 방법'이 포함된 10억 개가 넘는 유튜브 동영상 중 하나를 선택하면 된다. 밀레니얼 세대의 70%가 유튜브에서 '배우는 동영상' 시청을 당연시하듯, 당신도 시청할 수 있다. 질문의 처음 몇 단어를 입력하면 해당 질문뿐 아니라 3개의 후속 질문이 검색창에 자동완성된다. 위키백과뿐만 아니라 온라인 어디에서나 영원히 업데이트되는, 원하는 백과사전을 손끝으로 선택할 수 있다. 사실관계가 반드시 정확하지 않더라도 적어도 모두가 동일한 잘못된 정보에 의존하고 있음을 알 수 있다.

총 32권, 32,640쪽에 달하는 《브리태니커 백과사전》 2010년 15판 버전은 종이로 인쇄된 마지막 판본이다. 원한다고 해도 《브리태니커 백과사전》 가정이 될 수는 없다. 게다가 누가 그러겠는가? 인터넷이 백과사전이며, 《월드북 백과사전》보다 훨씬 더 시각적이고 상호작용이 되는데.

✦ 문헌, 신문 등의 자료를 축소 촬영해 필름에 담은 것.

✦✦ 마이크로필름은 릴 단위로 상자에 보관하고, 마이크로피시는 낱장 단위로 봉투에 보관한다.

[90]

새로 온 아이

그 불쌍한 전학생. 그는 어느 날, 때로는 개학 첫날도 아닌 어느 날 나타나서 나머지 반 친구들이 쳐다보고 풀어야 할 수수께끼가 되곤 했다. 그가 이전에 살던 동네에서 존경받았는지 경멸당했는지, 친하게 지내도 될 사람인지 피해야 할 사람인지는 전혀 알 수가 없었다. 부모님이 돌아가신 아이일 수도 있었고, 이전 학교를 지배하던 아이일 수도 있었다. 가장 친한 친구가 될 수도 있고 괴롭히는 사람이 될 수도 있지만, 전학 초기 단계에서는 이 아이가 어떤 아이일지 아무도 알 수 없었다.

고등학교를 졸업할 때까지 기회가 오지 않는 경우도 드물게 있긴 했지만 누구나 인생의 어느 시점에서는 새로운 아이가 될 기회를 얻었다. 졸업이 다가온 풋볼 선수가 머리를 파랗게 염색하고 커밍아웃할 수 있었고, 갑작스러운 변신에 의아해하던 동급생들의 눈치도 보지 않고 기호학을 전공하겠다고 선언할 수 있었다. 그는 여름 동안 완전히 사적인 공간에서 새로운 정체성의 갈등을 해결한 다음 3주 뒤에 열린 신입생 오리엔테이션에서 자신의 새로운 모습을 소개할 수 있었으며 그때쯤이면 고향에 있는 사람들은 그가 누구였는지 잊어버렸다.

정말 자유로웠다! 해외에서 3학년을 마치고 돌아오면 상황이 달라질 것이라고 결심하고 외국으로 떠나거나, 학교를 옮기거나, 큰 학교에서 새로운 룸메이트를 구하고, 전공을 바꾸고, 사교 클럽 파티에서 더는 맥주통 옆에 앉지 않았다. 갓 졸업한 학생은 클리블랜드보다 뉴욕에서의 삶이 더 낫다고 판단하여 다시는 돌아가지 않겠다고 결심할 수도 있었다. 다음 직장에서 새로운 평판을 쌓으면 누구도 당신을 4년 동안 사무보조로 일한 사람으로 생각하지 않을 것이었다. 새 여자 친구는 전 여자 친구에 대해 알 필요가 없었다. 이름을 바꾸고, 전화번호를 지우고, 이메일을 보내지 않는 등 과거를 묻어두기 위한 과감한 행보를 계속할 수도 있었다. 가학행위나 살인은 없었지만 영화 〈나를 찾아줘〉 스타일로 과거의 자신을 버리고 다시 시작하기가 불가능하지 않았다.

이제는 그렇지 않다. 6학년이 되어 새로운 학교에 가도 전학생이 되지 못하는 이유는 사회생활이란 것이 더는 지리적 생활에 의존하지 않고, 어디를 가든 상관없이 우리와 함께 움직이기 때문이다. 다른 아이들은 인스타그램에서 아무도 나를 팔로우하지 않는다는 것을 알 수 있고, 그 다른 아이들은 새로운 마을로 이사한 내 계정을 팔로우한다. 12살짜리의 자아가 웹의 구조에 꿰매어졌을 때 완전한 재발명의 기회는 없다. "시스템은 야심찬 사람들이 자신을 재발명할 기회를 훨씬 적게 주고 있습니다." 《당신은 가제트가 아닙니다You Are not a Gadget!》의 저자 제이론 레이니어는 말한다. 그는 로버트 짐머만이라는 자아가 언제나 함께 있었다면 밥 딜런은 어떤 사람이 되었을지 묻는다.✦

이전 시대에는 유명인이거나 회고록을 쓰지 않는 한 어린 시절, 특히 가장 중요한 청소년기는 곧 잊히고 고향 지인을 우연히 만났을 때나 마주칠 수 있는 과거의 흔적에 불과했다. 존경과 경외의 대상인 카리스마 넘치고 잘 차려입은 상사가 체육 시간에 홀로 남던 아이였다는 사실을 사무실의 그 누구도 알지 못한다. 하지만 이제 어린 시절은 사라지지 않는다. 엄마가 10살 아이의 야뇨증에 대해 블로그에 올렸다면, 그 글은 인터넷에 초강력 접착제처럼 달라붙을 것이다. 아무리 노력해도 익명의 편집자가 처리해주지 않으면 위키백과 페이지에서 불쾌한 링크를 삭제할 수 없다. 선정적인 포즈나 노골적인 언어와 같은 사소한 청소년 위반 사항도 수십만 명의 시청자에게 전달되는 순간 문신처럼 오래 새겨지는

✦ 로버트 짐머만은 밥 딜런의 본명이다.

힘을 갖게 된다. 더 심각한 위반을 저지른 사람은 평생 씻어내지 못할 수도 있다.

초기 인터넷은 온라인 게임에서 자신의 판타지 버전을 가지고 놀고, 익명의 포럼에서 성 정체성을 실험하고, 아바타를 만들어 사람들이 생각하는 나와 '진짜' 나 둘 중 어느 쪽이 실제에 더 가까운지 알아보는 등 자아를 시험하는 여러 방법을 제공했다. 하지만 이후에 등장한 데이터 중심적이고, 모두에게 공유되고, 영구적이고 수익 중심인 인터넷은 이러한 초기의 자유를 무너뜨렸다. 이제 인디애나 시골의 종교적인 가정에서 자란 어느 10대가 온라인에서 자신의 성 정체성을 탐구하다 발각되어 끔찍한 결과를 겪을 수도 있다. 요즘은 어린 시절을 보내기가 더 어려워졌고, 후일 그 불행한 아이를 떠나보내기 또한 더 어려워진 듯하다.

[91]

전망

목적지에 도착했을 때 해야 할 일은 다음과 같다. 심호흡한 다음 눈 앞에 펼쳐진 경이로운 광경에 놀라움과 경외감을 표시하고 기쁨을 만끽하라. 이제 막 이 멋진 풍광을 발견한 것처럼 두 팔을 활짝 벌리고, 가장 중요하게는 이 순간을 영원히 간직하자. 휴대폰을 위로 높이 들고 턱을 아래로 끌어당긴 다음, 눈이 이상하게 나올 경우를 대비해 배경을 신경 써서 여러 장 찍으면 된다. 당신은 경치를 찍었다.

사실, 당신은 이미 여러 플랫폼에서 이 풍경을 살펴보았고, 저스틴 비버가 이해할 수 없는 포즈로 전경에 등장하는 사진들도 보았으며, 리뷰를 읽고 별점을 분석했다. 인정하자. 당신은 저스틴 비버를 싫어하고 그가 해변에서 무엇을 즐기는지 전혀 신경 쓰지 않았지만, 이 특정한 아이슬란드 해변의 모습을 **알고 있었**기 때문에 이곳을 방문하기로 선택했다. 우리가 인터넷에서 본 것이 현실에서 볼 것을 결정한다. 지열 온천과 용암 해변을 360도로 둘러보는 라이브 캠이 소셜 미디어에서 인기를 끌지 않았다면 애초에 아이슬란드에 오지 않았을지도 모른다. 당신은 어떻게 아이슬란드에 오게 되었는가?

소셜 미디어가 있기 전에는 포도스✦가 있었다. 작고 값싸게 제작된 사진 몇 장이 텍스트에 뿌려져 있었을 테고, 그 사진은 실제와 비슷할 수도 있었다. 하지만 비행기가 착륙하고 햇빛에 부신 눈을 떴을 때, 과한 해변 필터로 최적화된 파노라마 사진을 보지 못한 당신이 눈앞에 펼쳐진 실제 풍경에 감탄할 가능성은 매우 컸다.

모든 여행이 한 번도 본 적 없는 것들의 연속이었을 때, 그 모든 것들을 직접 눈으로만 보는 것이 어떤 느낌이었는지 기억하는가? 오프라인에서의 '필터링되지 않은'이라는 말의 정의를 기억하는지? 최근 친구들과 야외에서 저녁 식사를 하고 나서 고개를 들어보니 머리 위로 희미한 붉은 점이 보였다. "저거 화성인 것 같아!" 나는 약간의 자부심과 기쁨을 느끼며 외쳤다. 내가 달이나 다른 행성을 검색하기도 전에 친구 중 한 명이 휴대폰을 꺼내 그 점을 가리키며 '나이트 스카이' 앱을 두드렸다. "그렇네." 그녀는 마치 피부 질환의 진단을 확인하듯 단호한 태도로 말했다. "저건 확실히 화성이고 저쪽은 토성

✦ 여행 가이드북 시리즈.

이야." 우리 모두 하늘에서 고개를 돌려 그녀의 휴대폰을 들여다보았다.

때로는 온라인 뷰가 전부일 때도 있는데, 국제선 항공권보다 훨씬 저렴하니 구글 어스를 돌려서 경치를 감상하는 것만으로도 충분하다. 태양은 항상 빛나고 화질은 훌륭하다. 하지만 다른 많은 것들이 그렇듯이 작은 화면으로만 보면 큰 그림을 놓칠 수도 있다.

[92]

스크래블 타일✦

게임 보드와 글자가 적힌 타일이 있는 스크래블, 그러니까 깔끔하게 다듬은 나무 타일이든 저렴한 플라스틱 타일이든 상관없이 '진짜 스크래블'이라고 부르는 그 게임을 누구와도 할 수 없게 되었다. 나무 타일이든 플라스틱 타일이든, 완벽한 조합의 세트를 기대하며 조임끈이 달린 작은 검은색 주머니에서 7개의 타일을 꺼낼 때 손가락 사이로 미끄러지듯 부드러운 촉감을 느낄 수 있었다. 그리고 참호 줄을 맞추듯 타일을 하나하나 조심스럽게 랙에 놓는다.

진짜 스크래블에서는 내장된 사전으로 단어를 먼저 테스트해 볼 수 없다. 존재하지 않는 단어를 놓으려고 했다가는 당신 차례를 잃게 된다. 최상의 플레이였다면 몇 점을 받을 수 있었는지 알려주는 천재 선생님도 없다.

✦ 알파벳이 새겨진 타일을 가로나 세로로 배열해 단어를 만드는 보드게임. 참여자들이 각자 7개의 타일을 꺼내고 시작한다.

온라인 스크래블에서는 무심코 옆에 앉은 사람에게 손을 내밀지 않아도 된다. 형제가 가방에서 타일을 꺼내기 전에 글자를 훔쳐보았다거나, 실수로 3개가 아닌 4개의 타일을 가져갔다거나, 7개가 아닌 8개로 게임을 하고 있었다고 다툴 필요도 없다. 타일을 하나하나 세고 그 합계를 보드 옆면의 가이드와 비교해 소파 밑에 타일이 숨겨져 있지 않은지 확인할 필요도 없다. 타일을 잃어버릴 염려가 없다. 더는 타일이 필요하지 않으니까.

온라인에서 만난 낯선 사람이든 다른 지역에 사는 친구든 함께 스크래블을 플레이할 수 있으니 다른 사람을 설득할 필요가 없다. 대부분의 사람들은 비교 기준이라도 있다면 스크래블은 이런 방식으로 플레이하는 편이 훨씬 더 낫다는 것을 알게 될 것이다. 이제 나머지 사람들은 대신 스펠링 비✦를 한다.

✦ 단어를 제시하면 철자를 맞추는 퀴즈.

[93]

겸손

"과시하지 마!"라는 말을 들었다. 스스로 경적을 울리지 말아라. 나, 나, 나, 항상 나! 자기만 아는 것처럼 보이면 안 된다. 자만하는 것처럼 보일 수 있다. 남의 상처는 건드리지 마라. 다른 사람들의 기분을 나쁘게 만들지 말아라. 이러한 훈계는 마치 16세기 청교도의 엄숙한 요구처럼 들리지만, 1978년까지만 해도 육아 지침서에서 흔히 볼 수 있던 내용이다.

이제는 우리 모두 교만에 가깝게 **자랑스럽기** 때문에 과거에도 현재에도 교만함이 성경에서 말하는 죄였다는 것을 떠올리기 어렵다. 우리는 아들의 우승이 자랑스럽고 내셔널 퍼블릭 라디오NPR의 자랑스러운 후원자이다. 투표에 참여한 것을 자랑스럽게 생각하며 사진을 찍어 온라인에서 자랑한다. 우리는 이러한 자랑스러운 점을 모두에게 알리고 좋아요와 별표로 인정받기를 열망한다. 오늘날의 소셜 미디어 사회 정의 운동에 동참하고 올바른 신호를 보내게 되어 자랑스럽다. 우리는 자랑스러움과 거짓말, 그리고 겸손함 사이의 달콤하고 안전한 지점을 찾아내어 우리 편을 기쁘게 하는 동시에 상대가 스스로에 대해 조금 불쾌하게 느끼게 만든다. 자랑스러워하기(또는 과시하거나 으스대기)는 더는 소수의 친구나 동료들 앞에서만 하는 것이 아니라 인터넷 전체에 퍼뜨리는 것이다. 10대 청소년 10명 중 4명은 다른 사람에게 잘 보일 수 있거나 좋아요나 댓글을 많이 받을 수 있는 콘텐츠만 게시하고 공유해야 한다는 압박감을 느낀다고 답했다. 너무 열심히 노력하는 것처럼 보이지 않는 한, 더 많은 것을 얻을수록 더 나은 사람으로 보일 수 있다.

온라인에서 최고의 모습을 보여주기 위해 끊임없이 노력해야 하므로, 보통 사람이라면 유지하기 어려운 외관을 구축해야 한다. 하지만 소셜 미디어 스타, 인플루언서, 온라인 멘토 등 온라인을 통해 생계를 유지하는 사람들이 진정성을 유지하기란 특히 어렵다. 열정으로 시작한 프로젝트가 시청자의 변덕에 휘둘릴 때는 함정처럼 느껴질 수 있다. 유튜브에 수입을 의존하는 사람들에게는 더 좋은 게시물로 알고리즘에 부응하는 것이 생계와 직결될 수 있으며, 이는 상위권을 유지하고자 하는 동기를 높여준다. 틱톡도 마찬가지다. 14살 무렵 200만 명의 팬을 보유한 틱톡 인플루언서 마리아 샤발린은 〈뉴욕타임스〉와의 인터뷰에서 이렇게 말했다. "앱에 인플루언서 순위를 매기는 차트와 같은 부분이 있었어요. 그 차트를 확인하면서 '왜 나는 상위권에 들지 못했을까' 라고 생각했던 기억이 나요. '상위권에 오르려면 어떻게 해야 할까?'라고도 생각했어요." 수단과 방법을 가리지 않고 정상에 오르려고 노력한다는 뜻은 다른 사람을 밀어내거나 다른 사람의 기분을 나쁘게 만들거나 (즉 부모님이 애초에 자랑하지 말라고 가르친 주된 이유 중 하나인) 다른 사람이 '열등감'을 느끼게 한다는 뜻일 때가 많다. 한 사람의 '기분 좋은' 순간이 다른 사람에게는 '기분 나쁜' 순간일 수 있으며, 이 모든 일은 학교 운동장이나 회사 주차장만이 아닌 어디에나 있다.

온라인 유명 인사들의 문제로 생각하기 쉽지만, 평범한 사람들도 최선의 모습만 선보이는 일이 어려울 수 있다. 이 필드에서는 어쩐지 누군가의 승리가 누군가의 암묵적인 실패가 된다. 승진. (뿌듯.) 자녀의 사진. (귀여워.) 머리가 잘 안 된 날. (딱 좋은 맥 라이언 바이브.) 새 커피 테이블. (그 정도 살 여유.) 대가족 여행. (모두가 배우자의 가족들과 잘 지내는 것은 아니지.) 간절히 원하던 크로아티아로의 휴가. (누구나 유럽에 갈 여유가 있는 것은 아니지.) 당신의 기분을 좋게 만드는 모든 것이 다른 사람의 기분을 나쁘게 만들 수 있으며, 신호가 없거나 희미한 신호(사랑이 아닌 단순한 호감인 수준의 신호 말이다)만 있어서 이런 일이 일어나는지 전혀 모를 수도 있다.

이타적인 행동으로 여겨지는 자선 활동들, 고편

드미✦ 기부, 유방암 인식 향상 지지, 생일에 페이스북에서 하는 기부활동, 응급 구조대원들을 위한 오후 7시 박수✦✦ 등을 다른 사람들이 볼 수 있게 올렸다면 그것 또한 과시적인 행동으로 여겨질 수 있다. 예전에는 아무것도 하지 않는 것이 기본이었다면, 이제 그랬다가는 관심 없다는 뜻이 된다. 당신은 동맹도, 지지자도, 먼 곳의 착한 사람도 아니라는 의미가 되어버리는 셈이다. 다음번에는 다른 모습을 보여주는(과시하는) 편이 좋다. 끝없이 증폭되는 자기과시, 승자 독식 경쟁의 장이 되어버린 온라인의 맹독한 분위기 속에서 우리는 여전히 타인을 배려하고 있다는 것을 특히 증명하고 싶어 한다. 우리는 다른 사람들의 생각을 중요하게 생각한다.

하지만 이 모든 것이 인생에서 일종의 경쟁으로 다가올 수 있다. 온라인에서 무언가를 보여준다는 것은 어떤 식으로든 보이기 위한 것이다. 베토 오루크의 대선 출마에 절망적인 영향을 미친 것은 그가 일상적인 치아 청소 모습을 소셜 미디어에 올린 것, 즉 후보의 입안과 축축한 어금니에의 소름 끼치는 초대 때문은 아니었을까? 그는 자신이 너무 특별

✦ 미국 최대 크라우드펀딩 단체.

✦✦ 팬데믹 기간 뉴욕 시민들이 최전선 근무자들에게 감사와 고마움을 표하기 위해 매일 저녁 7시에 밖을 향해 박수와 환호를 보냈던 행위.

해서 우리가 **그런 걸** 보고 싶어 한다고 생각했을까? 아니면 너무 평범해서 가족과의 저녁 식사 사진을 올리듯 그런 사진을 올렸던 걸까? 인터넷에 내장된 증폭기 너머의 의도를 파악하는 일이 늘 쉽지는 않다. 인터넷은 우리 모두를 리얼리티 TV 캐릭터로 만들 수 있다. 장점을 강조하고 과장된 모습을 보여 '시청자'의 관심을 끌기 위해 노력하는 것이다. 우리는 항상 이런 식으로 살았을까, 아니면 인터넷이 우리 모두를 과시적으로 만들었을까?

[94]

클리프노트✦

능숙한 선생님은 《동물농장》이든 《아이네이드》든 클리프노트에 무슨 내용이 있는지 항상 알고 있었다. 수업에서 한두 건은 커닝이 발생할 수 있어서 클리프노트에 있는 내용을 잘 알고 있는 편이 좋았기 때문이다. 물론 그렇다고 해서 절박한 나머지 잘못된 길로 들어선 학생이 동네 문구점으로 가 검은색 줄무늬가 긴급해 보이는 느낌을 선사하는 노란 책자 더미가 꽂힌 수치심의 회전 진열대로 향하는 것을 막을 수는 없었다.

요즘은 클리프노트가 온라인에 공개되어 있어 클리프노트를 사다가 들킬 염려도 없고, 읽다가 걸리는 법도 없다. 구글 검색, 훑어보기, 공유('공동 작업'), 키워드 검색, 핵심 요약, 복사 및 붙여넣기, 흔적을 감추는 가벼운 수정이 가능한데 왜 굳이 그런

✦ 명작 요약 학습 참고서 시리즈.

짓을 하겠는가? 인터넷 전체가 클리프노트다.

또한 온라인에는 다양한 대안이 있다. 다른 사람들이 완료한 작업물이 블로그에 모두 정리되어 있는데 굳이 자료를 검색할 이유가 있을까? 약간의 돈만 있으면 대신 논문을 써줄 가난한 대학원생을 찾을 수 있다.

오늘날의 학교 당국과 교사는 학생들이 과제를 수행한다고 믿지 않는다. 오히려 모든 학생이 부정행위를 할 가능성이 있다는 가정에서 출발한다. 학생들의 과제는 '터닛인'이나 '카피스케이프' 같은 표절 방지 프로그램에 의해 일상적으로 검토된다. 하지만 요즘 아이들은 표절 방지 프로그램을 통과하는 방법을 잘 알고 있다. 왜 아니겠는가? 학교가 자율 시행 제도honor system✦나 높은 신뢰도로 운영되지 않는다면, 학생들의 결백과 선량한 신념을 가정하는 기본 존중을 제공할 수 없게 된다. 정직하고 성실한 학생은 자신의 글쓰기로 선생님을 매혹하거나 자신의 아이디어에 선생님이 감동하기를 기대하는 대신, 그저 직접 쓴 글이라고 선생님이 믿어주기를 바랄 수밖에 없다.

✦ 구성원들이 서로 믿고 규칙을 지키기로 한다는 의미의 자율 시행 제도.

[95]

부모의 전폭적인 관심

열렬한 애정은 모든 신생아의 타고난 권리이며, 부모는 기꺼이 헌신한다. 모든 부모는 사랑의 원천이자 전달자인 아기가 자신을 바라보는 즐거움에 흠뻑 취하고 싶어 한다. 거울에 비친 아이의 울음소리와 부모의 어르는 소리가 조응하는 교류는 다른 어떤 관계보다도 강렬하며, 이를 처음 느낀 순간 부모가 되기 이전에 요람 앞에서 미친 듯이 웃는 부모를 보면서 느꼈던 당혹감은 전부 증발한다. 이 심오한 인간 대 인간의 교류는 비언어적으로 이루어진다. 아기가 말을 하게 되면 부모는 초기의 그 미숙한 발음 하나하나에 매달린다. 두드리고 계속 눈을 마주치는 행위는 집착에 가까운 애정 관계처럼 계속 이어진다. 사람들은 아기를 보는 일을 멈출 수 없다.

하지만 결과적으로 부모들은 아이 바라보기를 멈출 수 있었고 실제로 그런 일이 일어났다. 예전에는 유모차를 밀면서 아기가 알아듣지는 못한다 해도 아기의 옹알이를 닮은 말로 아침 풍경이나 계획을 무심코 설명하느라 '잃어버렸던' 시간을 이제는 '사용'한다. 유모차의 머리 위 덮개에 휴대폰을 올려놓으면(여러 모델에 특수 홀더가 장착되어 있어 쉽게 휴대폰을 거치할 수 있다), 친구와 채팅을 하거나 팟캐스트를 들으며 시간이 채워진다. 무언가를 할 필요가 없거나 전력을 다할 필요가 없는 드문 순간에 할 수 있는 일이 많으며, 경험 많은 부모라면 반쯤 비어 있는 시간도 부족하다는 것을 알고 있다.

인터넷에는 놀이터에서 휴대폰을 보느라 육아를 소홀히 하는 부모를 비난하는 사진들이 넘쳐나지만, 실제로는 휴대폰으로 육아를 하고 있을 수도 있다. (그런 사진도 휴대폰으로 찍은 것이다. 때로는 다른 부모가 찍은 사진일 수도 있다.) 머리 위로 보이는 구름이 오후의 비를 예고하는지 날씨를 확인하고 있거나 그날 밤 유아의 저녁 식사를 위해 식료품을 주문하고 있을 수도 있다. 다른 아이의 아빠와 문자를 주고받으며 놀이 약속을 잡을 수도 있고, 온라인에서 더 쉽게 할 수 있는 무수히 많은 일상적인 육아 업무 중 하나를 처리할 수도 있다. 부모는 여러 방법으로 온라인 도구를 사용하여 최고의 부모가 될 수 있다.

하지만 그 결과 이제 막 기기 시작하는 작은 인간이 눈앞에서 내는 소리와 장면의 즉각성과 그 자체의 완전함에서 부모는 멀어지고 만다. "어머, 세상에" "잘한다, 아가야!"라고 중얼거리면서 계속 휴대폰을 내려다보는 부모는 아이에게 "나는 지금 너와 이야기하고 있지 않아"라고 신호를 보내는 것이다. "나는 다른 사람과 이야기하고 있어. 간헐적으로 네 쪽을 쳐다보더라도 다른 것을 보고 있어. 네 말을 듣는 것 같지만 그냥 시늉만 하는 거야." 아이들은 끄덕임, 미소, 분위기의 일치 등 인지와 상호 작용의 작은 지표들을 통해 우리가 자신에게 관심을 기울이지 않을 때를 알아차린다. 아이들은 경험을 통해 전적인 관심이 필요하다는 것을 알고 있으며, 언제 그런 관심을 잃었는지 알아차릴 수 있다. 아이들은 보고 있고 배우고 있다.

10대가 되면 아이들은 그 메시지를 확실히 받아들이게 된다.

[*96*]

보지 않고 타자 치기

제대로 기능하는 성인이 되고자 했다면 신발 끈 묶는 법을 배우듯 터치 타이핑Touch typing✦을 배워야 했다. 집에서 "터치 타이핑은 쉽다"는 식의 지루한 워크북을 보거나 중학교 3학년 필수과목이었던 타자 수업에 앉아 반복적인 연습 문제를 풀어야 했다. 타자 수업은 성인이 되기 위한 필수 요건 중 하나이자 아주 최악의 경우에나 B를 받게 되는 그런 시간이었다. 망치 잡는 법을 모르는 사람이 어디 있겠는가?

하지만 진실이 밝혀졌다. 주변을 둘러보면 지친 엄지손가락으로 사냥하고 쪼아대며 혹사하는 어른들을 많이 볼 수 있다. 요즘의 새로운 어른들은 타자 치는 법을 모른다.

쿼티 키보드를 익힌 사람이라면 타자 치는 법을 모르는 사람을 보는 일이 얼마나 고통스러운지 이해

✦ 키를 보지 않고 타이핑하는 것을 말한다.

할 것이다. 5G 네트워크의 어마어마한 속도에 비하면 인간은 놀라울 정도로 느린 속도로 움직인다. 시프트 키를 더듬어 독수리 타법을 사용하는 사람에게 손목터널증후군이 생기는 것을 실제로 볼 수 있다. 피부과 예약을 위해 20분 동안 통화를 하다 보면 상대방이 "잠깐만요" (딸깍딸깍딸깍) "페이지가 뜨기를 기다리는 중입니다" "아직 창이 뜨지 않았으니 기다려주세요" "시스템이 방금 다운되었어요"라고 말하며 숫자키를 찾는 소리가 들린다. 펜을 들고 그냥 손으로 적으면 될 일인데.

크롬북과 아이패드와 온갖 21세기적 기술 덕분에 지금쯤이면 아이들이 훌륭한 타자수—표현이 너무 구식이네!—키보드 마스터가 되었을 거라고 생각할 수 있다. 하지만 초등학교 4학년 때 손글씨를 못 쓰는 아이들이 중학교에 가면 타자를 못 친다는 사실이 밝혀졌다. 학교가 필기체를 무시하는 것처럼, 아이들을 화면에 띄우느라 타이핑 또한 서둘러 포기한 것이다. 학생들은 기껏해야 온라인 터치 타이핑 프로그램의 비밀번호를 받는데, 채점이 필요한 체계적인 수업으로 커리큘럼 시간을 낭비하는 대신 스스로 알아서 타자 속도를 높이라는 식이다. 아이들 대부분은 이러한 비효율적인 앱을 금방 포기해버리고 처음부터 신경 쓰지 않는다. 키보드 밭에 아이들을 풀어놓으면 언제까지고 독수리 타법에서 벗어나지 못할 것이다. 나쁜 습관은 고치기 어렵다.

타자 치는 법을 잃어버리면 M이 어디에 있는지 걱정하지 않고 자유롭게 글을 쓸 수 있는 능력을 잃게 된다. 들으면서 타자 치는 능력, 다른 사람의 말을 녹음하면서 어디에 대문자를 넣어야 할지 고민하지 않고 상대의 눈을 바라보는 능력을 잃어버린다. 터치 타이핑은 자전거 타기와 같은 일종의 인지적 자동화가 가능한 기술로, 방법을 한번 익히면 생각하지 않고도 실행할 수 있으므로 아이디어와 문장 구조와 언어와 리듬과 흐름에 대해 생각할 여유가 생긴다. 글을 더 빨리 쓰고 더 잘 쓸 수 있다.

아이들은 평생 쓸 수 있는 이러한 기술을 개발하는 대신, 잘못된 자세로 인한 반복적인 스트레스성 부상을 얻게 된다. 물론 몇 년간은 괜찮을 테니 애초에 제대로 가르치지 않은 학교를 탓할 사람은 없으리라. 깨달았을 즈음이 되면 아이들은 이미 목에 무리가 가서 물리치료를 받고 있을 것이다.

[97]

사진 앨범

옛날 앨범은 수납장 밑바닥에서 몇 년에 한 번씩 꺼내 보는 정도라 해도, 거기 있다는 사실만으로도 위안이 된다. 당신은 아버지의 인조가죽 앨범이나 조부모님의 앨범을 가지고 있을 테고, 앨범 속 사진에 담긴 사람들의 태반은 누군지 모르더라도 그 거대한 역사가 내 손 안에 있는 듯 느끼리라. 언젠가 여러분도 그 기록들을 찬찬히 보게 될 것이다. 그때까지는 자녀의 소중한 첫 머리카락이 함께 봉인된 아기적 기록까지 안전하게 보관할 수 있다.

휴대폰, 특히 스마트폰이 등장하기 전에는 사진 앨범이 인터넷 도래 이후의 세상에서도 그 자리를 지킬 것 같았다. 문구점에는 접착식 페이지, 누렇게 변색된 사진을 고정시키는 작고 긴 막대가 어디로 가버린 페이지, 규격에 맞지 않는 사진들을 따로 포켓에 넣어두어야 하는 페이지, 세로 사진은 앨범을 무릎에 올려놓고 180도 돌려야 하는 페이지가 있었던 70년대의 사진 앨범을 세련되게 개선한 제품이 넘쳐났다. 고급 문구점에서는 무광택 페이지와 접착식 모서리 스티커, 로얄블루와 버건디가 아닌 다른 색상의 표지와 함께 물리적으로 개선된 기술이 적용된 앨범을 팔았다. 스크랩북이 대세였다. 모두가 사랑하는 사람의 사진을 저마다의 맞춤 형태로 보관하는 것 같았다.

그리고 아이폰이 등장했다. 놀랍도록 작은 카메라와 방대한 용량의 사진을 저장할 수 있는 클라우드가 함께 탑재된 이 작고 편리한 기기가 있으니 멋진 사진들을 앨범 몇 권의 분량으로 제한할 이유가 없었다. 사진을 인쇄하는 데 시간과 돈을 들일 필요가 없었다. 대신 애플과 구글, 아마존에 사진을 업로드하면 자동으로 분류하고 정리해 주었다. 이러한 기업들은 사진 한 장 한 장이 데이터가 되기 때문에 얼굴 인식 기술을 개선하고, 고객 프로필을 개선하고, 어떤 소비자가 어떤 인플루언서의 영향을 받는지 파악하는 작업을 수행해 트렌드를 파악한다. 우리는 여전히 사진을 보관하고 있다. 다만 혼자만 볼 수 있게 보관하지 않을 뿐이다.

모든 클라우드 앨범은 해킹당할 수 있으며, 발가벗은 아이들이 욕조에서 물놀이를 하거나 파도에 뛰어드는 사진이 다크 웹으로 빠르게 전송될 수 있다. 우리는 일반적으로 사진이 어디에 저장되는지 생각하지 않는데, 그 이유는 아이폰이 만들어 주는 테마 앨범을 스크롤하며 추억을 되살리는 것이 너무 편리하고 만족스럽기 때문이다. 그 미소들, 잊고 지냈던 작은 순간들. 여러분은 언제든지 그 사진들을 볼 수 있다. 다른 사람들도 그렇게 할 것이다.

[98]

차단하기

보고 싶지 않은 것들이 있다. 저렴하고 풍성한 우리의 사진들은 애틋하게 추억하고 싶은 순간뿐만 아니라 잊고 싶은 순간까지 돌아보게 한다. 임시저장된 기록 혹은 친구나 가족과 공유한 앨범을 스크롤하기만 해도 지난 10년간의 세세한 충격적인 순간을 되살릴 수 있다. 당시에는 기분이 좋았지만 지금은 기분 나쁜 일이 있을 수 있고, 젊은 시절이 그리울 수도 있다. 하지만 오래전에 올린 사진은 빳빳한 폴라로이드 사진처럼 '진짜'로 느껴지지 않기 때문인지, 고통스럽다는 이유로 삭제하는 사람은 잘 없다.

인터넷 이전에는 실연당한 사랑, 어리석은 실수, 20대의 후회가 묻은 물건은 심연에 던져지거나 자선단체로 보내졌으며, 아무도 그런 물건의 사진을 찍어 이베이에 판매용으로 게시하지 않았다. 내 고통의 근원을 다른 사람들이 볼 수 있도록 전시해, 보지 않을 수 없는 식으로 게시하지 않았다. 하지만 다른 사람이 찍어 자신의 페이스북 피드에 게시한 사진은 내게 삭제할 권한이 없으므로 그대로 둘 수밖에 없고, 다른 사람이 좋아요를 표시하지 못하게 만들 수도 없다. 인터넷 이전에는 불가능했던 방식으로 수많은 사람에게 내 이야기를 전할 수 있게 되었지만, 그건 다른 사람들도 마찬가지라서, 그들도 자신의 이야기 또는 **당신의** 이야기를 전할 수 있다.

테드 창의 단편 소설 〈사실적 진실, 감정적 진실〉에서 모든 경험을 비디오 녹화할 수 있는 사람들은 마치 뇌에 검색 엔진이 내장된 것처럼 필요할 때 특정 기억을 불러올 수 있다. 이렇게 하면 "난 그런 말 한 적 없어!"라는 부부싸움 내용을 확인하거나 반박할 수 있고, 흐릿한 어린 시절의 기억을 순식간에 불러올 수 있다. 항상 무슨 일이 있었는지 알기 때문에 고통스러운 경험을 더 쉽게 화해할 수 있는 기억으로 수정하거나 아예 잊어버릴 수 있는 능력을 박탈당한다. 결과가 명확해질 수도 있지만, 말로 표현할 수 없는 고통을 유발하기도 한다. 정리되지 않은 과거의 현실을 마주하는 것이 항상 유익하지만은 않은 법이다. 남편이 아내의 외도를 캐내기 위해 아내의 최근 과거를 샅샅이 훑어보는 TV 시리즈 〈블랙 미러〉 시즌 1의 세 번째 에피소드 〈당신의 모든 순간〉에서도 비슷한 개념이 나온다. 언제든 과거를 모두 파헤칠 수 있다는 말은 그렇게 해야만 한다는 말과 다를 바 없어서 우리는 도무지 눈을 돌릴 수가 없다.

거의 모든 성인이 과거의 당혹감, 수치심, 굴욕감, 외로움, 두려움을 생생하게 기억하지 못하는 데는 다 이유가 있다. 우리의 기억은 우리가 기능할 수 있도록 이러한 기억을 흐릿하게 만들어야 한다. 출산의 고통은 시간이 지남에 따라 희미해지고, 사망 후 애도 과정의 가장 어두운 단계는 결국 사라진다. 인간은 일반적으로 슬픈 기억보다 행복한 기억을 선호하는데, 이는 심리적 생존에 도움이 되는 대처 메커니즘이 내장되어 있어서다. 힘든 기억을 버리는 것이 최상의 이익에 부합하기 때문에 우리는 잊어버린다. 사람들은 이렇게 살아간다.

[99]

사회적 신호

유아기에 쌓는 많은 경험은 사회성 발달을 위한 것으로, 아기는 자신의 감정을 넘어서 생각하고 다른 사람의 감정을 고려하는 법을 배운다. 누구에게나 쉽지 않은 일이다. 하지만 고개 끄덕임, 미소, 찡그린 얼굴, 회피하는 눈, 발가락 두드리기, 구부러진 어깨 등 사회적 신호의 도움을 받아 다른 사람의 행동 방식을 인식하고 흡수하면서 성인이 되는 과정에 필요한 경험을 습득할 수 있다.

긴 시간 동안 사람들은 긍정적인 것과 부정적인 것을 구분하는 법을 배운다. 후회의 길로 향하는 신호 중에는 새로운 헤어스타일에 대한 시어머니의 시큰둥한 칭찬과 구운 연어 요리를 쿡쿡 찌르며 몇 초간 망설이는 손님의 모습도 있다. 피아노 연주회가 끝날 때의 희미한 박수 소리나 새 점프수트가 잘 어울리냐고 물었을 때 돌아오는 모호한 웅얼거림에서도 느낌이 온다. 사람들은 어조, 표정, 보디랭귀지, 그리고 공기 중의 무언가를 통해 새 남자 친구에 대해서든, 연설에 대해서든, 직장에서의 시제품에 대해서든, 말로 표현하지 않아도 타인이 **정말로** 어떻게 느끼는지 감지할 수 있다. 언제 사람들이 좋아하지 않는지도 알 수 있다. 흥미진진하게 이어가는 긴 이야기에 사람들이 그다지 흥미를 느끼지 않는다는 것을 금방 알 수 있다. 우리는 방의 분위기를 읽는다.

이러한 징후는 우리가 무언가를 망쳤음을 알려주는 신호다. 회의에서 내 농담이 별로였는지, 파티장의 사람들이 나의 웃긴 일화가 사실 불쾌하다고 생각했는지 알 수 있다. **당신의 행동은 잘못되었다.** 톤을 낮추거나 자기를 낮추는 웃음을 짓거나 마이크를 넘기는(바로 지금) 등 어떻게든 대처해야 함을 당신은 알고 있다.

하지만 목소리 대신 엄지손가락으로 대화할 때는 지루함과 짜증과 상처와 기쁨의 신호가 대화에서 빠져나간다. 때때로 그것이 매우 고무적인 듯 보일지라도! 구운 연어와 하트가 그려진 사진에 "대박", 점프슈트 셀카에 손뼉을 치거나 상원의원 후보의 무례한 발언에 "ㅋㅋㅋ!"와 좋아요를 받으면 한 걸음 더 나아가고 싶을 수도 있다. 하지만 당신이 모르는 인터넷의 다른 구석에서는 당신이 방금 '말한 것'에 대해 실망하고 신음하는 사람들이 있기 마련이다. 스스로 빠져 있는지도 모르는 구덩이를 파는 중일 수 있고, 깨달았을 땐 너무 늦었을 수 있다. 다양한 이모티콘을 사용하더라도 웃는 얼굴이나 일본 도깨

비, 찬성표와 반대표 등으로 온라인 대화는 평평해지고 모든 뉘앙스가 사라진다. 그룹 문자에서는 누군가가 화가 나서 조용히 있는지, 오프라인 상태인지, 다른 창에 있는지 알 수가 없다. 물리적인 방에 있지 않을 때 분위기를 읽거나 문자 메시지를 주고받을 때 상대방의 표정을 파악하기란 어렵다.

다른 사람들이 온라인이나 오프라인에서 좋지 않은 방식으로 이야기하는 '그 사람'이 내가 된 것은 아닌지 걱정되는 순간이 찾아올 수도 있다. 자신의 우울증에 대해 너무 많이 드러내거나 14살짜리 아이의 귀여운 사진을 너무 많이 올리는 사람이 있다. 이전 직장에 대해 불평하는 사람도 있는데, 이는 향후 취업에 좋지 않은 징조일 수 있다. "제발 그러지 마세요"라고 말하고 싶지만, 대신 그녀가 온라인 찻잎을 읽기를 바라며 3개의 게시물 중 하나에만 하트를 누르기로 한다. 한편, 온라인에 있는 다른 많은 '친구'들은(한번 다 세어보세요!) 정반대의 말을 하는 것 같다. 도대체 이 모든 것이 무엇을 의미하는지 어떻게 알아낼 수 있을까? 오프라인에서만 사람들이 진정으로 어떻게 생각하는지 알 수 있다.

[100]

종결

힘든 일을 겪은 뒤 친구와 가족이 건네는 엇비슷한 위로의 말에 기댈 수 있었다. "시간이 흘러 내일 아침이 오고 다음 주, 내년이 되면 아주 다르게 느껴질 거야" "아무도 기억하지 못할 테니 걱정하지 마" "그런 생각을 하는 사람은 너밖에 없어" 이런 미사여구를 믿고 싶은 마음이 있기도 했거니와 대부분 사실이기도 했다. 실수를 저지르고 나쁜 일이 일어나면 사람들은 상처를 받았고(특히 당신), 시간이 지나면 그 실수를 잊어버렸고(심지어 당신 자신도) 그렇게 넘어갔다. 다들 여러 일을 과거 깊숙이 묻어두는 데 익숙해져서 오래전 자신의 잘못을 마주하게 되면 그 일과 아무 관련이 없다고 스스로를 속일 수도 있었다.

이제 책을 덮는다는 개념을 덮어야 할 때가 온 것 같다. 인터넷 자체가 끝이 없듯이, 온라인에서는 아무리 사소하고 하찮은 일이라도 끝이 없다. 아무도 잊어버리지 않을뿐더러 아무 일도 없었던 것처럼 행동하는 사람도 없다. 우리 모두 과거의 가장 고통스러웠던 사건을 저마다의 특별한 고문 방법을 활용해 미래로 끌고 간다. (개인화!) 우리는 종이 흔적 대신 여러 가지 디지털 흔적을 남긴다. 이혼 소송 중에 다시 떠오를 수 있는 긴 문자로 주고받은 싸움, 어찌된 일인지 유출된 동료 간의 기밀 인사 정보 교환, 기혼자들 사이의 외도와 그 사진. 이러한 흔적을 따라가다 보면 사소한 사건, 쓰라린 실수, 어리석은 부끄러움에 오랫동안 집착하며 스트레스, 일시적 회복, 재발, 외상후스트레스 장애의 끝없는 반복에 시달리는 자신을 발견하게 된다. 시간이 지남에 따라 사건의 여파는 다른 사람에게 일어난 일처럼 세피아톤으로 빛이 바래기 마련이지만, 고통스러운 사건은 시간이 흘러도 그렇게 변화하지 않는다.

영원한 새로운 세상에는 끝이라는 개념이 존재하지 않는다. 언제든 쉽게 문을 열 수 있다. 문을 굳게 닫고 다시는 열지 않으리라 결정하더라도, 다른 사람들(당신이 아는 사람도 있고 모르는 사람도 있다)이 과거에의 문을 열어젖힌다. 어렸을 때 찍은 사진을 스캔하고, 당신이 삭제하기 전에 캡처한 게시물을 다시 게시하는 방식으로 끈끈한 월드와이드웹에서 새 생명이 부여된다. 당신은 **남의** 이야기 속 우연한 등장인물이 될 수 있다. 결혼 30주년을 기념하기 위해 공개되는 옛 단체 사진에서 당신은 폭력적인 전 애인과 팔짱을 낀 채 포착된 것이다. **축하합니다!!**

피곤한 일이다.

우리는 클라우드가 일시적이고 '온라인 전용'인 것은 중요하지 않다는 착각에 사로잡혀 있지만, 이 모든 것이 영구적인 흔적을 남긴다는 사실을 마음속 깊이 알고 있다. 어딘가에는 항상 캐시 데이터로 저장되어 있다. 몰래 촬영된 동영상에 포착되어 다른 사람의 하드 드라이브에 되찾아올 수도 없는 방식으로 저장되어 있고, 어린이 치과에서 나눠주는 거미 젤리처럼 벽에 달라붙어 지워지지 않는 끈적끈적한 푸른색 얼룩을 남기는 나의 일부가 존재한다.

인터넷은 아침이면 기억 속에 사라지던 사소한 실수조차 용서하지 않고 잊지 않는다. 이제 실수는 영원히 존재한다. 그러나 그 실수를 처음 접하는 낯선 사람은 그 사건 이후에 어떤 종류의 후회와 재활이 있었는지 모른다. 어쩌면 그 실수는 몇 달 또는 몇 년 전에 발생했을 수도 있다. 하지만 그들에게는 바로 현재 온라인에 존재하는 문제가 된다. 그러한 정보는 결과적으로 당신이 지금 어떤 사람인지에 대한 그들의 견해를 알려 준다.

대학 시절 술에 취한 저녁 시간을 상상해 보라. 칠리 라임 또띠아 칩 봉지를 움켜쥐고 캠퍼스를 비틀거리며 걸어갈 때 흘러내린 드레스 끈에 왼쪽 가슴이 드러난 장면을 함께 있던 두 친구가 녹화하지 않았더라도 완전히 모르는 사람이 녹화하여 몇몇 친구들에게 웃음을 자아내도록 전송했다. 수신자 중한 명이 스크린샷을 저장했다. 누구인지도 모르고, 왜 그랬는지도 모르며, 그가 이걸로 무엇을 할지도 모르고, 어쩌면 8개월 후 다른 사람의 '이야기'로 클라우드에서 다시 떠오를 때까지는 전혀 알 수 없을지도 모른다. 오해와 어설픈 소개와 무심코 내뱉은 모욕적인 발언 등 살다 보면 누구나 저지르기 마련인 실수들이 있다. 아무도 이를 영구 기록으로 남기지 않았을 거라는 행복한 확신을 가질 수 있는 사람은 이제 아무도 없다.

2014년에 처음 등장한 '잊힐 권리'는 이제야 정당한 도덕적, 법적 관심사로 인식되기 시작했다. 2016년 유럽연합은 16세 이하 아동과 관련된 데이터의 수집 및 사용 방식에 대한 규정을 도입했다. 하지만 미국에서는 이러한 권리를 보장하는 규정이 없다. '티치 포 아메리카'를 모델로 한 비영리 단체인 '코드 포 아메리카'는 '클리어 마이 레코드'라는 서비스를 통해 전과 기록이 있는 사람들이 전과를 감경 또는 말소하여 향후 주택과 일자리를 쉽게 확보할 수 있도록 돕는다. 범죄 수준에는 이르지 않는 부끄러운 일들을 저지른 사람들에 대한 보호는 없다. 미국은 연방 소비자 데이터 보호법이나 기관이 없는 유일한 선진국으로 남아 있다. 이러한 종류의 포괄적인 정부 조치가 없다면, 적어도 실질적이고 지속적인 방식으로 개인의 기록을 깨끗이 지우기는 거의 불가능하다. 디지털 발자국은 콘크리트에 새겨지는 셈이다.

소셜 미디어 프로필이 여전히 활성화 상태라면 죽은 사람도 유령처럼 온라인을 떠돌며 잠재적인 친구로 제안된다. 고인이 금방이라도 다시 돌아오기라도 할 듯이 그의 페이지가 정지된 모습으로 유지된다. 알고리즘은 장례식 후 4년이 지나면 돌아가신 삼촌과의 우정 기념일을 축하할 것을 제안한다. 피드에서 삼촌을 다시 보게 되어 기쁠 수도 있다. 지금이 아니면 영원히 볼 수 없을 수도 있다. 어느 쪽이든 이 기능을 끌 수는 없다. 당신이 아는 사람 중 다수가 망자를 살려 두고 싶어 할 것이다. 애도를 표하고 추모글을 올리고, 나중에는 사망 기념일, 즉 영원한 애도의 스크롤을 하고 싶기 때문이다. 모두가 유대식 시바 장례✦의 자리를 영원히 지키고 애도의 밤은 끝없이 이어진다.

어쩌면 다른 누군가를 인생에서 완전히 덮어버린다는 것이 불가능한지도 모른다. 잃어버린 사촌이 앤세스트리와 23앤미 같은 DNA 분석 회사를 통해 연락을 취하고, 수십 년 전에 단호하게 관계를 끊은 먼 친척이 트위터로 DM을 보내기도 한다. 늦은 밤 깊게 검색을 하다가 아버지가 결혼하기 전에 다른 가족이 있었다는 사실을 알게 될 수도 있다. 대학

✦ 장례식 직후부터 7일간 한 집에 모여 망자를 애도하는 방식.

시절 데이트 강간을 했던 남자의 얼굴이 '알 수도 있는 사람'으로 나타날 수 있다. 첫 직장의 인종차별주의자 상사가 또 승진했다는 걸 링크드인에서 보게 될 수도 있다. 도서관에서 몇 시간 동안 검색하거나 사설탐정을 고용해야만 찾을 수 있었던, 마음속에서 지워버렸던 사람들이 다시 돌아온다. 사회생활을 구성하던 자연스러운 만남과 헤어짐이 이제는 우리 모두 영원히 연락을 주고받기 때문에 계속해서 돌아오고 있다.

종결 없는 삶을 산다는 것은 어떤 의미일까. 사실, 모든 기억이 끔찍한 것은 아니며, 따뜻한 기억은 언제든지 10년 전의 빛을 다시 느끼게도 한다. 파일 캐비닛을 뒤적일 필요 없이 상사가 성과에 대해 보낸 칭찬 이메일을 불러와 다시 읽을 수도 있다. 이제 12살이 된 아이의 아기 때 얼굴을 스크린세이버로 설정해 눈을 맞출 수 있다. 마우스 클릭 한 번으로 틱톡의 행복한 춤을 보거나 영화 전체를 보지 않고도 좋아하는 로맨틱 코미디의 마지막 키스 장면을 다시 볼 수 있다. 이 모든 것이 바로 지금 일어나고 있다. 손끝으로 즐기는 기쁨이 바로 여기 있다.

하지만 과거와 현재와 미래가 모두 한곳에 뒤섞여 있으면 무엇이 끝났고 무엇이 현재를 구성하는지를 구분하기가 그 어느 때보다 어려워진다. 건강한 형태의 구획화는 사라졌다. 인터넷을 맨 아래 서랍에 처박아둘 수는 없다.

우리는 더는 자신의 타임라인을 통제할 수 없으며, 몇 년이 지난 생각과 감정과 이미지와 아이디어를 전달받는 현재라는 상수 속에 갇혀 있다. 당신은 앞으로 나아가고 있다고 생각할지 모르지만 주변의 다른 사람들 역시 당신의 과거이기도 한 자신의 과거의 일부를 순환하고 휘저으며 돌아가고 있고, 여러분도 그들과 함께 시간의 앞뒤로 밀고 밀려나고 있다. 끊임없이 연결된 지금, 끊임없이 연결된 세상에서 우리는 연락이 끊기거나 물리적, 정서적으로 멀어질 수 없다.

하루를 마무리할 때 마치 며칠을 산 듯 느끼는 것은 당연하다. 우리의 머릿속은 12시간 또는 14시간이라는 평범한 시간이 아니라 여러 겹의 축적된 경험과 우리 자신의 것은 아니지만 심리적 풍경의 일부가 된 생각과 감정과 인상으로 가득 차 있다. 트위터에서 스쳐 지나간 글, 뉴스 기사에 삽입된 밈, 유튜브에서 자동 재생되는 이상하게 불안한 동영상, 보고 싶지 않은 것들…. 우리는 종종 자신도 모르게 이 모든 것을 받아들이게 되는데 이러한 것들은 잠자리에 들기 전 뇌가 처리하려고 시도하는 정보의 일부가 되고, 우리 뇌는 이미지와 반응의 소용돌이를 끝내기 위해 필사적으로 노력하게 된다. 그냥 끝내주세요, 제발. 밤새도록 전원을 끄지 않고 켜두는 기기들을 떠올리면, 우리 뇌를 끄고 잠들기가 어려운 것은 놀랍지 않다.

어쩌면 우리가 만든 기술에 뒤처진 것은 우리 인간일지 모른다. 기억하고 싶은 것을 우리만의 것으로 붙잡고 간직하기 어려운 것도 우리 인간일지 모른다. 잃어버린 것들을 잊지 못하고 놓아주지 못하는 존재가 바로 우리 인간이다. 선택의 여지가 남아 있을 때 어떻게 해야 할지 고민하는 존재도 바로 우리 인간이다. 인터넷은 주어진 역할을 아주 잘 수행하며 모든 것을 보관한다. 어쩌면 인터넷은 우리가 아직 놓칠 수 없는 것들을 붙잡을 수 있는 기회를 줄지 모른다.

[감사의 말]

이 책의 집필에 평생이 걸린 듯 느껴지기도 한다. 이 책은 여러 해 동안 문화를 관찰하고 그 징후와 영향을 취재하면서 축적된 나의 다소 심술궂은 노인 같은 생각과 경계심 가득한 회의론, 또 그와 상반되는 낙관주의를 모두 아우른 것이다. 1년간은 기차에서 글을 썼고, 기차를 타지 않게 된 뒤에는 7년간의 자가격리 기간 동안 틈틈이 글을 썼다.

나의 에이전트 리디아 윌스, 행운의 편집자 길리안 블레이크, 캐롤라인 레이, 크리스 브랜드, 루크 에플린, 미셸 다니엘 그리고 크라운 출판사의 모든 분에게 언제나 감사를 전한다. 천재적인 니샨트 초크시에게도 감사한다. 이 책에 삽화를 넣어야겠다고 결심했을 때 내 목록에 있던 유일한 이름이 바로 니샨트 초크시였다. 만약 그가 거절했다면 얼마나 상심했을지 상상도 할 수 없다. 우리 아이는 "이 삽화를 보면 사람들은 엄마 책이 재미있다고 생각할 거야"라고 말했다. 내 생각엔 이 삽화들이 책을 완성한다. 흔쾌히 승낙해준 니샨트에게 감사를 전한다✦.

지루함에 대한 내 기고문의 편집을 시작함으로서 이 모든 일이 시작되게 한, 뛰어난 아너 존스에게 감사한다. 초고를 읽고 끔찍하게 잘못된 부분을 지적해 준 불쌍한 영혼들인 밥 고틀립, 사라 리올, 수전 도미누스, 데브라 스턴, 에리카 털리스에게도 감사하고 싶다. 2020년 한 해 동안 나를 도와준 많은 친구들에게 고마움을 전하며, 특히 에리카, 수, 사라, 알리시아 애보트, 젠 시니어, 그리고 나의 충성스러운 브라운 동창들에게도 고마움을 전한다. 서늘한 추위에도 아랑곳없이 산책과 대화에 동참해준 이들에게도 감사한다. 브라더 로그, 일명 빅 갈루트에도 감사를 전한다.

무엇보다도 가족에게 감사하고 싶다. 일하느라 혼자 있어야 할 때는 혼자 있게 해주고, 쉬는 시간에는 함께 시간을 보내며 나에게 필요한 위로와 지지와 집중력을 불어넣어 주었다. 때로는 문을 닫고 일하게 해주고, 때로는 반갑게 맞아주어서 고맙다. 가족이야말로 집에 있는 시간을 즐겁게 한다.

✦ 원서에는 삽화가 있다.

[옮긴이의 말]

때론 덜 편리했으면 좋겠다

이 말은 먼저 하고 시작해야겠다. 이 책은 인터넷이 없던 시절이 좋았다는 식의 얘기가 아니다. 다시 인터넷 없는 세상으로 돌아가자는 말은 더더욱 아니다. 다만 빠른 속도로 변화하는 세상에서 우리가 잃어버리는지도 모르고 잃어버리는 것들을 기록한다. 한국과 미국의 생활과 문화가 완벽하게 일치하지 않기 때문에 이 책에 담긴 추억과 그리움을 모두 공유한다고는 말할 수 없다. 그럼에도 수많은 페이지에서 "맞아, 맞아"를 외쳤다. 성장기 내내 동경하는 마음으로 보았던 미국 드라마 속 10대들의 일상을 다시 접하는 기분을 맛보기도 했다.

인터넷이 있기 전의 세상에 대해 덧붙이고 싶은 말도 있다. 한 사람을 아는 것은 하나의 세계를 알게 된다는 의미였다. 문자 그대로의 의미에서 그랬다. '그 사람'(때로 선배였고, 때로 애인이었고, 때로 친구였다)을 통해 소개받은 낯선 동네의 토박이들 사이에서 유명한 맛집이 있었고, 어떻게 이런 곳을 찾아냈지 싶은 골목 깊숙이 숨은 카페가 있었고, 마음만 먹으면 영원히 걸을 수 있을 것 같았던 미로 같은 골목길들이 있었다. 상대가 애인이든 친구든,

그렇게 대화는 언제까지고 이어지곤 했다. 이름을 모르던 인적 드문 뒷골목에서.

지도 앱이 존재하지 않던 세계에서, 지역을 훤히 아는 사람은 놀라울 정도로 멋있어 보였다. 그 사람은 때로 나의 어머니였고, 아버지였다. 우리 동네도 아닌 시내의 큰 사거리를 몇 번이고 건너다니면서 맛있는 가게, 신기한 가게, 재밌는 가게를 구경시켜주고, 노점이 있는 골목과 없는 골목을 누비고 다니던 부모님이 얼마나 놀라웠던지. 해외 잡지를 좋아하던 사람들은 명동에 있는 수입잡지 매장에서 매달 신간을 구경했고, 해외여행이 지금처럼 편하지 않던 시절에는 상가의 수입품 코너에서 가게 주인의 추천에 전적으로 기대어 내 혈색에 안 맞을 가능성이 큰 립스틱을 사기도 했다. 내 음반 컬렉션의 태반은 사거리 음반 가게 주인의 취향으로 결정되었다. 정보는 귀했고, 대체로 사실 여부가 검증되지 않은 상태였다. 누가 정보 비슷한 것을 가지고 있으면 게걸스럽게 들었다. 그때 접한 정보 중 도시 괴담과 순전한 헛소리가 태반이었음을 나중에야 알았다. 심지어, 남들보다 조금 더 일찍 접한 해외 정보를 자기 것처럼 도용하는 사람들을 그때는 존경해 마지않았다. 그러니 그 시절의 모든 게 좋았다는 얘기는 성립할 수 없다.

검색하면 이상한 줄 금세 알았겠지만, 검색이라는 게 없었으므로 이상한 줄 모르고 살기도 했다. 세기말, 그러니까 1990년대 말 종말론을 설파하던 종교가 기승을 부리던 시대를 살며 자기가 믿는 종교가 뉴스에서 문제라는 그 종교라는 걸 알지 못하던 친구들이 있었다. 친구네 집에서 읽은 신기한 책이 어떤 종교의 경전이었다거나, 외국어 교습이 그 종교의 전도 수단의 일환이었다거나 하는 일도 있었다. 인터넷이 없는 시대에 살아간다는 일은 사실, (이 책에서도 언급하고 있지만) 고립을 뜻하기도 했다. 내가 겪은 이상한 일이 내가 이상해서인지, 상대가 이상해서인지 알기 위해 친구에게 물어봤다가 이상한 소문이라도 난다면? 하지만 인터넷에는 익명 게시판이라는 게 있고, 검색 기능이라는 게 있지 않은가. 동시에, 겪으면서 깨닫는 것, 나도 상대도 실수하면서 배워가고 배워가면서 사랑하는 일이 가능한 기회가 그때는 있었다. 모든 사건이 사랑으로 끝나지는 않았지만, 그건 인터넷이 있는 지금이라고 다르지는 않다.

인터넷의 도래와 함께 사라졌다고 생각했던 문화가 다시 인기를 끌기도 한다. LP와 필름카메라가 대표적이다. 알고리즘이 '당신이 좋아할 수도 있는' 음악이나 책을 영원히 추천하는 시대에, 자신의 취향에 대한 확신을 안고 LP를 수집하는 사람들이 적지 않다. 예전과의 차이점이라면 집에 LP 플레이어가 있어서 수집하는 것만은 아닐 수도 있다는 점이다. LP 플레이어는 없지만 좋아하는 뮤지션의 굿즈라는 생각으로 LP를 구매하고, 판매자는 그런 이들을 위해 USB에 음원을 담아 함께 묶어 파는 식일 때도 있다. 휴대폰이면 고화질의 사진과 영상을 얻을 수 있는데 굳이 무거운 필름카메라를 가지고 다니면서 일상을 기록하고 여행을 기록한 뒤 필름 현상 날을 고

대하는 사람들도 많아지고 있다. 필름카메라는 내가 한창 사 모으던 때보다 지금 더 판매가가 높다. 모든 기록이 웹상으로 이루어지는 시대에 굳이 종이에 손으로 남기는 기록을 선호하는 사람들의 '다꾸' 열풍도 빼놓을 순 없다. 이 책에서 언급하는 파일로팩스는 여전히 많은 사람의 선택을 받고 있다.

이 책을 읽으며 좋았던 부분은 어떤 물건이 사라졌는지에 대한 이야기보다도 사라진 감정, 느낌에 대한 논의였다. 인터넷, 더 정확히는 스마트폰과 함께 사라진 눈앞의 상황에 집중하는 능력은 아무리 강조해도 지나치지 않을 듯하다. 언젠가 처음 만나는 사람과 식사를 한 적이 있었다. 한 번뿐인 만남으로 끝났는데도 그날 점심 식사는 유난히 즐거웠던, 충만했던 시간으로 남았다. 그 이유를 생각했는데, 그날의 일행은 휴대폰을 테이블 위에 올려두는 대신 가방 안에 넣어두고 식사를 시작했고 대화를 이어갔다. 나 역시 그렇게 했다. 대화에 훨씬 집중할 수 있었고, 앞으로도 그렇게 해야겠다고 생각했다. 하지만 나 혼자 노력해봤자 쓸모없다는 사실을 바로 깨달은 나는 여전히 습관적으로 늘 테이블 위에 휴대폰을 올리고, 알람이 오지 않는 순간에도 화면에 시선을 빼앗기곤 한다. 인터넷이 있는 세상을 일단 살아가면서는 '없는 것처럼' 살아가기가 어렵다. 나는 전자책을 읽고, 이동할 때는 팟캐스트를 듣고, 장거리 비행을 하고 나면 내가 놓친 메일이나 문자가 있는 건 아닌지 초조해지곤 한다. 우리는 무례한 이별 통보의 최고봉으로 잠수 이별을 꼽는

초연결사회를 살고 있다. 연결되고자 하면 얼마든지 방법이 있으니 방법을 찾지 않았다는 사실이 큰 상처가 된다.

그때 시절이 그립다고 무작정 치켜올릴 생각은 없다. 좋았다고만 색칠할 생각도 없다. 연결되지 않았던 날들은 때로 공포였고 자주 외로움이었으니까. 하지만 잃어버리지 않기를 바란 많은 것들을 도저히 회복할 수 없도록 상실했음 또한 인정하게 된다. SNS에서 '1980년대의 기다림'이라는 사진을 본 적이 있다. 사진 속 누구도 휴대폰을 보고 있지 않았고, 모두 멍하니 앉거나 서서 일행을 기다리고 있었다. 그런데 '그땐 그랬지'하는 감상 역시 인터넷의 발달로 인해 손쉬워졌다는 점, 내가 그 사진을 본 곳이 SNS라는 점을 떠올리면 이러나저러나 인터넷이 있으니까 추억도 생생해진다는 생각이 든다. 동시에, 인터넷이 발달하다 보니 자기가 겪지 않은 일에 대해서 그리움을 느끼기도 한다. 이미지와 영상에 많이 노출되니까 겪은 것처럼 느껴서다. 생각하면 생각할수록, 말하면 말할수록 모든 게 혼란스럽지만 그게 우리 시대다. 이젠 그걸 받아들여야 할 때다. 잠깐, 이 책과 함께 조금만 더 그리워하고 나서.

2024년 5월
이다혜

우리가 두고 온 100가지 유실물

아날로그 시대의 일상과 낭만

1판 1쇄 펴냄 | 2024년 5월 24일
1판 2쇄 펴냄 | 2024년 7월 5일

지은이 | 패멀라 폴
옮긴이 | 이다혜
발행인 | 김병준
편 집 | 우상희
디자인 | 권성민
마케팅 | 차현지 이수빈
발행처 | 생각의힘

등록 | 2011. 10. 27. 제406-2011-000127호
주소 | 서울시 마포구 독막로6길 11, 우대빌딩 2, 3층
전화 | 02-6925-4184(편집), 02-6925-4187(영업)
팩스 | 02-6925-4182
전자우편 | tpbook1@tpbook.co.kr
홈페이지 | www.tpbook.co.kr

ISBN 979-11-93166-50-5 03840